Einaudi. Stile Libero Big

Dello stesso autore nel catalogo Einaudi

Bambini, ragni e altri predatori
Nebbia e cenere
Come il lupo
Medical Thriller (con C. Lucarelli e G. Rigosi)
Halloween (con G. Bellosi)
Quell'estate di sangue e di luna (con A. Fabbri)
L'Uomo Nero e la bicicletta blu

Eraldo Baldini

Gotico rurale

2000-2012

Einaudi

www.einaudi.it

ISBN 978-88-06-20972-8

Gotico rurale

Arrivano dal buio

Michele è sveglio fin dalle cinque del mattino. Del resto alle sei cominciano a fare chiasso e movimento. Chissà perché negli ospedali, dove si presume ci sia gente che ha bisogno di riposare e starsene un po' tranquilla, devono pulire le stanze all'alba, servire la colazione quando ancora è troppo presto per avere lo stomaco in funzione, fare iniezioni in ore che si dovrebbero dedicare alla fase Rem del sonno.

È sveglio e agitato perché fra poco lo dimetteranno. Lascerà quella cameretta che non è certo a cinque stelle, ma nella quale si è sentito protetto per piú di tre settimane. Ventidue giorni, per l'esattezza. Ventidue giorni in cui ha potuto respingere, rimandare, oscurare ogni pensiero sul «dopo».

Dopo quell'incidente in macchina, un'uscita di strada a cento all'ora con la mente impastata dall'alcol. Dopo la guarigione, o meglio dopo la degenza, perché di guarigione vera, purtroppo, non si potrà parlare: la gamba destra era massacrata, con le ossa che parevano passate in un tritatutto e il ginocchio a pezzi. Forse dovrà zoppicare per tutta la vita, gli hanno detto, e addirittura aiutarsi col bastone per camminare e provare meno dolore. Quel dolore che gli è stato compagno crudele sempre, dopo l'incidente, di giorno e di notte, smorzato solo dai farmaci. Anche quelli, probabilmente, dovranno accompagnarlo a lungo.

Chiude gli occhi, sospira. Vorrebbe ancora tempo, ancora qualche giorno, anzi, qualche settimana in cui rimanere lí, in una specie di limbo ovattato. Perché fuori di lí non c'è niente di buono che lo aspetti.

Il dottor Savelli entra con una cartella clinica in mano, lo saluta con un cenno della testa e legge qualcuno di quei fogli. Con lui c'è una donna di mezza età.

Chissà chi è, non l'ha mai vista. Michele la fissa per qualche secondo, poi chiude gli occhi di nuovo. Forse è dell'assicurazione, o magari della polizia. Nell'incidente non ha coinvolto nessuno, ma gli hanno ritirato la patente per guida in stato di ebbrezza e gli hanno detto che finirà sotto processo. Facciano pure: per quel che gli importa, ormai...

– Come si sente, Contini? – gli chiede il medico.

Lui si stringe nelle spalle, riapre gli occhi e guarda verso la finestra.

– Ha avuto dolore, stanotte?

– Mi fa sempre un po' male, ormai mi ci sono abituato.

– E il morale come va?

– Bene.

Il dottore scambia un'occhiata con la donna, poi si rivolge di nuovo al paziente.

– Bene non direi. Lei, Contini, sta camminando sull'orlo della depressione, e quella è peggio della gamba e delle costole rotte.

Michele si stringe di nuovo nelle spalle.

Il medico chiude la cartella. – Oggi lascerà l'ospedale, per quanto mi riguarda è guarito. Le ferite sono rimarginate, le ossa saldate, la riabilitazione avviata. Però io sono solo un ortopedico. Lei di ferite e di fratture ne ha altre, che non si vedono, e bisognerà mettere a posto anche quelle, eh? Le faccio i miei auguri, di tutto cuore, e la lascio in compagnia della dottoressa Varzi: adesso le sue cure sono piú necessarie delle mie –. Gli si avvicina, gli stringe la mano ed esce dalla stanza.

La dottoressa lo segue con lo sguardo, poi si gira verso Michele. – Come va? – gli chiede sorridendo.

– Come un minuto fa, quando me l'ha chiesto il dottor Savelli.

La donna prende una sedia e si accomoda vicino al letto.

– Chi è lei?

– Una psicologa dell'ospedale.

Michele sorride storto, scuote la testa e si gira verso il muro.

– Non vuole che parliamo un po'?

Lui sospira. – Fra un po' tornerò a casa e mi troverò addosso tanti di quei problemi che... che nessuno mi potrà aiutare, né gli psicologi né i santi del paradiso. Tutto qui. Non ci sono pillole o sedute che mi guariranno da quella roba.

– Pillole e sedute potrebbero aiutarla, però. E quei problemi che adesso le sembrano tanto grossi, forse cosí grossi non sono.

– Che ne sa, lei? Non li conosce.

– Non li conosco, in effetti. Le va di raccontarmeli?

– Raccontarglieli? Ci vorrebbe tutto il giorno.

– Io di fretta non ne ho.

– Neanch'io, però non ne ho voglia.

– Me li accenni, almeno: male non le farà.

L'uomo sospira. – D'accordo, le faccio un riassunto –. Alza le mani e comincia con l'indice della destra a contare toccandosi le dita della sinistra: – Uno: mia moglie sei mesi fa mi ha lasciato. Due: sono un giornalista, e da quella separazione non sono piú riuscito a scrivere una riga decente. Tre: mia moglie era tutta la mia famiglia; non ho figli, né fratelli o sorelle, i miei genitori sono morti quando ero piccolo, sono cresciuto con una zia, la sorella di mio padre, che da anni è morta pure lei, e di amici veri non credo di averne. Insomma, a cinquant'anni, quando dovrei contare su una bella famiglia, sono solo come un cane. Quattro: ho cercato aiuto nel bere e mi sono ritrovato mezzo ubriaco tutti i giorni, dalla mattina alla sera. Cinque: mi sono schiantato con la macchina contro un albero e non camminerò mai piú come prima. Ho finito le dita della mano, ma avrei altre cosette da elencare. Ce l'ha una cura che mi guarisca da tutto questo? Se ce l'ha, l'ascolto, altrimenti, per favore, mi lasci perdere, ché non sono in vena.

– La cura può esserci, ma è lunga e richiede tutto il suo impegno. Le va che ci vediamo un paio di volte alla settimana?

– No.

– Se non collabora, io non potrò aiutarla.

– Non ho chiesto aiuto. Comunque, grazie dell'interessamento.

– Ne è certo?

– Certissimo.

La donna si alza dalla sedia, sospira. – Non posso costringerla. Cerchi di aiutarsi da sé, almeno; magari si prenda un lungo periodo di riposo, se ne vada in un bel posto lontano da tutto, rifletta. Io, se vorrà, sarò a disposizione.

– Grazie ancora. Me la caverò.

Michele chiude gli occhi. La dottoressa resta lí ancora un minuto, in silenzio, poi se ne va.

La grande sala della redazione, dove le scrivanie stanno stipate e vicine come ombrelloni a Rimini, e quel brusio, quella cacofonia ininterrotta di voci rivolte a cornette di telefono, e le decine di schermi di computer accesi, e il via vai di gente che sposta fogli da una postazione all'altra, lo sommergono con un impatto che gli dà la nausea. Non entrava lí da un mese, e adesso che ci si ritrova bastano dieci minuti per snervarlo, per muovergli dentro un senso di ripulsa.

Un mese appena, e non certo di vacanza, ma è servito ad allontanarlo, a erigere un muro fra sé e la sua vita di prima, quella che ogni giorno si ripresentava uguale, con la levataccia del mattino, le code in macchina su strade infestate di gente frettolosa e arrabbiata, l'ingresso in quello stanzone gremito che ricorda un allevamento di polli, l'arrabattarsi a distillare righe su argomenti ripetitivi e di solito poco gratificanti.

No, pensa, non sono pronto. Non ce la faccio. Non ce la posso fare. Non è vero che tornare al lavoro mi aiuterebbe, come dice qualcuno: aggiungerebbe peso allo stress della mia mente, fatica al mio fisico provato. Non mi guarirebbe, mi ammazzerebbe e basta.

Decide cosí, su due piedi, per un impulso improvviso e invincibile. Quando il direttore lo chiama e lo fa accomodare davanti alla sua scrivania sommersa di carta, sa già cosa fare, cosa dire, e sa che farà e dirà quello che si sente, a costo di perdere il posto.

Cosí rimane spiazzato quando è proprio il capo ad anticiparlo, ad assecondare i suoi desideri prima ancora che lui li esprima.

– Prenditi un po' di tempo, Michele, – gli dice. – Non serve a nessuno che tu torni adesso, quando ancora ti zoppicano le gambe e la testa. Non li ho contati i giorni di ferie arretrati che hai, sai come vanno queste cose, qui non ci si ferma mai... però di sicuro hai diritto a una bella pausa, e se fossi in te me la godrei.

Lui annuisce. Si era preparato a combattere, ma non ce n'è bisogno. Rimane quasi deluso. Forse non è buon segno, questa generosità del capo. Forse vuole dire che non ha sentito per niente la mancanza del suo lavoro. Ma chi se ne frega. Neppure lui l'ha sentita.

– Hai ragione, – risponde. – Ho da smaltire un po' di problemi, da tirare il fiato.

– Bravo. Facciamo un mese, che ne dici?

– Un mese, sí. Mi farà bene.

È solo quando esce in strada e respira l'odore di macchine, d'asfalto e di città, che arriva quel pensiero: un mese per fare che? Un mese in casa da solo a guardare la tivú e a piangersi addosso? Un mese da trascorrere in pigiama o in mutande, con la barba lunga, peregrinando da una stanza all'altra? Per ricominciare ad annegare nella birra, magari?

Lo prende alla gola qualcosa che stringe come un cappio.

«Vada via, in un bel posto lontano da tutto», gli ha detto la psicologa. Forse ha ragione: via, via. Dai suoi problemi non può scappare, ma dalla routine sí. E dalla città, da quella città che mai gli è parsa cosí brutta e ostile.

Ma via dove?

Vedremo, si dice, qualcosa mi verrà in mente. Posso andare dove voglio, non ne devo rispondere a nessuno: essere soli dà almeno questo vantaggio. Adesso vado a casa, mi butto sul letto a occhi chiusi e ci penso, come facevo da bambino, che con la fantasia visitavo tutti i posti del mondo.

Tutti i posti del mondo, tutti i continenti, tutte le latitudini. Là dove è già stato o dove non è stato mai.

Ci pensa, una volta che è coricato al buio, ci pensa. Ma è solo quando sta per cadere nel dormiveglia che gli si presenta un'immagine lontana: una casa di sasso col tetto di arenaria che luccica al sole, uno smisurato prato verde che finisce dove comincia la massa scura dei boschi, panni stesi ad asciugare che ballano nel vento, un cielo blu che di cosí blu se ne vedono di rado, e voci di bambini che corrono ubriachi di quel vento, di quel prato, di quel cielo, di quello spazio enorme.

Uno di quei bambini è lui. Papà e mamma sono ancora vivi, lei aiuta a stendere i panni, a prepararli alla danza nel vento e nel sole, e sorride. I nonni armeggiano con grandi fasci di rami secchi e preparano un falò per la sera, quando le faville saliranno a sbuffi a rigare la notte nera e silenziosa dei monti.

Da quanto tempo non vede quella casa, quel posto? Molti anni, anzi, decenni. Chissà se esiste ancora. I nonni, quelli materni che abitavano là, saranno morti da chi sa quanto: dopo che è rimasto orfano, solo una volta l'hanno portato lassú, dove loro ancora vivevano insieme a uno stuolo di figli e nipoti. Dopo, basta. La zia e lui si erano trasferiti a Milano, e quel luogo era sbiadito piano piano nella memoria. Non si ricorda nemmeno piú come si chiamavano, quei bambini con cui giocava, quelle zie che gli preparavano le focacce.

Ci sono pezzi del nostro mondo, della nostra anima che a un certo punto, semplicemente, spariscono, vengono rimossi, come se non fossero esistiti mai, e al massimo lasciano nei pensieri una nostalgia remota e incredula. Non si sa perché, ma succede che si perdano persino pezzi della propria famiglia. Pezzi di sé.

Chissà come ci ha pensato, ai nonni e alla loro grande casa sui monti, come gli sono tornati in mente, dopo tanto tempo.

Chiude gli occhi di nuovo nel buio della stanza. Sí, se c'è un posto in cui vuole andare, è quello. Lontano da tutto, e vicino a quel bambino che è stato, una volta, molto felice.

Il vecchio Giuseppe si fa schermo con la mano e guarda in alto. Non c'è una nuvola; il giorno è nato limpido e cosí rimarrà. Sente gli altri darsi la voce, sente il trattore che a tratti romba e tira, salendo l'erta. Portano nel prato grande i rami che serviranno per i fuochi.

Mancano solo due notti, poi ci sarà il novilunio; il primo novilunio d'estate.

Lui di estati ne ha viste tante, ormai, passate tutte lassú, tranne quando andò in guerra. Un'assenza di tre anni, tre noviluni d'estate persi. Ricorda ancora quanto gli mancò, in quelle occasioni, l'essere là con gli altri ad aspettare il momento piú straordinario dell'anno, quello per cui la famiglia si riuniva a Ca' Rampina. Tornavano tutti per l'evento, pure chi aveva scelto di andarsene lontano. E ancora tornano.

Si avvia verso la casa e guarda l'altra costruzione, quella che adesso serve solo da rimessa per i trattori, le falciatrici, per tutte le nuove macchine che negli anni sono arrivate ad alleviare la fatica di coltivare campi e pascoli dalle pendenze ostili. Una volta la famiglia era cosí grande che tutte e due le case erano piene di gente, di donne, di bambini. Quando le macchine non c'erano, servivano tante braccia, mangiavano tante bocche, e non si può dire che ci fosse abbondanza; ma si tirava avanti.

Non può certo biasimare chi se n'è andato, chi ha scelto lavori meno faticosi, luoghi meno isolati, vite diverse. Lui la sua vita però non l'ha mai cambiata, ed è contento cosí. È felice di essere nato lassú e di esserci restato sempre. Ed è felice soprattutto quando tutti tornano, quando la famiglia, per qualche giorno, si riscopre grande.

Dalla porta di casa esce sua moglie Lina, che si asciuga la fronte e si ravvia i capelli con la mano. Lui la guarda e le chiede: – Finito?

– Finito? Figurati! Dobbiamo preparare cibo per un esercito, non si finisce mai. Ma è un lavoro che non mi pesa, lo sai bene.

Giuseppe annuisce.

Torneranno, stanno per tornare. Fra un po' si sentiranno le automobili salire verso Ca' Rampina, si apriranno le finestre di stanze vuote nel resto dell'anno. Fra un po' tutto sarà vivo e animato com'era un tempo.

E quando tutti saranno lí, la sera si accenderanno i fuochi per chiamarli. Per chiamare chi ogni anno arriva all'annunciarsi dell'estate, provenendo da chissà dove. Dal buio, pensa lui. Arrivano dal buio, quando la luna dorme dall'altra parte del cielo. Arrivano silenziosi e puntuali, misteriosi e attesi.

Il primo novilunio d'estate è cosí, è sempre stato cosí, ed è bellissimo.

Michele conosce la strada solo fino a un certo punto, là dove la statale si stringe attraversando l'abitato di San Savino Monte, un paese che pare essere tutto addossato a quella striscia d'asfalto, come se fosse nato e cresciuto solo per definirne i bordi. Dopo, ricorda, ci sono boschi, tornanti, saliscendi, e a un certo punto deve esserci una viuzza sterrata che si inoltra nel nulla.

A San Savino si ferma, parcheggia in una piazzola che fiancheggia un bar, spegne il motore e sospira. Gli fa male la gamba.

Il viaggio fin lí è stato migliore del previsto, quasi piacevole, con la radio sintonizzata su una stazione che diffondeva poche parole e tanta musica. Il cielo estivo, nelle prime ore del mattino, è stato terso anche in pianura; e qui, a quasi mille metri d'altezza, subito dopo il passo di Crocealta, è blu e spazzato da un vento leggero che fa muovere le cime dei faggi e degli abeti. Sarebbe tutto perfetto, se i muscoli non sembrassero presi in una morsa e il ginocchio non si fosse irrigidito, quasi bloccato.

Spegne la radio, scende gemendo, va nel bar e chiede un caffè. Lo assapora e se lo fa durare. Poi, al ragazzo che glielo ha servito, chiede indicazioni per raggiungere Ca' Rampina.

Il giovane mette nell'acquaio la tazza e il cucchiaino, fa una smorfia con le sopracciglia aggrottate e risponde: – Ma cos'è, un paese? Io non l'ho mai sentito nominare.

– Non è un centro abitato, è solo una località, una fattoria. Non dovrebbe essere lontano da qui.

– Io in questo bar ci lavoro da poco, abito giú a Sargano. Se vuole, chiedo al capo.

Michele annuisce, zoppica verso un tavolino, si siede. Di colpo si sente addosso tutta la stanchezza del viaggio, e una nuvola grigia sembra oscurargli l'umore.

Adesso, pensa, verrà il proprietario e mi dirà: «Ca' Rampina? Non esiste», e lui si renderà conto che se l'è solo sognato, quel posto, che quel bambino felice non c'è stato mai, e che un luogo dove andare non c'è, non c'è piú.

Dietro il bancone compare un uomo dai capelli radi e rossicci, che si pulisce le mani in un grembiule e lo guarda.

– Ca' Rampina? – dice.

Michele, come se lo stessero interrogando su una cosa importante, si alza in piedi e mormora: – Sí.

– Vada avanti ancora un paio di chilometri; dopo avere attraversato un vecchio viadotto che passa sopra un vallone stretto, vedrà una stradina sulla sinistra. Non ci sono indicazioni ma non può sbagliare: di strade a sinistra c'è solo quella. La infila, e procede per... boh, direi altri due o tre chilometri, tutti nel bosco. Finito il bosco, ci sono i pascoli e le case che cerca lei.

– Grazie. Grazie mille.

Avrebbe voglia di un Campari, di un Martini, di un po' d'alcol insomma, ma non beve da diverse settimane e resiste, caccia quel desiderio.

Paga il caffè, esce dal bar, e prima di rimettersi in macchina respira a pieni polmoni.

L'aria ha davvero un altro sapore, lassú.

Dietro la casa, dove il passaggio quotidiano delle mucche che vanno ai pascoli ha cancellato l'erba in una traccia antica e bruna, ci sono già, l'una di fianco all'altra, sei o sette automobili che brillano nel sole. Voci di bambini che si aggirano eccitati tra stalle e pollai, curiosi di vedere gli animali, riempiono di suoni il silenzio del monte.

Lina ha accompagnato tutti alle proprie camere, ha aiutato a riporre borse e vestiti, ha abbracciato figli, nipoti e pronipoti, senza smettere mai di dare la voce a chi, in cucina, continua a preparare sfoglia e sughi, pane e arrosti. Poi esce dalla casa e si siede finalmente su una panca di legno addossata al muro.

Giuseppe la raggiunge, si siede a sua volta. – Ecco, – dice.

Lei sorride. – Sí, eccoli qua, tutti. Non vedevo l'ora.

Il vecchio guarda lontano, verso la strada sterrata che si infila nel bosco. – Tutti no. Ne manca uno.

– Lo so, credi che me ne sia scordata? E non verrà, purtroppo. Non viene da tanto tempo. La vita è fatta cosí, non ci dà mai una gioia completa.

– Verrà, invece. Quest'anno verrà.

La donna si gira di scatto a guardarlo. – Eh?

– Ho fatto dei sogni, nelle notti scorse...

– Non m'avevi detto niente!

– I sogni sono solo sogni, che ti dovevo dire? Magari mi sbaglio.

Lina sorride con gli occhi. – No, tu non sbagli mai, in queste cose.

– Chi lo sa.

– Sarei la donna piú felice del mondo, se arrivasse davvero. Ma... lui non sa, non sa nulla. Non può ricordare, manca da troppo tempo, ce l'hanno portato via che era cosí piccolo! Cosa gli diremmo?

L'uomo scuote la testa. – Non lo so. Forse niente. Che c'è da dire, in fondo? Vedrà quello che vedremo noi, e sarà lui a chiedere.

– Non è cosí semplice, Giuseppe. Gli altri sanno come comportarsi, sanno cosa dire e cosa tacere, ma lui...

– Lui fa parte della famiglia, e se verrà, sarà un novilunio d'estate ancora piú speciale. Dopo, vedremo.

Lina annuisce, guarda anche lei verso la strada. – Sí, vedremo, – dice.

E proprio in quel momento si sente un'automobile che arriva.

Michele è ancora frastornato. Sente allo stesso tempo un senso di straniamento e di appartenenza, di familiarità, di *déjà vu*.

Quando è arrivato e ha parcheggiato dietro la grande casa di sasso, stupendosi di vedere molte altre automobili, si è trovato nel giro di un minuto circondato da abbracci, parole, persone, facce. Facce che non conosceva e che contemporaneamente gli ricordavano qualcosa, nomi che gli rimbalzavano alle orecchie suonando nel contempo sconosciuti e remotamente noti.

Adesso, finiti i saluti, le presentazioni, allontanati gli sguardi curiosi e affettuosi, strette le mani che gli venivano tese, si è seduto fuori, su un ceppo di legno fresco di taglio. Guarda verso i monti che, oltre il verde chiaro dei prati, si innalzano torreggianti e massicci, scuri di alberi fitti. Ricorda il profilo di quelle cime, o almeno gli sembra di ricordarlo, ma ciò che vede gli appare anche nuovo. Ha pensato tanto a quei luoghi, nelle settimane e nei giorni scorsi, che trovarseli davanti, sentirsi lí, fa un effetto a cui non era preparato.

Una donna lo raggiunge e si siede accanto a lui. – Michele, – dice solo.

Lui sorride. La donna gli deve aver detto il proprio nome, prima, ma lui ne ha ascoltati tanti che già non se lo ricorda, già non sa piú chi è, quella anziana signora dagli occhi chiari e penetranti. – Zia? – chiede incerto.

– Sono Lina.

– Zia Lina –. Strappa un filo d'erba, se lo attorciglia a un dito. – Sai, il tuo viso non mi è nuovo, è come se un ricordo si facesse strada nei miei pensieri, ma se ti avessi incontrata per caso non ti avrei mai riconosciuta. Mi dispiace...

Lei sorride e gli accarezza una spalla. – È normale, sono passati piú di quarant'anni –. Poi sospira: – Quarant'anni! Santo cielo! Ci sei mancato, piccolo mio.

Michele non può non sorridere. – Piccolo? Sono ormai vecchio, altro che!

– Ma figurati!

– Mi sento vecchio dentro. La mia vita, come vi raccontavo prima, non è che stia andando per il verso giusto.

– A tutto c'è rimedio.

L'uomo fa un cenno d'assenso e cambia discorso. – Zia Anna mi ha cresciuto e le sarò grato per sempre, ma non capisco perché non mi abbia mai portato qua da voi, se non forse una volta. Mi ha allontanato da una parte della mia famiglia. Perché?

– Non le piacevamo, credo. Lei era nata e cresciuta in città, era istruita, dovevamo sembrarle una tribú di pastori. E poi, forse, non avendo mai avuto figli suoi, ti ha voluto tenere tutto per sé. Comunque ti ha amato, e questo è ciò che conta. Quel che è stato è stato. L'importante è che adesso tu sia qui con noi. Una famiglia ce l'hai, l'hai sempre avuta e ora l'hai ritrovata.

– Ne ho bisogno.

– E chi non ne ha bisogno?

Michele si aiuta con una mano a distendere la gamba.

– Ti fa male? – gli chiede la donna.

– Un po'.

– Ti passerà, vedrai. Presto non avrai nemmeno piú bisogno di pillole.

– Vorrei poterti credere.

Lei sorride guardando il sole che tramonta. – Oh, puoi credermi. Davvero.

Dopo una cena abbondante e buona e le chiacchiere con i parenti, è andato all'aperto a godersi un'aria che da tiepida diveniva frizzante. Il cielo pareva di carta, come quello che da piccolo appendeva sopra il presepe: un blu scuro che si trasformava in nero e si accendeva di milioni di stelle. Non aveva mai visto uno spettacolo simile, o almeno non se lo ricordava: la traccia enorme della Via Lattea, le innumerevoli costellazioni. Sdraiato sull'erba, è stato a lungo a guardare in alto, perdendosi in una vertigine smisurata e densa. La luna, quasi appoggiata sulla cresta del monte, era solo una riga curva e sottilissima, uno spiraglio, una fessura di luce.

Poi è arrivato il vecchio Giuseppe, hanno fumato un sigaro. Tra l'erba si udivano i grilli e dal fitto del bosco arrivavano mille piccoli rumori.

Si è sentito finalmente, per la prima volta da molto tempo, in pace con sé stesso e col mondo. Mi fa davvero bene essere qui, ha pensato.

È andato a dormire presto. Non c'è un televisore nella casa, e poi era stanco. L'ha svegliato solo il suono di voci fuori, e allora è sceso a fare colazione. Dopo, nonostante i problemi alla gamba, ha provato a camminare nel bosco, inoltrandosi in un sentiero che, quasi in piano, arriva fino a una radura in mezzo alla quale troneggia, imperscrutabile monarca di pietra, un grande masso rotolato lí forse da migliaia di anni.

Si è seduto, si è tolto le scarpe, ha pensato alla sua famiglia ritrovata. Lo zio Giuseppe e la zia Lina vivono nella casa che è stata dei nonni con due figli, quattro nipoti e alcuni pronipoti; poi ci sono gli altri venuti in visita: zie, zii e tanti cugini con relativa prole. Quanti sono? Una trentina, pensa. Prima o poi imparerà a conoscerli, riuscirà a ricordarsi i loro nomi. Per fortuna la casa è grande, e stringendosi un po' tutti hanno avuto un letto, uno spazio, usando anche un sottotetto dalle vecchie travi di legno a vista.

Pare che ogni anno si ritrovino all'inizio dell'estate, una tradizione del clan, un appuntamento che li richiama in un luogo che pare unirli ancor piú dei vincoli di sangue.

Ha appoggiato la schiena al masso e si è appisolato, cullato da un ronzio ipnotico di insetti. Quando è tornato alla casa già si sentivano, dentro, le donne che apparecchiavano la tavola per il pranzo.

Nel pomeriggio sono cominciati un fermento, un'animazione che hanno coinvolto tutti, piccoli e grandi. Per ore hanno lavorato a smontare due cataste di legna e ramaglie dividendole in una ventina di ammassi piú piccoli, disposti a cerchio nel prato davanti alla casa.

– Che state facendo? – ha chiesto Michele a Giuseppe.

– Prepariamo per i falò. Li accenderemo stasera. Te li ricordi, i falò?

Se li ricorda, sí. Anzi, proprio quella è una delle immagini della sua infanzia che meglio è sopravvissuta nella memoria: le fiamme alte nella notte, le faville che salgono tra il fumo, gli schiocchi e gli sbuffi dei legni, le braci che sembrano occhi accesi nel buio.

– I fuochi... – dice. – Sí, li ho ancora in mente.

– Li hai visti ogni anno, nella notte del primo novilunio d'estate. Quando eri piccolo e i tuoi genitori erano ancora vivi, intendo.

– Sí, li ho visti, e credo che mi piacessero molto.

Il vecchio annuisce, sorride, poi va ad aiutare gli altri.

Cenano presto, parlando poco, come se tutti avessero fretta di qualcosa, come se un'attesa spasmodica sovrastasse l'appetito. Quando esce dalla casa, Michele si accorge che qualcuno ha già acceso i fuochi.

Tutti vanno a sedersi nel prato. Le fiamme giocano con colori baluginanti e ombre sulle facce, sui corpi, aria calda e fumo arrivano ad accarezzare la pelle. I bambini corrono intorno a lungo, poi vengono invitati a calmarsi, a sedersi accanto ai grandi. Qualcuno dalla casa ha portato bottiglie di vino. Parlano, ridono, bevono, guardano in alto il cielo senza luna e pieno di stelle, faville tra le faville. I cani trotterellano intorno, annusano qua e là, ogni tanto scompaiono nel buio e poi ricompaiono.

Michele si concede un bicchiere, si sdraia sull'erba, fissa incantato i bagliori che riverberano. Sente, e non sa perché, che la notte sta per portare qualcosa, qualcosa che nei suoi ricordi si è perso ma che ora sta per tornare.

Quando le fiamme hanno esaurito il loro vigore crepitante e le braci dei falò disegnano un enorme cerchio rosseggiante nel prato, il cielo oltre il monte si accende in un baleno improvviso.

Si fa subito silenzio. La vecchia Lina si alza, si spolvera la gonna e dice: – In casa, adesso. È ora.

– Arrivano, – mormora un bambino a un altro. – Fra un po' vengono.

Michele vorrebbe chiedergli chi è o cos'è che stanno aspettando, vorrebbe dire che si sta cosí bene fuori, perché rientrare tanto presto? Non pioverà, non c'è una nuvola da giorni, quel baleno è frutto solo del caldo che si annuncia, che problema c'è? Ma tutti obbediscono al comando della donna e si dirigono verso l'abitazione.

Si alza con un sospiro, li segue.

In casa, tutti si siedono intorno al tavolo, le donne portano dolci e altre bottiglie, ma nessuno li tocca. Il senso di attesa si fa ancora piú forte; molti sguardi vanno alle finestre, anche se hanno le imposte chiuse. Sulle facce dei piú piccoli si legge qualcosa che sta fra l'eccitazione e il turbamento, come quando ascoltano, divertiti e spaventati, vecchie fiabe di magia e di paura. Se qualcuno di loro diventa troppo irrequieto o parla a voce troppo alta, viene subito invitato a starsene buono e zitto.

Passano i minuti, nessuno si muove, si sono spenti anche gli ultimi sussurri. Poi il silenzio grave che sta impregnando la casa viene rotto all'improvviso: dalla stalla si alzano muggiti nervosi, e fuori i cani iniziano ad abbaiare furiosamente.

Pare di sentire i cavi elettrici sfrigolare, ronzare, la luce comincia a vacillare, si spegne e si riaccende, e infine muore del tutto. Nel buio pesto della stanza gremita non c'è piú una voce, non c'è piú un movimento.

Poi tutto tace anche fuori, gli animali si zittiscono, ammutoliscono. E dalle fessure tra le imposte arriva un pulsare prima bluastro, poi giallo e bianco, come se strani lampi accendessero la notte di un temporale silenzioso e inspiegabile.

Michele è sempre piú stupito. – Ma che succede? – chiede sottovoce a una cugina che gli siede accanto.

Lei per tutta risposta gli stringe un braccio, come a chiedergli di tacere.

C'è una vibrazione nell'aria; non è un vero suono, è solo una pressione che freme ai timpani, alle tempie. Poi anche quella sensazione scompare, le lampadine si riaccendono ticchettando.

È come se si sciogliesse un incantesimo, se una malia arcana e paralizzante venisse vinta, esorcizzata. Tutti si muovono, ricominciano a parlare, prima mormorando, poi piú forte. I bambini lasciano le sedie, qualcuno si versa un bicchiere di vino.

Lina si alza, va verso la porta. – Andiamo, adesso, – dice. Apre l'uscio, si affaccia. Fuori, nel chiarore delle stelle e degli ultimi riverberi delle braci, è tutto tranquillo, come se nulla fosse successo.

La vecchia esce, gli altri la seguono. Michele si accoda, va fuori, guarda nella direzione in cui si dirigono gli occhi di tutti.

Nel prato, all'interno di quello tracciato dai fuochi ormai spenti, c'è un altro grande cerchio, disegnato nell'erba alla perfezione e ben visibile in una luminescenza lattiginosa, la stessa delle stelle.

Hanno ravvivato i falò portando ramaglie sulle braci. Adesso il cerchio dove l'erba è appiattita è del colore delle fiamme. E in quel rosseggiare si muovono ombre e figure, come in una danza tribale e antica, come in un rito arcaico e selvaggio: tutti si rotolano in terra, dentro quella circonferenza.

La vecchia Lina arriva accanto a Michele e gli dice: – Dài, fallo anche tu.

Lui la guarda e apre le braccia in un gesto sbalordito, meravigliato. – Zia, ma da quando accade questa cosa?

– Da sempre, credo. O almeno da quando mi ricordo io, e da quando si ricordavano i nostri vecchi. Loro dicevano che era il ballo tondo delle fate, nel primo novilunio d'estate.

– Un cerchio nel grano... Se non l'avessi visto, non l'avrei creduto mai.

– Non è grano, – dice Lina sorridendo.

Michele scuote la testa. – Non importa. Succede da tante altre parti, lo sai? Anche se non in questo modo, perché nessuno sa in anticipo dove e quando.

– Sí, i miei figli me l'hanno detto. Parlano di dischi volanti, di strane cose.

– Perché, a te non pare una cosa strana?

– No, a me no. L'ho vista ogni anno per tutta la vita. E da piccolo l'hai vista anche tu.

– Non me lo ricordavo.

– Lo so. Ma adesso sei qui, approfittane.

– In che senso?

– Fa' come gli altri. Sdraiati e rotolati nel cerchio, ti farà bene.

– Perché? – chiede Michele, rendendosi conto che è una domanda inutile e stupida.

Lei si stringe nelle spalle e se ne va.

Vuole assecondarla. E poi, con una consapevolezza che viene da chissà dove, sa che va fatto. Entra nel cerchio, si sdraia. L'erba e la terra sono calde, e trasmettono una sensazione di incredibile forza e beneficio.

Michele fa colazione in silenzio, poi sale nella propria stanza. La valigia è sul letto, finisce di riempirla con le poche cose che ha sparso in giro. Va alla finestra. La mattina è velata, qualche nuvola è giunta da ovest a rendere il cielo striato e opaco.

Il cerchio nel prato è ancora lí, ben visibile, grande ed enigmatico.

Non sa che dire. Non si è mai occupato di cose simili, non fanno parte dei suoi interessi. Al giornale ha sempre scritto solo di politica e di pubblica amministrazione.

Forse, pensa, qualcuno della grande famiglia è uscito al buio, mentre Lina aveva riunito tutti in casa, e ha creato il disegno sull'erba aiutandosi con qualche attrezzo. L'ha visto fare una volta in tivú. Ma perché? Solo per un gioco che accomuna il parentado? Che senso avrebbe? E poi quei lampi, quei rumori, gli animali che urlavano inquieti. Un temporale elettrico? Una coincidenza? Come quella che l'ha condotto a Ca' Rampina dopo quarant'anni proprio nel momento in cui erano arrivati tutti gli altri e stava per accadere quella cosa?

Scuote la testa. Potrebbe prendere dalla valigia la macchina fotografica, fare qualche scatto e scrivere un articolo; ma sa che non lo farà, non lo può fare. La sera prima, mentre stava per andare a letto, Giuseppe l'ha preso da parte e gli ha chiesto di tacere, di mantenere quello che per la famiglia sembra essere un antico e geloso segreto.

Ma non è solo per quel motivo, che rispetterà il silenzio: è soprattutto per ciò che nella notte è successo alla sua gamba.

Tira un sospiro profondo, finisce di sistemare le proprie cose.

Lina e Giuseppe sono fuori a salutare i parenti che, macchina dopo macchina, se ne vanno.

Michele li raggiunge con la valigia in mano.

– Potevo aiutarti a portarla giú, – dice il vecchio.

– Non ce n'era bisogno. Non ho piú male. Stanotte ho dormito come un sasso, anche se avevo la testa piena di pensieri, di emozioni, di domande, e quando mi sono svegliato non mi doleva piú la gamba, e il ginocchio si piegava come se non avessi mai avuto l'incidente e le operazioni.

Il vecchio annuisce, per niente meravigliato.

Lina chiede: – Perché te ne vai già? Avevi detto che saresti rimasto due o tre settimane.

Michele scuote la testa. – Non lo so, zia. Sento che devo andare a casa, ho voglia di rimettermi a lavorare, o forse voglio ricominciare da subito a riordinare la mia vita. E ho tante cose a cui pensare da solo.

– Non scriverai sul giornale di quello che hai visto, vero? Rovineresti tutto.

– No, ve l'ho detto, non scriverò e non ne parlerò con nessuno.

– Giuralo.

– Ve lo giuro.

– E giura che tornerai.

– Certo che tornerò. Tornerò prestissimo, magari in uno dei prossimi fine-settimana, e non vi perderò piú.

Abbraccia i due vecchi, raggiunge l'automobile senza zoppicare e se ne va.

Lina e Giuseppe guardano la macchina che scompare nel bosco, poi si incamminano verso casa.

– Dici che manterrà la promessa? – chiede lui.

– Sí, la manterrà. È uno di noi.

L'uomo sospira. – Adesso ha visto, adesso sa tutto. O quasi tutto.

– Quello che non sa, lo conoscerà la prossima volta. In fondo è solo un dettaglio.

– Un dettaglio? Crede che siamo uno zio e una zia. Non si ricorda.

– Non me la sono sentita di dirglielo. Di confidargli che siamo i suoi nonni, che abbiamo duecentodieci anni in due, che il cerchio del novilunio è ancora piú potente di quanto ha visto, di quanto crede.

– Glielo diremo la prossima volta. E forse non si sorprenderà piú di tanto.

– Già, – dice lei.

Si è alzato un po' di vento, e i fili di fumo che si sollevano dai fuochi non ancora del tutto spenti si scompigliano e si dissolvono come nebbia al mattino.

La collina dei bambini

La ruspa si zittí poco prima di mezzogiorno, e Gianni Vincenzi tirò un sospiro di sollievo. – Meno male, – borbottò. – Hanno deciso di fermarsi un po' prima, stamani.

Stavano sbancando la cima della collinetta da tre giorni, e quell'ossessivo, fragoroso ruggito non dava tregua, non gli consentiva di concentrarsi sullo schermo del computer. Lavorava all'ultimo capitolo di quello che sarebbe stato il suo secondo libro, e aveva bisogno di pace e di silenzio. Ma neppure con i tappi nelle orecchie riusciva a ottenerli, e non capiva se a disturbarlo davvero fosse quel po' di rumore che trapassava le palline di cera o la rabbia per la tranquillità perduta. Perduta forse per sempre.

Quell'altura (solo una modesta, dolce convessità del terreno, per la verità) non aveva mai conosciuto, chissà perché, il cemento o l'asfalto. La posizione era stupenda, ma nessuno ci aveva mai costruito. Avevano riempito di case, strade e capannoni destinati a ospitare magazzini e fabbrichette tutta la larga fascia, un tempo alberata, che si snodava tra la statale, il fiume e i primi declivi dell'Appennino, però quel rialzo, morbido e piacevole come la curva in un corpo di donna, era sfuggito per secoli allo scempio.

Ora su quell'oasi verde che Gianni vedeva, vicina, dalle finestre di casa sua, si sarebbe insediata (come un parassita, gli veniva da pensare; come una grossa e avida zecca nel pelo tenero di un cagnolino) la villa di un tale che aveva acquistato il terreno dal vecchio Sani, bisognoso di denaro dopo il fallimento del mobilificio.

Si alzò sospirando dalla sedia, andò alla portafinestra e scostò le tende. La ruspa era stata sí fermata, ma a differenza degli altri giorni non vide gli operai seduti attorno alla baracca degli attrezzi con i panini in mano. Erano tutti là, chini a guardare nella terra squarciata, e si sentivano voci concitate; uno faceva ampi gesti con le braccia, un altro saltò sulla jeep e partí veloce verso il paese.

Gettò un'altra occhiata all'orologio: quasi ora di mangiare. Spense il computer, prese dal cassetto della scrivania il pacchetto delle sigarette e l'accendino e uscí in veranda. L'aria era fresca, e luce viva e ombra repentina si muovevano e si alternavano sui prati al passare rapido di nuvole primaverili.

Fumando, guardò gli uomini indaffarati a frugare con le mani nel terreno.

Uno si girò, lo vide, e con un: – Ehi, professore! – che arrivò aiutato dal vento e un largo gesto del braccio l'invitò a raggiungerlo.

Gianni era in ciabatte; rientrò, si infilò le scarpe e il giubbotto, inforcò gli occhiali e uscí di nuovo. Forse gli operai avevano trovato qualcosa di interessante. La curiosità gli fece tenere un passo svelto.

Già a una decina di metri dallo scavo vide cos'era: nello scuro della terra biancheggiavano innumerevoli ossa.

E quei teschi parlavano chiaro: erano ossa umane.

La collinetta, sui cui prati si erano consumate generazioni di picnic, di passeggiate e di amori, era dunque un cimitero. Un erboso coperchio di bara aveva tenuto nascosto per chissà quanto tempo quell'incredibile e macabro segreto. Questo era il pensiero di tutti coloro che, attoniti ed eccitati, si aggiravano intorno allo scavo.

Tutto il paese da un'ora era là a guardare, a interrogarsi, ad avanzare ipotesi. A chi erano appartenuti quegli scheletri (tantissimi, si constatò continuando a scavare con le pale)? Da chi, e quando, quei corpi erano stati sepolti lí, appena fuori dall'abitato?

– Roba antica, – sentenziò un anziano brizzolato in giacca e cravatta, – o comunque molto vecchia. Altrimenti se ne saprebbe qualcosa.

– Sono piccoli, – disse Tani. Era il custode del cimitero (di quello ufficiale, giú vicino alla chiesa), e se ne intendeva.

– Cioè? – chiese Gianni.

– Per me sono bambini. Sono tutti scheletri di bambini.

Il vecchio medico condotto, che era arrivato tra i primi, annuí.

Fu silenzio per un po'. Centocinquanta, forse duecento bambini sepolti in una fossa comune sulla collinetta. Roba che pareva uscire da un sogno. O meglio, da un incubo.

Quella notte, dalla finestra della camera da letto, Gianni rimase a lungo, insonne, a guardare. Avevano acceso, forse per rendere visibili i nastri di recinzione, alcune di quelle torce a lucerna che si usano nei lavori stradali. Adesso l'effetto cimitero era completo.

Non si vedevano le ossa, in quella scarsa e tremolante luce arancione. Ma c'erano, e lui aveva ancora impressa negli occhi la loro immagine.

Ogni tanto si sentivano auto venire dal paese, se ne vedevano i fari che fendevano il buio e illuminavano il fianco sbancato della collina. Ma a un certo punto si fermavano e ritornavano giú per la stessa strada. Forse il comune o i carabinieri avevano lasciato qualcuno di guardia, per impedire che si andasse là a rovistare e che i ragazzi scegliessero, per passare una serata diversa e da brivido, di far visita a quella fossa misteriosa.

Sono nato e abito da quarant'anni anni vicino a un cimitero di bambini, pensava Gianni. E provava non solo emozione: c'era qualcos'altro. Gli sarebbe piaciuto, *doveva* sapere chi erano, come erano morti, come erano finiti lí.

Aveva una risposta che gli girava in testa: sono stati vittime di un'epidemia chissà quanto tempo fa, e apposta li hanno sepolti fuori dall'abitato. Ma, cristo, esiste una malattia infettiva che uccide solo i piú piccoli? E inoltre, duecento bambini in quel paese minuscolo quando c'erano stati mai?

Non aspettò di leggere sui giornali l'esito degli esami che si stavano compiendo sulle ossa. Era stato assistente universitario e aveva scritto a lungo per un settimanale locale: conosceva tutti negli ambienti giusti, e attaccandosi al telefono venne in breve a sapere a chi poteva rivolgersi. L'università di Bologna si occupava della faccenda insieme alla sovrintendenza per i beni archeologici. Se dai carabinieri e dalle autorità giudiziarie la questione era passata a loro, le ossa dovevano essere vecchie davvero.

Una telefonata al professor Succi della facoltà di Medicina, un ex collega di suo padre che stava collaborando allo studio dei reperti, gli forní solo un dato, che del resto il giorno dopo trovò anche negli articoli dei quotidiani: quelle ossa erano di età medioevale, e piú precisamente del XII o XIII secolo. – Si è arrivati alla datazione non tanto dagli esami degli scheletri, – gli disse il professore, – quanto dal ritrovamento di altri materiali nella fossa. Ma io non posso dirle di piú. È la professoressa Arquati, di Storia medioevale, che segue la cosa con la sovrintendenza. La conosce?

– Serena? Certo, la conosco, – rispose Gianni. – Le parlerò.

Il paese parve tranquillizzarsi, quando la datazione delle sepolture apparve a grandi titoli sulle pagine di cronaca locale. Perché di voci e di ipotesi, in quei giorni, se ne erano sentite a iosa, spesso strane e assurde. Erano circolate storie di presunti massacri relativamente recenti, addirittura degli anni della Seconda guerra mondiale, anche se tutti (o almeno tutti quelli che l'avevano vissuta) sapevano che gli unici morti nel paese, allora, erano stati i fratelli Benini, partigiani uccisi dai nazisti, e il vecchio Ermete Lanzoni, che era stato letteralmente polverizzato da una bomba d'aereo caduta per sbaglio sul pollaio dove lui dormiva, ubriaco fradicio: un ordigno sganciato di certo per errore su quel paesino privo di ogni importanza, nello scacchiere dei combattimenti. Altro che stragi.

Per Gianni Vincenzi quella notizia fu invece una molla capace di incrementare la curiosità. Nel paese, nel XII o XIII secolo, dovevano esserci state la chiesa, una bettola e al massimo una ventina di case, oltre ad alcune fattorie sparse nei dintorni. Ora, anche lasciando correre la fantasia, era difficile spiegare una fossa con circa duecentoventi bambini (tanti erano risultati gli scheletri, a scavo ultimato), tutti di un'età, aveva stabilito l'indagine scientifica, compresa tra i sette e i tredici anni.

Doveva parlare con l'Arquati, e sapere cos'erano quei materiali trovati nella fossa, ancora allo studio e ignorati per il momento dai giornali, ma prima voleva togliersi uno sfizio, pur sapendo di fare una cosa probabilmente inutile. La parrocchia del paese era una delle piú vecchie della Romagna, e forse vi erano tenuti e conservati i registri fin da un'epoca molto remota. Don Anselmo glieli avrebbe fatti consultare, e per un giorno o due l'ultimo capitolo del suo sudatissimo libro avrebbe potuto aspettare.

Suonò alla porta della canonica nel primo pomeriggio, e quando, dopo cinque minuti buoni, il parroco venne ad aprire, ebbe l'impressione di averlo strappato a un pisolino.

– Salve, don Anselmo. Dovrei chiederle un favore.

– Professor Vincenzi! Cosa posso fare per lei?

– Mi chiedevo se in parrocchia esistono i registri dei decessi di epoca medioevale, e se si possono consultare.

Il prete sorrise. – Cerca i morti della collinetta?

– Probabilmente non ce li troverò, ma un'occhiata mi sembra giusto darla.

Don Anselmo fece segno di seguirlo e si incamminò nel corridoio, finendo di sistemarsi il collarino bianco. – Il primo registro dei morti che abbiamo è della seconda metà del Cinquecento, – disse. – Dell'epoca che interessa a lei non c'è nulla, né qui né, credo, nelle altre parrocchie della regione. Salvo forse rare eccezioni.

Gianni si sentí uno sprovveduto, in materia. Del resto si occupava di letteratura contemporanea, e di ricerca storica aveva poca esperienza.

Entrarono nello studio. Il parroco sedette alla scrivania e lo fece accomodare di fronte a sé, poi accese la lampada da tavolo e continuò: – I nostri registri piú antichi, quelli del XVI secolo, li ho consultati piú di una volta. E se le interessa saperlo, anche negli anni peggiori, quelli delle carestie e delle epidemie, i bambini morti sono stati relativamente pochi. Mai piú di sei o sette in un anno, per intenderci: il paese è sempre stato piccolo. E nel Duecento, o giú di lí, la situazione non dev'essere stata diversa. Anche se i registri di quel secolo esistessero, non credo proprio che ci troverebbe la soluzione del caso.

– Lei che ne pensa, don Anselmo? – chiese Gianni appoggiando la testa all'alto schienale della sedia.

– Non so che dirle. Però una cosa mi dà da pensare: il transetto della nostra chiesa, con la cappella dedicata alla Vergine Maria, è un'aggiunta. È stato costruito nel 1212, e a ringraziamento della Vergine stessa, come appare da un'inscrizione sull'altare. Ora lei probabilmente sa che le cronache e i documenti dell'epoca, su fatti simili, sono di solito doviziosi: per una parte aggiunta alla chiesa dovremmo possedere spiegazioni e motivazioni, magari leggendarie, legate a un voto, a un presunto miracolo, a quello che si vuole... e invece niente. Per cosa vollero «ringraziare» i nostri compaesani di allora? Può avere a che fare con tutti quei bambini sepolti?

Quando Gianni uscí dalla canonica, non solo non aveva soddisfatto la propria curiosità, ma era, casomai, ancora piú interessato e preso dalla vicenda.

Subito dopo cena ritelefonò al professor Succi. – Mi scusi, mi sono scordato di chiederglielo l'altra volta, – disse, – ma c'è una cosa che non ho trovato sui giornali e che mi sembra importante: avete idea di cosa abbia causato la morte di quei bambini?

– Stiamo verificando meglio, prima di pronunciarci, ma ormai sembra inequivocabile: molte ossa presentano recisioni e incisioni nette, come quelle provocate da armi da taglio o da punta. Direi, e credo di non sbagliare, che sono stati uccisi. Con spade, asce, lance; forse forconi, zappe. Comunque, uccisi.

Gianni ringraziò, riattaccò e sedette in poltrona davanti al televisore spento. Poi guardò fuori, verso la collinetta. La sua linea, irregolare e scabra dopo il lavoro delle ruspe e delle pale, si disegnava contro il chiarore della notte serena. Pareva una mandibola irta di denti neri che cercasse di azzannare la luna piena.

C'era la luna piena, e le sagome nere degli alberi si stagliavano contro il lucore del cielo. Avevano spento le torce e avanzavano in silenzio, rallentando ogni tanto per farsi raggiungere dai piú piccoli, che rimanevano indietro.

– Andreas non ce la fa piú, – disse Martin ad Annette.

Lei non rispose. Continuando a camminare si girò per un attimo. Poi, dopo qualche decina di metri, disse: – Voglio uscire dal bosco o almeno trovare una radura grande, poi ci fermeremo.

Avevano già fatto una ventina di miglia, quel giorno, e avevano trovato poco da mangiare. Nei radi, piccoli villaggi che avevano incontrato e nelle isolate fattorie ai piedi delle colline, la gente pareva avere paura di loro: tutti sbarravano le porte, non davano cibo. Al loro arrivo si facevano il segno della croce.

Pensandoci, Annette si passò *piú volte il dito sulla croce – una netta e sottile cicatrice scura – che dalla radice del naso le arrivava all'attaccatura dei capelli corti e biondi.*

Martin faticava a tenerle dietro. Lei aveva dodici anni, uno in meno di lui, era esile e minuta, ma la sua resistenza non si spegneva mai. Come la luce che aveva negli occhi azzurri, dei quali non si poteva sostenere a lungo lo sguardo.

– Ci serve acqua, – disse Martin.

– Dio farà sí che la troviamo, – rispose Annette con voce sicura.

Il ragazzino si girò a guardare indietro: tutto il gruppo seguiva in silenzio. Da molti giorni, ormai, avevano perso la forza e la voglia di cantare e di pregare ad alta voce camminando.

Gianni alzò lo sguardo dalle pagine ingiallite del grande tomo che aveva davanti. Gli occhi, fissi da ore su quelle righe, si rifiutavano di mettere a fuoco la stanza ormai in penombra. Inforcò gli occhiali, e i vaghi contorni si trasformarono in alti scaffali zeppi di volumi.

Seduta al tavolo vicino alla porta, l'addetta alla sorveglianza della sala dei fondi antichi era immersa nelle parole crociate.

Gianni era in biblioteca dalle otto del mattino. Aveva pranzato con un toast, in piedi davanti al banco di un bar angusto in cui, per non urtare gli altri avventori, ogni movimento per portare alla bocca il cibo o il bicchiere doveva essere cauto e calcolato. Ora il sole stava tramontando, e lui pensava in latino. Perché per otto ore aveva letto in quella lingua, consultando una infinità di cronache e di documenti relativi al Medioevo.

Si alzò e, facendo scricchiolare il pavimento di legno con un rumore che gli parve esagerato e colpevole, cominciò a ricollocare nello scaffale, al loro posto, i quattro tomi dei *Rerum Italicarum Scriptores* che aveva guardato nel pomeriggio. Nulla. Non aveva trovato nulla che potesse, neanche lontanamente, assomigliare a un accenno alla strage di bambini avvenuta nel suo paese piú di sette secoli addietro.

Ancora suscitando i gemiti strazianti del piancito, andò verso il tavolo della sorvegliante di sala, le sussurrò qualcosa e raggiunse l'ampio e alto corridoio dove già avevano acceso le luci. Entrò nella sala cataloghi e consegnò all'addetto l'ultima scheda di richiesta rimastagli fra quelle che, diligentemente e metodicamente, aveva compilato il mattino e tenuto sul tavolo per presentarle una alla volta.

L'ultima cronaca: anche questa in latino, di datazione incerta, manoscritta e difficilmente leggibile. Trattava, in una sessantina di pagine fitte di una grafia evanescente, minuta, piena di abbreviazioni e cancellature, le vicende della zona ravennate nella prima metà del Duecento. L'aveva consultata in un'altra occasione, qualche anno prima, assieme a un'amica che preparava la tesi di laurea, e il mal di testa che gli era venuto cercando di leggere quei fogli gli aveva fatto giurare che li avrebbe ignorati per il resto dei propri giorni. Ma adesso non vedeva l'ora di averli sul tavolo.

Dopo qualche minuto gli si fece incontro il vicedirettore.

– Vincenzi, è piuttosto tardi e credo sia il caso di darle solo domattina quel manoscritto, – disse.

Gianni annuí deluso.

Uscire dalla biblioteca nella strada ancora luminosa e spazzata dal vento gli diede la sensazione che deve provare chi risale in superficie dalle viscere di una miniera.

Fece, in auto, i trenta chilometri dalla città al paese senza accorgersene, quasi senza vedere la strada: la sua mente era con quei bambini, i suoi pensieri erano su quella collina.

E di notte, sogni strani e scuri lo portarono nella direzione di quei pensieri. Sognò che i piccoli morti chiamavano, che volevano dirgli qualcosa.

Il mattino dopo partí di buon'ora verso la città, impaziente come mai era stato. Forse in quel manoscritto non avrebbe trovato nulla, ma se era l'ultima strada la voleva percorrere subito, e fino in fondo.

Dormirono ai margini di una radura, fra alte querce, stretti l'uno all'altro.

Annette girò a lungo tra quei piccoli corpi, poi andò al centro dello spiazzo illuminato dalla luna e rimase a lungo immobile a guardare il cielo stellato. Da quanto tempo erano in viaggio? Quanti milioni di passi avevano fatto le loro gambe? Si accorse di non ricordare il nome, o il viso, di quelli che non erano piú con loro perché morti o spariti durante il cammino.

Il mare. Dovevano procedere ancora in quella direzione, seguire l'immaginaria linea che separava la grande pianura dalle colline, e sarebbero arrivati al mare.

Cosí era, e niente li avrebbe fermati. Né la fame, né la sete, né l'ostilità di quella gente che parlava una lingua strana e li guardava con diffidenza e con timore.

A metà del pomeriggio, Gianni sentí gli occhi e la testa accusare la fatica. Decifrare le pagine di quella vecchia cronaca era uno sforzo immane, e lo stato delle carte e dell'inchiostro non aiutava di certo nell'impresa.

Lasciò la biblioteca per una decina di minuti, il tempo per un caffè e per riemergere un attimo da quel latino scarabocchiato, poi si ributtò nella lettura.

Era quasi il tramonto quando, con un tuffo al cuore, trovò qualcosa. Non poteva giurare che fosse ciò che stava cercando, ma la data sotto cui era registrato, il 1212, era la stessa della costruzione del transetto aggiunto alla chiesa del paese, e il contenuto di quel breve passo poteva essere importante davvero.

Lo rilesse piú volte e lo tradusse prima mentalmente, poi per iscritto sul brogliaccio:

> Nella notte del 30 di giugno le schiere condotte dal Demonio arrivarono alla Selva Lunga a sei miglia dalla città di Faenza. E grande fu il timore, e innumerevoli le preghiere. Ma per intercessione della Beata Vergine si poté sconfiggere il pericolo, e l'ancella del Diavolo e tutto il suo seguito furono là fermati per sempre.

Tutto qui. Una frase sola che poteva significare chissà che cosa, o che poteva anche non avere significato, visto che solo quel testo poco conosciuto e anonimo dava notizia di un tale enigmatico evento di cui nessun'altra cronaca, nessun altro documento, nessun'altra memoria recavano traccia.

Ma c'erano, in quell'unica frase, elementi che combaciavano con quelli che lui, nella sua ricerca apparentemente senza speranza, aveva per certi: una data, il 1212; un luogo a sei miglia da Faenza; la Vergine, a ringraziamento della quale era stato edificato il transetto della chiesa del paese.

L'indomani avrebbe visto Serena Arquati. E forse, insieme, avrebbero capito di quella vicenda qualcosa di piú.

Si approssimava il tramonto ma il caldo era ancora opprimente, e avanzavano tenendosi sotto gli alberi del bosco, con soste ormai sempre piú frequenti. Trovare l'acqua e il cibo era un problema, e nelle rade fattorie l'atteggiamento della gente non era cambiato rispetto ai giorni precedenti: diffidenza, ostilità, forse paura. E dire che loro erano bambini, soltanto bambini.

Quello della lingua era un altro problema non da poco: ovviamente nessuno dei contadini che incontravano capiva una parola del loro idioma.

Ma al mare, ormai, non doveva mancare molto: forse un giorno solo di cammino, al massimo due. Cosí almeno avevano intuito nel faticoso dialogo avuto con un cavaliere incontrato per via. E sulla riva del mare sarebbe cominciata la parte piú importante della loro avventura, della loro missione.

Annette sentí voci dietro di sé; si girò e vide che il gruppo era fermo.

Martin la chiamò con cenni concitati di un braccio.

Una bambina stava morendo. L'avevano distesa sull'erba, sotto un grande tiglio, e cercavano di farla bere; l'acqua le scorreva via dalla bocca, sul viso, sul collo. Annette fece segno di smetterla. Stavano sprecando acqua inutilmente. Vide che una gamba della bimba aveva leggere e veloci contrazioni, mentre la sua faccia era già inespressiva e immobile.

– Dobbiamo fermarci, – disse Martin, – e trovare da mangiare. Altrimenti finiremo come lei.

Annette guardò fisso davanti a sé. – Manca pochissimo al mare, – mormorò.

– L'acqua del mare non si beve e non si mangia. E poi, mancasse anche solo un'ora di cammino, molti non ce la farebbero ugualmente.

Era stato duro, il tono di Martin. Annette lo fissò e il ragazzo sembrò abbagliato dalla luce di quegli occhi azzurrissimi. Poi lei alzò il braccio a indicare. Da un punto sulle prime, dolci e vicine colline, si alzavano fili di fumo. – Là c'è di certo un villaggio, – disse. – Chiederemo aiuto, e non ce lo rifiuteranno.

Martin annuí stancamente e si avviò verso l'ombra lunga degli alberi, dove si erano seduti e sdraiati gli altri.

Seppellirono la bambina morta, misero sulla terra smossa una croce fatta con due rami, poi il gruppo ripartí in silenzio.

Il sole era sparito dietro le colline, il buio arrivava; e col buio, una temperatura piú accettabile. Ma contro il cielo che iscuriva rapidamente, i fili di fumo che indicavano dov'era il villaggio non si vedevano piú.

Annette marciava decisa in testa al gruppo, veloce nonostante che il cammino, ora, fosse in salita.

– Sei certa della direzione? – le chiese Martin arrancandole dietro.

– Sí. Seguo un segno.

Lui, senza parlare e continuando a camminare, la guardò con aria interrogativa.

– Le lucciole, – disse lei con un sorriso.

Solo allora Martin vide un grande numero di lucciole davanti a loro, su una collinetta. Formavano una macchia di luce che tremolava e danzava. Annette si dirigeva là.

In meno di mezz'ora arrivarono sul piccolo avvallamento. Le lucciole non li avevano aspettati: ora si addensavano giú, dall'altra parte della china, dove videro il villaggio. Le luci delle case e quelle innumerevoli e in movimento degli insetti offrivano una visione suggestiva, quasi surreale.

I bambini si buttarono a sedere sull'erba, indicando lo spettacolo e parlando piano tra loro. Molti, stremati, si addormentarono subito.

Cosí come erano apparse, le lucciole sparirono. Annette guardava seria il paese; anche le luci che si intravedevano dalle finestre delle case, a una a una si stavano spegnendo.

Vide Serena Arquati nel lungo e luminoso corridoio. Stava parlando con una studentessa, e parevano coetanee. Vestito azzurro, caschetto di capelli castano chiaro, occhi verdi: Serena non era cambiata, era ancora molto bella.

Gianni attese in disparte che il colloquio finisse, poi i loro sorrisi si incontrarono e la donna gli venne incontro con passo agile ed elegante. Lo fece accomodare nel suo studio, si accesero entrambi una sigaretta.

– Carissimo! Sei sparito dalla circolazione... Che fai di bello?

– Scrivo.

– Beato te. Io trovo a malapena il tempo per leggere.

– Bugia. Ho visto che hai pubblicato cose egregie.

– Cose brevi, su riviste. Vorrei fare di piú.

Lui annuí. – Come va qua dentro?

– Al solito. Sai che ieri sera, quando hai telefonato, ti stavo pensando?

– Sono contento che mi pensi, ogni tanto.

Serena mise il portacenere al centro della scrivania. – In realtà pensavo a te proprio perché mi sto occupando del ritrovamento degli scheletri, e so che casa tua è in quella località.

– Sí, abito proprio ai piedi della collinetta. Ero il vicino di casa di quei morti.

– Di quei *bambini* morti.

– Già. Duecentoventi bambini –. Espirò una boccata di fumo, poi le chiese: – Tu hai idea di chi fossero? Di cosa significhi questa storia?

– Idee ne ho, ma mi sembrano tutte cosí labili... cosí inverosimili da non essere degne di uno storico.

Gianni sorrise, estrasse dalla borsa il brogliaccio e lo posò aperto davanti a lei, informandola: – Cronaca dell'Anonimo Romagnolo, manoscritto numero 321 della biblioteca classense di Ravenna, carta 29 recto.

Serena mise gli occhiali e lesse. Poi alzò lo sguardo a fissare Gianni, rilesse il brano, spense la sigaretta e disse: – Mio Dio, allora potrebbe davvero essere... Sí, forse è proprio cosí!

Lui la guardava, aspettando.

La donna fece svelta un numero di telefono, chiese al centralino di non essere disturbata, si accese un'altra sigaretta e disse: – La crociata dei bambini. Ne hai mai sentito parlare?

– Ne ho letto qualcosa, ma ne so ben poco.

Serena si alzò, prese alcuni libri da uno scaffale e gli sedette di nuovo di fronte.

Quando i rumori del villaggio si svegliarono al sorgere del sole e dalle case cominciò a uscire qualcuno, Annette era già da tempo in piedi sulla sommità del dosso erboso.

Un abbaiare insistente di cani veniva da basso, e si sentivano cigolare le ruote di un carro.

Come se quello stridio avesse strappato i bambini al sonno, la collina cominciò ad animarsi. Martin si alzò a sedere; sul viso portava i segni dell'erba e gli abiti erano umidi di rugiada. Anche gli altri avevano cominciato a muoversi e a parlare sottovoce.

Il cigolio lamentoso si fermò di colpo: il carro si era bloccato e i due contadini che lo conducevano guardavano la collina.

Per qualche secondo i bambini e i due uomini si fissarono da lontano. Poi il veicolo fece dietrofront e puntò di nuovo verso le case del paese.

Annette chiamò Martin e altri tre ragazzini. Disse: – Andiamo giú a parlare con loro. Chiederemo cibo e acqua.

Scesero la china quasi correndo. Stavano per arrivare in fondo alla discesa quando, dal tozzo campanile della piccola chiesa affogata tra alberi enormi, arrivarono, rapidi e insistenti, i rintocchi di una campana a martello.

E dalle porte delle case del villaggio uscirono uomini, e dietro di loro si vedevano donne e bambini sbircianti, e un giovane a cavallo partí al galoppo, alzando polvere sulla strada che usciva dall'abitato perdendosi tra campi e lingue di bosco.

Annette era in testa al gruppo dei bambini. Guardò indietro verso gli altri, facendo loro cenno di avanzare piano; poi i suoi occhi azzurri incontrarono quelli di un contadino barbuto che li attendeva immobile con un forcone in mano. La ragazzina gli giunse a pochi metri, parlò e mimò il mangiare e il bere.

L'uomo bloccò una donna che, uscita di casa, cercava di affiancarglisi, e con lo sguardo cercò i suoi compaesani che si stavano avvicinando.

Annette era ferma davanti a lui, i capelli biondi che rilucevano nel sole basso del mattino e la strana croce scura che le si stagliava in fronte. Mostrò all'uomo un sacchetto che portava appeso al collo, e fece per aprirlo. Voleva offrirgli la sacra medaglietta d'argento che conservava lí dentro, ma lui a quel gesto urlò e fece un passo indietro, e tutti gli altri del villaggio l'imitarono, mormorando spaventati.

Annette rimase ferma a guardarli. All'improvviso Martin sbucò da dietro di lei, e mettendo la mano nella bisaccia cercò di estrarre la fiaschetta di pelle vuota per mostrarla all'uomo e fargli capire il loro bisogno d'acqua.

Non fece in tempo. Con un colpo sordo, un grande forcone di legno gli si conficcò profondo tra il ventre e il petto. Martin lo guardò incredulo, mentre la bisaccia gli cadeva dalle mani.

Gli altri bambini che erano scesi verso le case fecero qualche passo indietro, poi con un grido corsero a raggiungere i loro compagni.

Annette fece passare il suo sguardo azzurro, e ora terribile, sugli uomini e le donne del villaggio. Poi si girò, e senza correre cominciò pure lei a risalire la collina, mentre i cani urlavano ancora piú forte. Uno di loro, grande e fulvo, la rincorse abbaiando e mostrando i denti.

Lei lo fissò e l'animale, uggiolando come di paura o di dolore, fuggí via scomparendo tra le capanne.

– È senz'altro uno degli episodi piú incredibili della storia. Mi ha sempre affascinato, – disse Serena. – Nel 1212, quasi contemporaneamente, partirono due «crociate» di fanciulli, una dalla Francia, l'altra dalla Germania. Strada facendo i due gruppi divennero enormi: forse decine di migliaia di bambini e bambine, pervasi da una sorta di eccitazione mistica, si diressero a sud, con l'intenzione di arrivare in Terrasanta per liberare il Santo Sepolcro. Pensavano che, arrivati al mare Mediterraneo, questo si sarebbe aperto davanti a loro per farli passare.

– Non avevo mai sentito dire che uno di questi gruppi fosse transitato per la Romagna, – disse Gianni.

– Infatti. Il gruppo francese arrivò a Marsiglia, e qui molti tornarono indietro, altri furono imbarcati da avventurieri senza scrupoli e poi venduti come schiavi oltremare. Alcune navi cariche di questi bimbi naufragarono vicino alle coste sarde. Il gruppo tedesco arrivò a Genova, e qui si fermò anch'esso.

– Nessuno, quindi, si diresse verso l'Adriatico.

– Già. O almeno la storia non ne fa menzione. Però c'è da dire che un terzo gruppo di ragazzini, partito dalla Baviera e diretto verso l'Italia, al Tarvisio venne bloccato e respinto dalle truppe di papa Innocenzo III. Forse qualcuno riuscí a passare e scese verso sud.

– E perché non puntò direttamente verso il mare? Che ne so, verso Trieste, o Venezia.

– Forse, – disse Serena pensierosa, – avevano in mente una meta diversa; o forse hanno seguito una direzione obbligata, per sfuggire ai tentativi di fermarli o di catturarli.

– Di catturarli? E perché?

Serena Arquati aprí un libro. – Questa è la ricerca di Corrado Pallenberg sull'argomento. Un bel lavoro. Senti cosa scrive riguardo alla spedizione che puntò verso Genova: «Ma i bambini tedeschi dovettero incontrare un altro genere di ostilità quando giunsero in Italia: quella delle popolazioni locali». Che andò ad aggiungersi, – continuò, – a quella della chiesa.

– Cioè? – Gianni la fissava, affascinato.

Lei in risposta aprí un altro volume, sfogliò, cercò per qualche secondo, poi disse: – Mathieu Paris, nella sua *Chronica Majora*, definí la crociata dei bambini «un errore inaudito da secoli», attuato per opera del Diavolo. I piccoli crociati li dice «infatuati da un influsso diabolico»; e conclude che essi, «visto che si trattava di una macchinazione del vecchio impostore Satana, o in terra o in mare tutti perirono». E in effetti pochi fecero ritorno alle loro case. Molti furono violentati, uccisi, venduti, tenuti come schiavi.

Gianni si alzò, fece alcuni passi nervosi nella stanza guardando, senza vederli, i dorsi dei libri negli scaffali. Poi sedette di nuovo davanti a Serena.

– Dunque, in Italia, la chiesa e le popolazioni potrebbero aver considerato quella crociata come una pericolosa macchinazione diabolica.

– Forse sí. Se davvero un gruppo si diresse verso l'Adriatico, è facile che sia venuto a contatto con genti che nulla sapevano dello scopo della spedizione. Genti che si sono trovate davanti quei bambini «invasati» che parlavano solo in tedesco.

– Quindi, – disse Gianni come a sé stesso, – i miei compaesani di allora potrebbero aver sterminato piú di duecento bambini solo perché non capirono chi erano e cosa volevano.

– Stiamo parlando del Duecento. Di un'epoca, per quanto riguarda le classi popolari e rurali, di ignoranza, di paura, di superstizioni, anche se questa forse non è la parola giusta.

L'uomo si alzò di nuovo. – È spaventoso comunque.

– Sí, lo è. Ma è solo un'ipotesi che per ora non mi sento di divulgare. È una cosa che resta fra noi e che va ulteriormente approfondita, indagata.

Gianni ringraziò Serena, prese la borsa, salutò e fece per uscire dall'ufficio.

Sulla porta, si girò e disse: – Quasi dimenticavo. Cos'è che avete trovato, assieme alle ossa?

– Poche cose. Le piú importanti sono alcuni oggetti metallici e alcune monete. Medioevali, e di area tedesca.

A braccia aperte e col viso rivolto al cielo, Annette si stagliava contro un azzurro che si stava offuscando, mentre da nord, come onde di un mare in burrasca, nuvole enormi arrivavano correndo e accavallandosi.

La gente del villaggio era tutta fuori dalle case, sgomenta e in preda al terrore. Sentiva venire dal poggio canti e litanie in una lingua incomprensibile, e guardava quella bambina dagli occhi luminosi che, immobile, pareva chiamare la tempesta.

Il cielo, radioso fino a mezz'ora prima, si stava annerendo e agitando. Tuoni lunghi e cupi rotolavano sulla pianura, un vento impetuoso e gelido strappava la paglia dai tetti e gli occhi dei contadini correvano dai campi, dove il grano giallo era pronto per essere mietuto, alla collina brulicante di bambini.

Poi Annette urlò, un grido lungo e terribile, e distolse gli occhi dall'alto puntandoli sul villaggio. E l'uragano arrivò, fra scoppi assordanti e lampi lividi e ininterrotti, con nembi tumultuosi che assumevano forme orrende e parevano vomitare fuoco, come draghi crudeli scatenati nel cielo; e poi la grandine: fitta, rombante, grossa.

Gli abitanti del paese urlavano e scappavano, mentre quel flagello frustava e abbatteva il grano, uccideva polli e anatre negli stabbi e nei campi, sfondava i tetti.

Un fulmine esplose tra gli alberi che circondavano la chiesa, un altro colpí una casa incendiandola, un altro ancora trafisse, come una grande spada infuocata, una stalla da cui uscirono, correndo e cadendo, alcuni maiali impazziti.

Mentre calava un buio simile a quello della notte, squarciato solo dai baleni e arrossato dalle fiamme degli incendi, lei era là, ancora a braccia aperte sulla collina, e i suoi occhi azzurri, come perle vivide, brillavano di luce propria nell'oscurità.

Solo quando arrivarono i soldati, chini sui cavalli e percossi dalla grandine, gli uomini del villaggio presero coraggio e uscirono di nuovo dalle case. Poi fu tutto un lanciare comandi, un agitare spade e forconi, zappe e lance.

Frustati dal vento, terrorizzati dalle figure mostruose che le nubi assumevano in cielo, accecati dalle tenebre e dalle folgori, gli uomini mossero verso il rilievo, cominciando a salirlo da piú lati. Lei, lassú, ancora urlava immobile, e gli altri le si erano stretti attorno.

Infine fu il massacro, mentre il mondo, in un inferno di tuoni e di lampi, pareva esplodere.

La sera era calma e luminosa di stelle. Gianni era seduto in veranda, e guardava la collinetta.

Non smetteva di pensare a quello che poteva esservi successo molti secoli prima.

Rabbrividendo si alzò dalla poltrona di vimini, prese la giacca di lana e l'indossò. I suoi passi, lenti e silenziosi, lo portarono su quell'altura.

Di lassú osservò il cielo pieno di stelle. Poi guardò il paese, su cui era appena calata la notte. Il campanile si vedeva appena, sagoma nera affogata tra grandi tigli, e le innumerevoli luci delle strade e delle finestre sembravano lucciole su un campo di grano.

Foto ricordo

– Passami quella lista, – disse don Guido alla ragazza.

Lei gliela posò sulla scrivania e subito dopo, facendo lo slalom fra gli altri che si accalcavano indaffarati nel grande ufficio a pianterreno a fianco della sacrestia, raggiunse un telefono che squillava. – Parrocchia di San Giorgio, – rispose con la sua voce efficiente; poi, coprendo con la mano il microfono, urlò al parroco: – Don Guido, è il signor Martini; glielo passo?

– Certo.

Martini era il giovane vicedirettore della banca, nonché il presidente della pro loco: senza il suo aiuto, don Guido non sarebbe mai riuscito a fare in modo che tutto, per la domenica ventura, fosse pronto per la festa del paese. E quel *tutto* era una lista lunga cosí, quella che la ragazza gli aveva posato davanti: addobbo della chiesa e pulizia del cimitero al primo posto dell'elenco. I lavori erano a buon punto, e dovevano essere perfetti perché il vescovo veniva in visita e il giovane prete, che si era fatta un'eccellente fama di operosità, non voleva deluderlo. E poi la concessione dell'area davanti alla chiesa a quelli del luna park, la preparazione della lotteria di beneficenza e della corsa podistica, gli stand gastronomici gestiti dai ragazzi, le prove dei bambini che dovevano ricevere la cresima e la prima comunione, e poi... Don Guido si passò una mano sulla faccia e schiacciò il bottone sull'apparecchio telefonico: – Buongiorno, signor Martini. Mi dica.

– Don Guido, ci sono qui da me quelli della «Gazzetta». Mi hanno appena fatto una piccola intervista sulla festa di domenica prossima, e ora vogliono costringermi ad andare con loro nel prato davanti alla chiesa per fare alcune foto. Vorrei che lei facesse parte del quadretto.

– Se ci tiene. Suonate alla porta della canonica, quando arrivate, e uscirò un attimo. Anche se ho un sacco da fare... Come lei, d'altronde.

Si salutarono e il prete, che era in maniche di camicia, andò sbuffando a mettere il collettino rigido e la giacca nera.

Nello spiazzo davanti alla chiesa, sollevando rumore e polvere, stavano arrivando i grandi camion del luna park.

Il telefono del parroco squillò alle otto di quella sera. Stava mettendo i piatti sporchi nell'acquaio, e i trilli che venivano dal televisore, dove un quiz dispensava milioni, coprirono per un po' quelli della chiamata.

– Pronto? – disse trafelato, asciugandosi una mano nel grembiule.

– Don Guido, sono Marchi, della «Gazzetta». Mi scusi se la disturbo, ma avremmo bisogno di lei; potrebbe fare un salto qui in redazione?

– Eh, no, ragazzi! Mi avete fatto un mucchio di foto oggi pomeriggio, mi avete subissato di domande per mezz'ora, e io sono stanco e ho ancora parecchie cose da fare.

– Mi scusi, padre, ma la cosa che vorremmo farle vedere è davvero importante; riguarda proprio quelle foto. Se non può venire vedrò di passare io da lei, ma è assolutamente necessario incontrarci un attimo. È successo qualcosa di incredibile. Ho provato a chiamare anche il signor Martini, ma dev'essere fuori, non risponde nessuno.

– D'accordo, vengo. Ma per un minuto solo –. Si fece il segno della croce per soffocare alcune colorite imprecazioni che premevano per uscirgli di bocca, si tolse il grembiule con i disegni color ruggine, poi, ripensandoci, finí rumorosamente di mettere a bagno le stoviglie, schizzandosi schiuma sulla camicia. Rifece il segno della croce per cacciare piccole tentazioni di escandescenza, eliminò la schiuma con qualche colpo di asciugamano, indossò la giacca e si mise alla ricerca delle chiavi dell'auto. Dopo una lunga caccia se le scovò addosso, appese a un passante della cintura dei calzoni; accese la segreteria telefonica, uscí, e con la vecchia Fiat bianca, tremendamente bisognosa di una marmitta nuova, rombò verso la redazione locale della «Gazzetta», in un edificio al centro del paese.

L'accolsero Marchi e Renzi, il fotografo. Su un tavolo che occupava tutta la lunghezza della parete di un ufficio, erano sparse una ventina di fotografie in bianco e nero.

– Guardi qua, don Guido.

Lui si chinò sulle foto e la sua bocca si aprí in un'espressione di stupore.

– Che scherzo è questo? – chiese dopo qualche secondo, guardando i due.

– Non è uno scherzo. Pensavamo che potesse darci qualche risposta lei, che è nel ramo «cose dell'altro mondo».

Il parroco prese in mano, una per una, quelle immagini. Alcune ritraevano il signor Martini, altre Martini e lui insieme, vicini e sorridenti davanti ai tigli che bordavano il vialetto della chiesa. In tutte, a fianco del giovane direttore della pro loco, appariva una signora anziana e minuta; aveva un vestito scuro col colletto candido di pizzo, i capelli bianchi e gli occhi chiari e luminosi da bambina. Sorrideva.

– Non c'era, quando le abbiamo scattate, – disse il fotografo.

– Già –. Don Guido posò le immagini, sedette e continuò a guardarle, sparpagliate sul tavolo.

– Lei ha idea di cosa possa significare? – chiese Marchi al prete.

Lui scosse il capo, pensieroso. – Non so che dirvi.

– A me, – riprese Marchi, – quel viso non è nuovo, ma non riesco a ricordare dove posso averlo già visto.

Il parroco si rivolse al fotografo: – Esiste un accidente tecnico per cui una cosa del genere possa succedere?

– Non involontariamente, e non in quel modo, – rispose sicuro Renzi.

Il campanello della porta suonò; Marchi scattò in piedi e disse, andando al citofono: – Deve essere Bruno Casadio, il corrispondente che lavorava qui al giornale prima di me. L'ho sentito cinque minuti fa al telefono per un'altra cosa, e gli ho parlato di questa storia; mi è sembrato molto interessato e ha chiesto di poter dare un'occhiata alle foto.

Dopo poco Bruno entrò, e per prima cosa si guardò intorno. In quell'ufficio aveva lavorato per tanti anni: il giornale e il paese non avevano segreti per lui, e le loro vicende erano registrate nella sua memoria come sul disco di un computer. Salutò, strinse la mano a don Guido e guardò Marchi con aria interrogativa. Lui gli fece solo un cenno indicandogli le foto.

Con passo lento Bruno andò al tavolo e le studiò. Poi si lasciò cadere su una poltroncina, mormorando: – Mio Dio, non è possibile… è Nonna Clara!

Gli avevano versato un bicchiere di brandy, e ora il viso di Bruno stava riprendendo colore.

Marchi non aveva bisogno di chiedergli chi fosse Nonna Clara. O meglio, chi fosse stata, visto che era morta da trent'anni. Non ne aveva bisogno perché quell'anziana signora e la sua storia erano state famose, a San Giorgio e oltre. Tristemente famose. E quella faccia in apparenza dolce e serena di vecchia, ora ricordava dove l'aveva vista:

aveva riempito i giornali a lungo, nel lontano 1963, anche su testate nazionali, perché la figura di Clara Raggi vedova Alessandri, piú nota come Nonna Clara, era legata a una delle piú agghiaccianti vicende che fossero accadute – e non solo a livello locale – dalla fine della Seconda guerra mondiale in poi.

Renzi, non avvezzo a sfogliare le annate arretrate dei giornali, e don Guido, da appena due anni in paese, non conoscevano la storia se non per vaghi accenni.

– Ve la sentite di raccontarmi qualcosa? – chiese il prete.

– Io conosco i fatti, ma all'epoca non ero neppure nato, – disse Marchi, e si girò a guardare il suo predecessore al giornale, per passargli l'incombenza di narrare.

Bruno ingollò un altro bicchiere di brandy, si passò una mano sugli occhi e don Guido vide che tremava leggermente. – Sí, io posso raccontare tutto. Perché c'ero, e fui testimone diretto di quella storia, o meglio, del suo epilogo. Anzi, fu anche grazie a me se quella vicenda da incubo venne fuori.

Marchi si alzò, andò in un ufficio attiguo e tornò tenendo tra le mani l'annata rilegata della «Gazzetta» del 1963. La posò chiusa sul tavolo.

Bruno guardò quel grosso volume, fissò per un attimo il vuoto, poi cominciò. – Io fui il primo, credo, a sentire quel pianto notturno di bimbo, disperato e angosciante. Ero sul fiume col mio barchino, a pescare. Allora era il mio passatempo preferito, ma dopo quella volta non sono piú riuscito ad avvicinarmi al fiume. Sarà stata mezzanotte, era ottobre, e mi ricordo che si stava bene senza indumenti pesanti, nonostante tirasse un po' di vento. Avevo preso una tinca grossa che ogni tanto menava un colpo di coda sul fondo della barca. Stava venendo su una bella luna, quasi piena; si vedeva già tra le canne a filo dell'argine, e io pensai che la pesca era finita: sapete, con la luce della luna i pesci vedono la rete del bilancino che cala nell'acqua, e non si fanno piú acchiappare. Stavo per mettermi al remo e venire via, quando lo sentii. I respiri del vento lo disperdevano, a volte lo sovrastavano, ma non potevano soffocarlo: era un pianto pieno d'angoscia, di terrore, con grida e invocazioni. Restai immobile, con lo sguardo fisso verso il bordo dell'argine, girando la testa da tutte le parti: là a basso nel fiume si perde il senso della direzione dei suoni, e io non capivo da dove potessero venire quei lamenti. A volte parevano alzarsi dall'acqua stessa, a volte sembravano giungere dall'alto, come se fosse stata la luna a urlare e a piangere. Di sicuro, però, non era un'illusione. E non c'erano case, vicino a quel punto, se non quella di Nonna Clara, settant'anni suonati e vedova da decenni; e la segheria, ovviamente chiusa e deserta a quell'ora. Mi corse un brivido per il corpo, lo ricordo bene, e mi feci il segno della croce: perché nel fiume, una ventina di giorni prima, erano annegati due fratellini di cinque e otto anni, Tommaso e Martina, e io per quel motivo ero stato a lungo indeciso se andare o no a pescare. Quei due poveri bambini abitavano nella casa dove oggi vivono i Belletti, all'incrocio con la statale. Erano stati sorpresi, o almeno cosí pensavamo noi, da una di quelle piene di settembre che arrivano improvvise giú dal monte a travolgere ogni cosa tra le sponde. Probabilmente avevano sceso l'argine, ci figuravamo, per andare a giocare vicino all'acqua, o per andare a raccattare qualcosa lasciato dalla corrente, e non ce l'avevano fatta a scappare all'arrivo della piena. Io avevo parlato con la loro madre, Laura, quando avevo scritto l'articolo per il giornale. Era una donna distrutta. Mi disse che dal momento della scomparsa dei suoi bambini non faceva che immaginarseli, terrorizzati e piangenti, che tentavano di risalire l'argine avvinghiandosi con le mani all'erba o affondandole nella terra smossa. Nelle poche pause di sonno che riusciva a strappare al dolore li sognava cosí, catturati dall'acqua, o sul fondo, con gli occhi aperti e sbarrati, mentre la cercavano e la chiamavano con cenni delle mani. I corpi dei bambini non erano stati ritrovati, e ci chiedevamo dove fossero finiti. Forse la fiumana li aveva trascinati e nascosti fra qualche canneto lontano, o forse li aveva spinti giú in qualche gorgo, in qualche buca profonda. Del resto altre volte erano annegati bambini, in quel punto del fiume, un punto pericoloso, senza che i loro corpi fossero stati ripescati mai. Mi ricordo del piccolo Mario Giardini, nel '56; poi di Fiorenza Lucchi, sette anni, nel '59. Le biciclette di Tommaso e Martina le avevano trovate là, sull'argine, e il cappello di paglia della bimba l'avevano raccolto una cinquantina di metri piú avanti, tra i salici, che quando c'è piena trattengono come una rete le cose portate dalla corrente. Io il pianto lo sentii lí, piú o meno in quel punto del fiume. La tinca la gettai nell'acqua prima ancora di approdare alla piazzola, non tirai neppure a riva il barchino e me ne andai a casa quasi correndo. Di quello che avevo sentito non ne parlai in giro, per qualche giorno. Pensavo e ripensavo alla cosa in ogni momento, ma mi pareva una di quelle storie che è meglio tenersi dentro. Non ne parlai finché un ragazzo, Attilio Morri (oggi ha un'officina in città), qualche notte dopo sentí anche lui il pianto. Passava lungo l'argine in bicicletta dopo essere stato dalla morosa, ed ebbe la mia stessa esperienza; e la sera seguente ne parlò nel bar del paese. C'ero anch'io, e i nostri racconti si incrociarono; gli altri erano attorno a noi ad ascoltarci, e nessuno rise, nessuno ebbe voglia di scherzare sulla cosa o di dubitarne. Ci conoscevano bene, sia me che Attilio. Il giorno dopo tutti ne parlavano, in paese, e tutti pensavano che il pianto fosse di quei due bambini morti, che continuavano a invocare aiuto e a gridare di paura nel buio della notte. Nessuno andava piú a pescare nel fiume, nessuno si avvicinava piú all'argine, dopo il tramonto. Il freddo dell'inverno era sceso in anticipo su tutti noi.

Bruno fece una pausa, cercò con gli occhi il bicchiere; Marchi gli versò un altro po' di brandy e glielo porse. L'uomo riprese a parlare dopo aver bevuto un sorso.

– Le voci arrivarono ovviamente alle orecchie dei genitori di Tommaso e Martina, che la domenica, in chiesa, finita la messa, presero da parte Nonna Clara e le chiesero se avesse sentito i lamenti, visto che abitava vicino a quel punto del fiume, in una vecchia casa sotto l'argine. Lei, che fra l'altro era un po' sorda, rispose di non averli uditi mai. «Prendo anche la pillola per dormire, di sera, – disse, – e di giorno c'è quella segheria che di continuo fa fracasso». Fu la stessa Nonna Clara, durante quella conversazione, a suggerire ai genitori dei due bambini di chiedere al prete di andare là, sul fiume, a dare una benedizione. Loro la ringraziarono del consiglio, e Laura abbracciò piangendo la vecchia. Sapete, di Nonna Clara noi pensavamo un gran bene: pareva una signora buona, era sempre in ordine (mi ricordo che odorava di acqua di colonia), era spesso in chiesa, dava caramelle ai bambini, era affabile. Per questo la chiamavamo tutti Nonna.

Rabbrividí, bevve un altro sorso e continuò.

– Il parroco di allora, don Sante, andò davvero a dare quella benedizione. C'eravamo tutti, in quel tardo pomeriggio d'autunno, e il ricordo che ho di quei momenti è nitido come una fotografia. La gente del paese, in fila, seguiva il prete sull'argine; arrivati nel punto dove si erano sentiti i lamenti, don Sante, tirandosi un po' su la veste, scese vicino all'acqua, e benedisse e pregò. Tutti pregammo con lui. Mi ricordo l'espressione di Laura, la mamma dei due bambini scomparsi, vestita di nero e stretta al braccio del marito: il viso tradiva un'attesa, lei ascoltava e aspettava forse di sentire un pianto, una voce. Ma non accadde niente. Finita la benedizione ce ne andammo di là alla spicciolata. E ho ancora negli occhi l'immagine di Nonna Clara che va a salutare il parroco e a stringere le mani di Laura e di suo marito.

Bruno si fermò, fissando un punto della parete. Marchi aprí il volume dei giornali rilegati, sfogliando.

– E poi? – chiese don Guido guardando Bruno e versando anche per sé un po' di liquore.

– E poi successe che io non potevo smettere di pensare a quei lamenti che avevo sentito. Piú che un giornalista ero un semplice corrispondente locale, ma il mio mestiere era comunque quello di capire le cose per poi descriverle. E ai fantasmi credevo poco, anche se dopo quella notte sul fiume mi erano cresciute dentro paure che non pensavo di avere. Cosí, la storia dei pianti e della benedizione, invece di raccontarla sulle colonne del giornale, l'andai a sottoporre ai carabinieri in città. Ne furono molto interessati e vollero che la sera stessa li accompagnassi sul posto. Fecero aprire la segheria al vecchio Enzo, il custode, e cercarono ovunque, dentro ogni locale, in ogni catasta di legna, dietro ogni mucchio di sacchi di segatura. Niente. Il maresciallo mi chiese allora chi abitasse in quella casa che si intravedeva oltre la siepe, poco lontano. Gli parlai di Nonna Clara e lui volle andare là a dare un'occhiata. Quello che trovammo lo potete, in parte, leggere lí, – e indicò la raccolta di giornali aperta sul tavolo.

– Me lo racconti lei, per favore, – disse piano don Guido.

Bruno respirò profondamente e riprese. – Nonna Clara era in casa che mangiava. Rimase di sasso quando aprendo la porta vide i carabinieri. Io la tranquillizzai, ma mi accorsi che qualcosa non andava: lei aveva paura. I suoi occhi non ridevano piú. Quando il maresciallo le chiese di poter guardare nelle stanze, serrò strette le labbra, non parlò e si tirò in un angolo. Poi... poi lo trovammo. Era nello stanzino in fondo al corridoio, nel buio e nel puzzo dei suoi stessi escrementi, rannicchiato in un angolo; pareva uno straccio gettato per terra. Sembrava addormentato, ma era svenuto, o comunque in stato di incoscienza. Era Tommaso. Martina purtroppo non c'era piú. Quello che restava di lei (poco, ormai) era in parte nel piatto e nel tegame sul tavolo, la cena di Nonna Clara, e in parte in cantina, sotto sale.

Don Guido appoggiò il bicchiere, senza parlare. Marchi e Renzi guardavano Bruno.

– Non è tutto, – continuò l'uomo. – Liberato il bambino e portata via la vecchia, scavarono in giardino, su mio suggerimento. Le ossa di alcuni di quei bambini «annegati» o comunque scomparsi negli anni precedenti erano lí, sotto i cespugli delle rose.

– Che ne fecero di quella donna? – chiese Renzi.

– Nonna Clara fu internata in un manicomio criminale, dove si uccise pochi mesi dopo. Si svenò a morsi, e credo di non aver mai sentito di un'altra morte del genere. Suo fratello, che abitava in città, la volle seppellire qui, nel cimitero del paese, accanto al marito morto da tempo. Una cosa di cui avremmo fatto volentieri a meno: non la volevamo piú tra noi, neppure morta. Venne inumata una sera, senza uffizi religiosi e senza presenti, tranne suo fratello e i becchini. Non c'è la sua foto sulla tomba, e neppure il suo nome: c'era scritto «Famiglia Alessandri», c'era il nome del suo povero marito, e di lei comparivano solo le iniziali e le date di nascita e di morte. Poi qualcuno ha cancellato tutto e ha fatto sparire anche quelle. È una tomba senza nome, adesso: forse perché cosí è piú facile dimenticare. Io so come l'hanno sepolta: me lo raccontò Primo, il vecchio becchino che è morto qualche anno fa. Quando il fratello della morta se ne andò, riaprirono la tomba e la bara e legarono quel cadavere dissanguato con corde rosse ben fermate da nodi, perché non potesse tornare mai piú. Avevano paura di lei anche da morta. E a quanto pare non avevano torto.

– E Tommaso? – chiese don Guido.

– Tommaso ha avuto due grandi fortune: quella di essere stato trovato in tempo, e quella di avere poi dimenticato tutto, completamente. Rimase a lungo in stato di semincoscienza, in ospedale; quando si rimise in sesto, la sua mente aveva operato una rimozione completa, aveva cancellato quella brutta avventura. Gli raccontarono che aveva rischiato di annegare in un incidente che era costato la vita alla sorella, e questo è quanto lui ha sempre saputo e creduto, da allora. Anche San Giorgio ha cancellato la vicenda, o almeno ha cercato di farlo, per sé stessa e per quel bambino. Tommaso lasciò il paese, trasferendosi altrove con i suoi genitori; tornarono a vivere qui solo dopo molti anni, e adesso lui è un uomo. Un uomo che, se casualmente ha sentito qualcosa su quella storia, non sa che lo riguarda, perché allora i carabinieri e il tribunale ebbero l'accortezza di dare ai giornali solo le iniziali dei bambini, tra l'altro volutamente inesatte. E noi, alla «Gazzetta», seguimmo lo stesso criterio; potete guardarle, le edizioni di quei giorni, – disse indicando il volume aperto sul tavolo, – e non ci troverete i nomi delle vittime di quella pazza.

– Ma cosa sta succedendo ora? Perché quella presenza nelle fotografie? – chiese il parroco.

– Io ai fantasmi non credevo allora, e vorrei non crederci neppure adesso, – rispose Bruno. – Ma se quelle foto non sono un trucco, e a quanto pare non lo sono, allora credo che Nonna Clara sia tornata per finire la sua opera.

– Cosa significa?

– Significa che in quelle fotografie è lí, accanto al signor Martini. A *Tommaso* Martini, che è venuta a cercare dopo tanti anni.

Don Guido rimase impietrito, Marchi si accese una sigaretta e Renzi sentí il bisogno urgente di andare in bagno.

– Ma perché sarebbe tornata proprio adesso? – chiese Marchi.

Bruno si strinse nelle spalle. Don Guido fissava le foto con aria assorta; lui un sospetto in proposito ce l'aveva: puzzava tremendamente di superstizione, ma l'avrebbe comunque verificato al piú presto.

Quando lasciarono l'ufficio della «Gazzetta», don Guido riaccompagnò a casa Bruno con l'auto. Era come se l'ex giornalista fosse invecchiato di dieci anni nell'ultima ora: le sue mani mostravano un leggero tremito e si tormentavano l'una con l'altra, i suoi occhi ora fissavano inespressivi il cruscotto, ora si accendevano di una luce che tradiva nervosismo, forse paura.

Don Guido fermò la Fiat davanti a casa dell'uomo e prima che scendesse gli chiese: – Tutto bene?

– Sí. Credo di sí.

– Senta, Bruno, pensa che sia meglio andare da Martini?

– I ragazzi del giornale dicono che al telefono non risponde. E poi, che cosa gli diremmo?

Il parroco pensò un attimo, annuí, lo fece scendere e tornò a casa. La lucetta rossa della segreteria telefonica lampeggiava, ma ancora prima di ascoltare i messaggi aprí la rubrica posata sullo scrittoio, cercò un numero e lo compose velocemente.

Rispose sgarbatamente una voce di donna. – Chi è?

– Sono don Guido. C'è Francesco, per favore?

Non ebbe risposta, ma sentí la donna che chiamava. Francesco, il becchino e custode del cimitero, venne all'apparecchio. – Dica, signor parroco...

– Francesco, avete finito i lavori nel camposanto?

– Siamo a buon punto. È quasi tutto a posto.

– Avete fatto anche gli svuotamenti nell'ultima fila?

– Sí, abbiamo trasferito nell'ossario i resti dei morti di tutto l'ultimo blocco della fila vecchia. Adesso lí si può lavorare.

– Niente da segnalare?

– In che senso?

– Voglio dire, avete trovato niente di strano?

– Ah, sí, c'era uno scheletro avvolto da corde rosse. Corde ancora in buono stato.

– Che ne avete fatto?

– Delle ossa? Le abbiamo portate nell'ossario, come tutte le altre.

– Volevo dire delle corde.

– Bruciate, come le altre cose trovate nelle tombe. Un lavoraccio schifoso, mi creda: c'è gente che ci ficca di tutto, nelle bare coi morti. Ma che c'è, qualcosa non va?

– No, no. Era per sapere come procedono i lavori, tutto qui. Grazie, e a domani.

Don Guido riattaccò e prese a muoversi nervosamente per la stanza. Poi, a passi svelti che alzarono echi nel silenzio, andò in chiesa passando per il corridoio buio e la sacrestia.

Attraverso la penombra, in cui i lumini rossi e le fiammelle delle candele disegnavano aloni e suscitavano apparenze di movimento, raggiunse l'altare; qui si inginocchiò sui gradini freddi e chinò il capo a dire una preghiera.

Tommaso Martini uscí dal ristorante con un sospiro di sollievo. Le cene di lavoro si stavano trasformando in un'incombenza frequente e pesante; il suo fegato protestava spesso e la sua linea ne pativa in modo evidente, nonostante le massacranti ore di palestra e il tennis del sabato.

Salí sulla sua Mercedes nera e guardando il telefono ebbe voglia di chiamare Sandra. Fece correre lo sguardo alle cifrette verdi dell'orologio: ventitre e venti. Tardi. Si avviò verso casa, col capo reclinato indietro sul poggiatesta. Arrivò al paese senza avere mai superato i sessanta all'ora: dopo una giornata del genere, guidare piano, pensando a ruota libera per svuotare e disintossicare la mente, era uno dei sistemi piú efficaci per rilassarsi.

Imboccò il vialetto d'ingresso, arrivò a due metri dalla saracinesca del garage e scese con le chiavi in mano, cercando di fare in fretta. Aprí, e prima di entrare nel box con l'auto vi accese la luce. A volte si dimenticava di farlo e in quei pochi secondi in cui, spenti i fari, si ritrovava nel garage al buio, lo assaliva qualcosa che lo spingeva ad aprire subito la portiera dell'auto per far accendere la luce dell'abitacolo, e a scendere precipitosamente per premere l'interruttore sul muro. Paura del buio. *Terrore* del buio. Ora che viveva da solo, quel senso di panico che sempre lo prendeva nell'oscurità si era forse accentuato.

Prima di spegnere la luce del garage accese quella della veranda (l'avrebbe lasciata cosí fino al mattino dopo) ed entrò in casa. Già nel corridoio allentò la cravatta e si tolse la giacca, poi andò in camera da letto e finí di spogliarsi, indossando il pigiama. Sentí che gli occorreva una buona doccia calda. Accese il televisore in camera lasciando il volume alto, andò in bagno, si spogliò di nuovo e si ficcò sotto il getto dell'acqua, accogliendola sul viso e sui capelli.

Cercò la bottiglietta dello shampoo con la mano. Fu in quel momento che la luce si spense.

Tommaso rimase cosí, impietrito nel buio, ancora con la mano tesa verso la mensola. L'acqua continuava a scorrergli addosso; chiuse il rubinetto, frenetico, scostò la tenda della doccia e fece un passo, gocciolante, a tentoni, respirando forte a bocca aperta. Senza pensare ad asciugarsi, cercò la porta e uscí in corridoio. Buio. Buio totale, denso e cieco.

Dalla camera da letto una voce di donna chiamò piano: – Tommaso…

Rimase paralizzato. Quella voce. Era come il buio: era l'essenza stessa del buio. Era La Paura, un vortice nero che toglieva il respiro, che lo risucchiava via.

Dopo qualche secondo di terrore assoluto, di incapacità di muoversi, riprese a camminare piano e seguendo il muro, col cuore che gli martellava violentemente e dolorosamente nel petto e in gola, arrivò all'interruttore vicino alla porta della cucina. Lo fece scattare piú volte, inutilmente. Sentiva un sapore acre invadergli la bocca, mentre l'intestino e la vescica erano stritolati da una contrazione spasmodica. La sua mente non produceva un pensiero, ma solo un'immagine: quella della torcia a pile nel primo cassetto del mobile di cucina. Avanzò ancora. E all'improvviso arrivò l'odore, un odore di acqua di colonia, quello da cui lui, chissà perché, era sempre stato disgustato, respinto.

Fermo, con la mano bagnata appoggiata al muro e con i muscoli delle gambe che tremavano e guizzavano come impazziti, ebbe un flash nella mente: una porta che si apre, ritagliando un quadro di luce gialla nel buio, e una figura nera di donna che vi appare. E di quel flash (di quel ricordo?) facevano parte anche l'odore di acqua di colonia e un puzzo stagnante di escrementi e di muffa.

Si sforzò di ricondurre la propria mente all'immagine precedente: il cassetto, la torcia, la luce.

Riprese ad avanzare, trovò la porta della cucina ed entrò. E in quel momento fu luce davvero, quella bianca del neon, che arrivò ticchettando e abbagliandolo, mentre dalla camera da letto tornò a prorompere, urlante, la voce del televisore. Con gli occhi sbarrati si guardò intorno.

Seduta, con le mani incrociate sul tavolo, sorridente, c'era Nonna Clara. – Eccoci qui, Tommaso, – gli disse.

Cosí come aveva rimosso quell'immagine, quel ricordo, ora la sua mente, in un attimo e completamente, annullò i trent'anni che erano trascorsi da allora, dai Giorni dello Stanzino Buio. Tommaso era di nuovo un bambino di cinque anni, atterrito, e Nonna Clara gli parlava con quella sua voce calma, dolce e terribile.

– Oggi tocca a te, Tommaso. Oggi lascerai lo stanzino e andrai in cantina da tua sorella.

Non era piú nella cucina ampia, lucida, luminosa della sua villetta. Era in quel bugigattolo puzzolente e nero, era di nuovo in quell'incubo che, tenuto lontano per trent'anni, ora aveva sfondato la porta ed era tornato.

– Sei stato cattivo, Tommaso, – disse Nonna Clara alzandosi e girando attorno al tavolo, per poi dirigersi piano verso di lui. – Te la sei di nuovo fatta addosso.

Lui si guardò con gli occhi dilatati. Feci liquide e urina gli colavano lungo le gambe nude.

– Va' in castigo! – disse la vecchia, e la sua voce adesso era piú dura, stridula.

Tommaso si inginocchiò, poi si mise carponi e rasente il muro, cominciando a singhiozzare, strisciò verso l'angolo della stanza. – Non... non lo farò piú, – disse.

– Oh, di questo puoi essere certo, – sorrise lei.

Tommaso raggiunse l'angolo, vi si rannicchiò e chiuse gli occhi piangendo e dondolando il capo con le mani sul viso.

– Vienimi a prendere, mamma, vienimi a prendere, mamma, – mormorava ossessivamente, e intanto, senza sentire dolore, si conficcava le unghie nella testa e nella fronte.

La luce si spense di nuovo, e Nonna Clara fu su di lui.

Il corpo di Tommaso Martini fu trovato di buon mattino dalla donna delle pulizie, nudo, in cucina, in un lago di sangue, con la gola squarciata come da morsi di belva.

I carabinieri e gli investigatori che per tutto il giorno, nella villetta attorniata da auto dai lampeggianti blu e da curiosi, avevano a lungo fotografato, cercato, ascoltato vicini, non si spiegavano il perché, ma soprattutto il come di quel delitto, se delitto era stato. Nessuna impronta che non fosse quella della vittima, nessun elemento utile a capire. Niente.

Don Guido, con la faccia stanca, era venuto, aveva guardato. Fuori, nel vialetto odoroso di fiori, aveva parlato piano coi ragazzi del giornale; poi era andato a casa di Bruno, che si era sentito male nell'apprendere della strana fine di Martini.

La festa del paese venne annullata. Non ci furono né la lotteria di beneficenza, né la gara podistica, né le bancarelle. I grandi camion del luna park ripartirono, col loro carico di colori.

Solo la cresima e la prima comunione dei bambini, la domenica, ebbero luogo ugualmente. C'erano tutti, in chiesa, ma il clima di quel giorno non fu di festa, di gioia. Anche il vescovo, arrivato in automobile giusto in tempo per la cerimonia e ripartito subito dopo, ricordò nella sua predica Tommaso Martini e invitò i presenti a raccogliersi in preghiera per lui.

Fu quella sera stessa che l'incubo si ripresentò, piú terribile ancora.

Il campanello della canonica suonò verso le nove; don Guido aprí, e si trovò di fronte Marchi e Renzi. Li invitò ad entrare con un gesto stanco, senza aprire bocca. Non vollero neppure sedersi; la loro espressione era di sofferenza, di paura.

– Ho fatto le foto di gruppo, stamattina, dopo la cresima e la comunione, – disse Renzi porgendo i provini a don Guido.

Il prete li prese e li guardò: il gruppo dei bambini, sorridenti nei loro vestiti della festa, la chiesa e i grandi alberi del viale sullo sfondo. E, tra i ragazzi, non solo il vescovo, ma anche una vecchina dal capelli bianchi e dagli occhi chiari di bambina. Nonna Clara.

– Temo... temo che i guai siano appena cominciati, – disse piano Marchi.

Nel cielo nero era comparsa una luna rossa, bassa ed enorme, e i cani, nel paese e nella campagna, urlavano tutti insieme, come pazzi di rabbia o di terrore.

A lume di candela

Nonostante il peso dello zaino pieno di trappole, Francesco marciava svelto tra gli alberi del bosco, senza fare rumore. Il buio era arrivato in fretta, quando il sole si era inabissato dietro il Monte Grande; ma i sentieri non avevano segreti per lui, che conosceva ogni tracciato, ogni anfratto, ogni masso.

Ottobre era arrivato portando le prime nebbie a fasciare i fianchi dei monti o a posarsi sul fondo dei valloni; ma quella sera soffiava un libeccio leggero e tiepido che faceva muovere i rami e rendeva limpida l'aria e nitidi i contorni. Guardando dietro di sé, vide le luci del paese apparire e sparire tra il nero degli alberi. Voleva mettere le trappole e tornare prima di mezzanotte.

Avanzò, passò il ponticello di legno sul torrente, fermandosi per un attimo a studiare il muoversi rumoroso dell'acqua, ed entrò nel castagneto. Attraversato quello, sarebbe arrivato nella zona buona per la caccia.

I castagni erano grandi, scuri, colonne robuste di una cattedrale enorme dal tetto di foglie, e in terra si sentiva il morbido dell'erba. Si sistemò meglio lo zaino, senza smettere di camminare; poi vide una luce e si bloccò. Un tremolare lontano di fiamma disegnava un alone giallo in mezzo agli alberi.

Si accostò a un tronco, immobile, ansimando piano. Sentiva il cuore tenere un ritmo veloce, il sangue frusciare alle tempie; e non tanto per la fatica del camminare in salita. Si guardò attorno: solo il buio del bosco. Pensò di fare dietrofront e tornare al paese. Poi un soffio piú forte del vento fece giocare quel chiarore con le ombre, e allora vide una sagoma nera muoversi, dondolare.

Aveva quasi settant'anni, Francesco, e li aveva passati tutti fra quei monti. Non temeva né il buio né i segreti del bosco, ma sentí ugualmente un brivido corrergli sulla pelle. Restò ancora fermo, quasi nascosto dietro il tronco del grande castagno; poi, a un nuovo frusciare del vento, l'ombra dondolò di nuovo e lui capí.

Per qualche secondo distolse lo sguardo e pensò che poteva girarsi e tornare svelto verso casa; ma si passò una mano sulla faccia, si staccò dal tronco e camminò verso quel lucore irrequieto, verso quella sagoma in movimento.

Giunto a una decina di metri di distanza, vide chi era. Alla luce guizzante di una candela che ardeva in terra al riparo di alcune pietre, riconobbe quel viso di donna.

Il corpo penzolante dalla corda girò piano su sé stesso, e a una nuova folata oscillò ancora, mentre la fiamma, lacerata dal vento, sembrò sul punto di spegnersi.

Gabriele Sintoni, il medico del paese, finí di esaminare il corpo di Argia e lo ricoprí con il lenzuolo. L'avevano messa nel suo letto, nella vecchia casa di sasso ai margini del bosco dove viveva sola da vent'anni.

Andò di là, nella stanza dove gli altri avevano acceso il fuoco e aspettavano. – Era morta da poco, quando Francesco l'ha trovata, – disse.

Il maresciallo dei carabinieri scrisse qualcosa, gli venne a parlare all'orecchio, infine se ne andò salutando con un cenno del capo.

– Dottor Sintoni, vuol bere? Credo che tenesse una bottiglia di grappa qua dentro... – disse un vecchio dai baffi bianchi aprendo gli sportelli di una piccola vetrina.

Lui annuí, guardando nel riquadro nero della finestra. Si trovò davanti un bicchiere di liquido giallo dall'odore invadente; buttò giú a occhi chiusi, si pulí la bocca col dorso della mano e chiese a nessuno in particolare: – Cristo, ma perché? Perché l'avrà fatto?

Anche Francesco aveva bevuto la grappa, e si rigirava il bicchiere tra le mani con un gesto lento e ripetuto. – Quassú capita, dottore. Lei è in paese da poco ed è il primo suicidio che vede qui; ma per noi non è una cosa nuova, purtroppo.

– Aveva problemi particolari, Argia? A me pareva una donna forte e tranquilla.

Si strinsero nelle spalle. Francesco fissava senza vederlo un punto del pavimento.

Il giovane medico lo guardò per un po', poi gli chiese: – A cosa pensi?

– A quella candela accesa. Le aveva fatto intorno un bordo di sassi, perché non si spegnesse col vento.

Una donna mormorò: – Forse per vederci meglio, quando faceva passare la corda sul ramo.

Gli altri tacquero.

Entrò un'anziana in abito nero che era stata a dare un'occhiata nel seminterrato. – Ci sono panni messi ad asciugare su un cavalletto, e altri bagnati nella catinella. Stava stendendo il bucato, e deve aver piantato lí all'improvviso.

Si guardarono l'un l'altro, e Francesco scosse piano la testa.

Erano le undici del mattino quando sentí bussare forte e chiamare: – Dottore! Ehi, dottore!

Aveva appena finito il suo giro di visite e ai piedi portava ancora gli scarponi pesanti. Gli sfuggí una smorfia di disappunto: quel bussare frenetico, quel chiamarlo, significavano che sarebbe dovuto uscire di nuovo, e farsi magari una lunga scarpinata fino a qualche casa in alto sul monte.

Trangugiò il caffè appena fatto, scottandosi la lingua tanto da farsi venire le lacrime agli occhi. Imprecò sottovoce, si affrettò nell'ingresso freddo e scuro e aprí. Era un adolescente, Silverio Liverani, che lo cercava.

– Cos'è successo?

– Dottore, la zia! L'abbiamo trovata prima, io e mio padre... dovevamo pranzare là –. Ansimava per la corsa e faticava a parlare.

Gabriele non indugiò. Prese dal tavolo la borsa, si calcò il cappello in testa, spinse il ragazzo all'esterno e lo fece salire accanto a sé sul calesse. Non gli chiese di cosa si trattasse, durante il breve tragitto; questione di minuti e avrebbe potuto constatarlo di persona. E poi il giovane sembrava spaventato e poco disposto a spiegare.

La casa, bella, di sasso, era nell'estrema parte bassa del paese, separata dal bosco solo dal torrente. Gabriele lasciò Silverio a occuparsi del cavallo ed entrò con passo veloce. Si guardò attorno, nella sala grande: nessuno. Si affacciò alla cucina; sul tagliere c'era l'impasto per la sfoglia, già in parte spianato col matterello.

Poi sentí chiamare dalla cantina. Scese svelto la scaletta di legno e vide il padre del ragazzo chino sul corpo della sorella Vera. L'aveva avuta in ambulatorio il giorno prima, per un po' di tosse.

Lei era distesa sul pavimento, ancora col cappio al collo. Un pezzo di corda reciso penzolava da uno dei travetti di legno.

Sopra il coperchio di un orcio di terracotta, fissata nella cera gocciolata, brillava una candela accesa.

Gabriele era in piedi davanti alla credenza di legno scuro, nella sala grande. Guardava una vecchia foto infilata nella cornice di uno sportello di vetro: Vera Liverani, appoggiata a una colonnetta, sorridente, col viso un po' in ombra sotto il cappellino chiaro.

Si girò, assalito da un improvviso brivido e da un rigurgito acido nello stomaco, e andò a scaldarsi le mani davanti al fuoco acceso nel camino.

Fuori pioveva a dirotto da piú di mezz'ora e la temperatura era diminuita rapidamente. Vide che i carabinieri non se n'erano andati; parlavano tra di loro in cortile, stretti nelle mantelline gocciolanti, e il loro alito si condensava in nuvole di vapore.

Sedette accanto a Liverani. – Ieri sua sorella era venuta a farsi visitare. Un po' di catarro. Era allegra, abbiamo scherzato.

L'uomo lo guardò, annuendo. – Passavo di qui quasi ogni giorno, – disse. – Sapeva che oggi dovevo andare oltre il passo, a Brisago, e m'aveva chiesto di comprarle dello sciroppo. «In cambio, – m'aveva detto ridendo, – preparerò le tagliatelle per te e per quel lupo affamato di Silverio». Ci aveva invitati a pranzo.

– Già. Stava ancora tirando la sfoglia, quando... Le ho guardato le mani. Sono infarinate e incrostate di impasto.

Stettero per un po' senza parlare, poi il medico riprese: – È possibile che una persona che ha invitato qualcuno a pranzo, che il giorno prima era serena, anzi, allegra, decida su due piedi di suicidarsi mentre sta facendo le tagliatelle?

Aveva concluso la domanda guardando il vecchio Francesco. Lui, assieme agli altri vicini della donna, era in piedi accanto al fuoco, col cappello in mano, silenzioso. Cosí come aveva fatto in casa di Argia, sei giorni prima, scosse lentamente la testa guardando in basso.

Stavolta passarono solo tre giorni e toccò a Silvio Conficconi. Aveva settant'anni e viveva con la moglie Flora in una casa non lontana da quella di Argia e da quella di Vera, sempre all'estremità del paese, sul limitare del bosco.

Quel mattino Flora stava cucinando, e l'odore del sugo di funghi si spandeva all'esterno. Silvio aveva portato fuori la mucca dalla stalla al pianterreno della casa, come faceva ogni giorno, poi aveva preso una candela, l'aveva collocata con cura vicino all'abbeveratoio di pietra, nel prato, l'aveva accesa e aveva tuffato la testa nell'acqua, tenendosi con le mani ai bordi del trogolo finché era affogato.

Flora lo trovò cosí, quando uscí a cercarlo per dirgli che era pronto in tavola.

Il funerale di Silvio si era tenuto sotto una pioggia leggera e fine.

Tornando dal cimitero, da solo e senza voglia di parlare, Gabriele si era fermato all'osteria nel centro del paese e si era seduto all'ultimo tavolo, vicino al muro scrostato e chiazzato di umidità, nell'odore acre e vecchio dei sigari. Aveva chiesto una grappa e si era fatto lasciare la bottiglia. Quando Francesco entrò, si mise a sedere in silenzio di fronte a lui. L'oste portò un altro bicchiere, poi ciabattò via.

Si guardarono negli occhi, i due uomini, poi il medico disse: – Credo che adesso siamo ben oltre la norma, vero Francesco?

Lui annuí, e Gabriele lesse un pensiero scuro, una preoccupazione sul suo viso. – Cosa sta succedendo? – gli chiese.

Il vecchio si tolse il cappello bagnato, lo posò su una sedia accanto a sé e con un dito cominciò a disegnare cerchi lucidi con la grappa gocciolata sul tavolo. – Non lo so, cosa sia. So che c'è sempre quella candela accesa, accanto ai morti. Anche quando si suicidano di giorno. E so che si sono ammazzate tre persone che abitavano vicine, nelle case sul bordo del bosco.

– Anche tu abiti là, – disse Gabriele dopo qualche secondo di silenzio.

L'altro annuí.

– È per questo che sei preoccupato?

Francesco sospirò forte, alzando lo sguardo e tirandosi indietro sulla sedia. – Non lo so. Certo la cosa non è mica bella.

Gabriele non seppe cosa rispondere. Versò per sé e per il vecchio un altro bicchiere e lo buttò giú d'un colpo.

Quella notte stessa si impiccò in camera da letto Gino, un ottantenne devastato dai reumatismi che abitava in una casa vicina a quella dov'era vissuta Argia.

Lo trovò il postino verso mezzogiorno. La candela che aveva illuminato la sua morte era consumata e spenta sul pavimento, in una chiazza biancastra di cera rappresa.

Quel pomeriggio Gabriele non aspettò di incontrare Francesco per caso. A piedi si avviò verso casa sua, a passo svelto. Non sapeva dire perché, ma pensava che l'uomo, di quegli strani suicidi, avrebbe potuto spiegargli qualcosa.

Passò davanti alla casa di Argia, dalle finestre sbarrate; poi davanti a quella di Gino, dove il vento faceva muovere come un corvo prigioniero e impazzito un velo nero a lutto fissato sotto una persiana chiusa. Si girò; la casa dov'era vissuto Silvio era lí, sulla stessa linea delle altre, appena un po' piú in alto. E per andare da Francesco dovette fare solo un altro centinaio di metri.

L'uomo era in casa, seduto davanti al camino spento, nella penombra del tramonto imminente. Lo fece accomodare e stette a guardarlo, come in attesa di domande.

– Io non so, in verità, perché mi aspetti da te una risposta, però te lo chiedo un'altra volta, Francesco: che cosa sta succedendo?

Lui stavolta non abbassò lo sguardo.

– Ciò che non mi so spiegare, – disse, – è perché stia succedendo adesso.

Gabriele rimase immobile, senza distogliere gli occhi da quelli del vecchio.

– Ha mai sentito parlare di Beppe Cattivo?

Il medico pensò, poi annuí.

– Sí, – rispose, – ma non ricordo a che proposito.

– Lei è qui da poco, e Beppe Cattivo è morto dieci anni fa –. Francesco si guardò le mani, poi le appoggiò sul tavolo e continuò: – È morto una notte d'inverno che faceva un freddo tremendo. Sa, aveva una cavalla; l'attaccava al carro e ogni due o tre giorni andava giú a Brisago, e per qualche soldo faceva commissioni per noi del paese. Oggi qui ci sono negozi nuovi, ma allora molta roba dovevamo procurarcela altrove. A Beppe Cattivo facevamo comprare sempre qualcosa, quando andava oltre il passo. Anche se non ne avevamo bisogno.

– Perché?

– Perché quel soprannome se lo meritava davvero. Era cattivo, e noi pensavamo anche che portasse male. Quando passava a chiederti se avevi commissioni per lui, fissandoti con quei suoi occhi strani... be', non te la sentivi di dire di no. Ma lei non l'ha conosciuto, e forse le è difficile capire.

Gabriele non disse nulla e annuí brevemente per incoraggiarlo a continuare.

– Un mattino d'inverno Beppe Cattivo si fermò col carro al ponte della Crocetta, vicino a casa mia. Io e Argia eravamo lí fermi a chiacchierare, mi ricordo che lei aveva raccolto una fascina di legna nel bosco. Beppe ci disse che andava giú a Brisago e ci chiese cosa doveva comprare per noi. Capisce? Non chiese *se*, ma *cosa* doveva comprarci. «Un po' di candele», gli rispondemmo noi. Nelle case verso il bosco, allora, non c'era la luce elettrica e di candele se ne usavano tante.

Gabriele si mosse sulla sedia, sporgendosi in avanti per ascoltare meglio.

– Beppe Cattivo partí verso il passo, e non pensammo piú a lui. Quella sera non lo vedemmo tornare, ma non ci facemmo caso; non sempre ci consegnava la merce subito, al suo arrivo. Si era verso Natale, e dopo cena ci riunivamo spesso a veglia a casa dell'uno o dell'altro, per giocare a carte, o anche solo per bere e chiacchierare insieme. Quella sera eravamo da Argia; oltre a lei c'eravamo io, Vera, Silvio e Gino. Flora, la moglie di Silvio, era rimasta a casa perché le doleva la schiena. Giocammo a briscola, ci raccontammo storie; poi, guardando fuori dalla finestra, vedemmo un chiarore strano in un punto dentro il bosco; un chiarore di fiamma lontano, che colorava la neve e tremolava tra il nero degli alberi.

Si fermò, e Gabriele subito chiese: – Cos'era?

Francesco sospirò. – Noi non lo capimmo. E avemmo paura: sa, si raccontano tante storie, quassú sul monte. Di spiriti, di streghe del bosco… – Sorrise. – Rimanemmo ancora un po' da Argia, senza smettere di guardare quella luce, poi ognuno se ne tornò a casa propria. Solo il giorno dopo sapemmo cos'era. Era successo che la cavalla di Beppe Cattivo era caduta o s'era spaventata per qualcosa, forse un animale, in un tratto ghiacciato del sentiero, mentre al tramonto tornavano da Brisago; il carro si era rovesciato, e Beppe si era spezzato una gamba, senza riuscire piú a muoversi di lí. Non era passato piú nessuno e quando, arrivata la notte, il freddo era diventato insopportabile, lui si era circondato di tutte le candele che aveva comprato per noi, una cassa intera, e le aveva accese: per riscaldarsi un po', e anche perché qualcuno, vedendo la luce, andasse ad aiutarlo. Be', noi la vedemmo, la luce, ma non capimmo, non pensammo a lui. Quando lo trovarono era morto, rigido nella neve, fra tutti quei mozziconi consumati e spenti. Beppe Cattivo non ha mai perdonato un torto ricevuto, da vivo; e forse, anche adesso che è morto, ci fa pagare quel conto. A uno a uno ci chiama.

Gabriele era immobile. Quando il vecchio finí di raccontare, per un po' rimase in silenzio, poi disse: – È assurdo. È una coincidenza, e tu lo sai. Non puoi pensare davvero una cosa simile.

Francesco sospirò. – Io ci penso, invece. Non posso farne a meno.

Il medico si alzò, passò dietro il vecchio e gli posò una mano sulla spalla.

– Francesco, non farti venire paure strane. Ci vediamo domani.

Uscí e s'incamminò. La sera era arrivata, e un alito di tramontana portava le voci dell'autunno a gemere tra gli alberi del bosco.

Gabriele cenò senza smettere di pensare a quella storia. E gli venne in mente che, quando aveva appoggiato la mano sulla spalla di Francesco, l'aveva sentito tremare. Ha paura davvero quel vecchio, pensò. E la paura è una brutta bestia.

Sparecchiò la tavola, mise le stoviglie nell'acquaio e sedette in poltrona senza accendere la luce; poi, prendendo una decisione improvvisa, si alzò, s'infilò il cappotto, si mise il cappello e uscí.

Camminò svelto sulla stradina acciottolata, in discesa, che conduceva fuori dall'abitato. Tra i primi alberi alti partiva il sentiero che, costeggiando il torrente, portava alla casa del vecchio. Oltre il torrente c'era il bosco, nero e compatto.

Non lo posso lasciare da solo. Non stasera, disse Gabriele a sé stesso. Con le mani nelle tasche affrettò il passo, sentendo i sassi scricchiolare sotto gli scarponi.

Passò davanti alla casa buia e chiusa di Gino. Il velo nero alla finestra s'agitava nel vento freddo.

Accelerò ancora, inquieto, e vide la casa di Francesco davanti a sé.

Quando fu là bussò piú volte, senza ottenere risposta. Allora girò l'angolo e si affacciò a guardare dentro, da una finestra a pianterreno.

La stanza era tutta un confondersi d'ombre, nel lume giallo di una candela.

Di pietra e di ghiaccio

La Marmolada è tutt'uno col cielo gravido di neve. Il bianco dei ghiacciai e il grigio freddo delle rocce non sono altro che nuvole fra le nuvole.

Florian guarda la montagna, e vorrebbe che fosse estate. Che si potesse salire lassú col nonno, e stare seduti l'uno accanto all'altro, nel silenzio frusciante di vento, a perdere lo sguardo sulle cime, sul verde delle valli, sulle sagome piccole delle case nei paesi giú a basso.

Ma l'inverno non è neppure al giro di boa della sua lunga camminata. E nonno non c'è piú.

Florian si porta le mani davanti alla bocca e cerca di farvi giungere l'alito caldo attraverso la lana gelida e bagnata dei guanti. L'acqua dell'Avisio riflette il non-colore del cielo; sulle sponde, creste di ghiaccio si insinuano tenaci fra i sassi. Si toglie dai piedi le racchette da neve, sgancia la tracolla e prende la sega.

C'è da scegliere un piccolo abete per fare l'albero di Natale. L'ha fatto tutti gli anni, con la quieta eccitazione di chi sente che arriva la festa, che un altro anno sta per finire il suo viaggio. Ma è la prima volta che lo fa da solo.

Ricorda a malapena quando suo padre se lo portava appresso nei sentieri bianchi: ha nella memoria un viso simpatico dalla barba rossiccia e un paio di occhi chiari. Ma forse quell'immagine, piú che nella sua mente, è stampata soltanto nell'ultima fotografia del babbo: un uomo in divisa che sta per partire per la guerra senza sapere che non ci sarà un ritorno.

Poi l'ha sempre fatto col nonno. Nonno che gli indicava i monti e gli raccontava le storie del drago del lago Boè, delle Vivane che si nascondono fra gli alberi e nelle grotte, del Salvan che, nelle sere d'inverno, sbircia da dietro gli alberi le finestre illuminate delle case al limitare del bosco, curioso e invidioso del riparo caldo che si indovina oltre i vetri e sotto i tetti gravati di neve.

Che Natale sarà, questo, senza che lui sia lí, nella *stua*, la stanza rivestita di legno, ad appendere il vischio alle pareti e a raccontare?

Florian si soffia di nuovo l'alito sulle mani, impugna la sega e sceglie un abete non troppo grande. Non sarà facile, poi, portarlo fino a casa da solo.

Il grido dell'aquila – o è un falco? Nonno avrebbe saputo rispondere – gli fa alzare lo sguardo. Il grande uccello rotea lento sul Col Rodella. Le vette del Sasso Piatto e del Sasso Lungo sono scomparse tra le nuvole. Sembra che un gigante abbia tagliato via le cime per farsene alberi di Natale di pietra e di ghiaccio.

Di pietra e di ghiaccio. Cosí sarà questo Natale. Con mamma Maria che non parla mai. Con Toni che sempre piú spesso arriva in casa e fa da padrone. Che si siede sulla sedia del nonno. Che puzza di grappa.

Finché nonno era vivo, Toni stava alla larga. Che si vedeva con mamma, Florian lo sapeva da un pezzo. Ma in casa non c'era venuto mai.

Adesso sembra che ci abbia sempre vissuto, che tutto sia suo.

E il ricordo va a quella sera di due mesi prima, quando Toni, ubriaco piú del solito, ha dato prima un ceffone alla mamma e poi ha cercato di picchiare anche lui. Florian è corso fuori, è andato nella legnaia, ha preso l'accetta – grande e pesante, per i suoi undici anni, ma la rabbia la rendeva leggera e maneggevole – ed è rientrato in casa. Toni ha fatto un passo indietro, l'ha fissato ed è uscito. Da fuori gli ha urlato: «Me la paghi! Questa me la paghi, te lo giuro su Dio!»

Da allora cerca di non incontrarlo. Quando lo vede arrivare, esce e gira per il paese.

Di pietra e di ghiaccio: cosí sarà questo Natale. E cosí è la vita, da quando la sedia del nonno è diventata di Toni.

Le Vivane, raccontava nonno, sono una specie di fate dei boschi, dei ruscelli e delle rocce. Non sono umane, ma come gli umani hanno fame e sete; e quando il gelo domina le montagne e assedia i villaggi, a volte, di sera o di notte, si avvicinano alle case per chiedere un po' di cibo. E allora, senza farle entrare, si dà loro qualcosa attraverso fori intagliati nelle imposte delle finestre, le «portelle delle Vivane». Florian non sa se quei buchi nel legno servano proprio a questo; di sicuro, però, gli sono comodi per controllare senza essere visto l'eventuale arrivo di Toni alla casa.

È la vigilia di Natale, non si va a scuola e si potrebbe dormire fino a tardi. Ma il mattino si è appena annunciato con la sua luce pallida, e Florian è già sveglio. Forse a strapparlo al sonno sono stati i brutti sogni che, confusi, ancora gli si aggirano in testa; oppure sono state le voci.

Scosta il piumone e va alla finestra. Attraverso la portella delle Vivane sbircia fuori.

Nevica forte. La Marmolada non è che neve in un cielo di neve e il Sass Pordoi si indovina soltanto, bastione scuro e massiccio dietro il brulicare bianco e i fumi lenti nell'aria stregata dal freddo.

Si alza sulle punte dei piedi per guardare piú in basso, verso la porta di casa.

C'è Toni. Mamma non si vede, ma la si sente parlare. Si accordano per la sera. Lui verrà a cena.

Florian torna a letto e si tira il piumone fin sopra la testa. Vorrebbe piangere, ma non ci riesce.

Forse anche i suoi occhi stanno diventando di pietra, o di un ghiaccio che non si scioglie.

– Ci vieni alla scuola, oggi pomeriggio?

Florian non risponde. Con le mani in tasca guarda immobile il Rio Duron che corre, rumoroso e veloce, a tuffarsi nell'Avisio. Poi Martina con la mano gli toglie la neve da sopra il berretto di lana, e lui si gira a guardarla. – Eh?

– Ti ho chiesto se vieni alla festa della scuola, oggi pomeriggio.

Florian annuisce. Non ha una gran voglia di andare alla festa (solo una merenda con dolcetti e cioccolato assieme alla maestra e agli altri bambini del paese, com'è tradizione), ma andrebbe dovunque, pur di non stare in casa a vedere mamma che prepara la cena per Toni.

– E stanotte, – chiede ancora Martina, – andrai a messa con tua madre?

Invece di rispondere, si avvia sul viottolo che scende verso il paese. Martina lo segue e gli si affianca. – Che hai, Florian?

Si sforza di sorriderle. Vuole bene a Martina, è la sua migliore amica. – Non so se ci andrò, alla messa.

– Perché?

– Mi sembrerebbe cosí strano andarci senza il nonno –. Poi guarda la bambina: – Lui, forse, sarà alla messa delle undici. La sai la storia della messa di Natale dei morti?

– Sí, ma è solo una storia.

– Io credo che sia vera. Nella notte di Natale succedono tante cose strane. È una notte magica, la piú magica dell'anno. Le Vivane non si avvicinano ai villaggi, i Salvan si nascondono tra le rocce, e i morti escono dalle tombe e vanno in chiesa un'ora prima che ci vadano i vivi. È una notte in cui possono succedere tante cose. Cose incredibili.

Lei sorride. Camminando con cautela sul viottolo ripido e ghiacciato arrivano al ponte sul Duron, l'attraversano e scendono fino alla piazzetta.

Un uomo vende dolci e bastoncini di zucchero colorato. Si fermano in silenzio a guardare, poi riprendono a gironzolare per il paese.

Florian prende per mano la bimba. – Martina, la faresti una cosa per me?

– Certo.

Continuano a camminare parlando. C'è poca gente in giro, e dalle stalle al pianoterra delle case arriva l'odore caldo e buono delle mucche.

Toni è alla terza grappa. La cena è stata buona, abbondante, e persino Florian è stato gentile. Non che abbia parlato molto, ma perlomeno non ha tenuto il solito muso lungo e non è stato ostile.

Del resto una conversazione fra loro due non sarebbe possibile, soprattutto dopo la storia dell'accetta.

Maria comincia a sparecchiare. Non manca molto alla messa di mezzanotte, e lei deve ancora cambiarsi e prepararsi. Florian dà una mano a sua madre, e Toni si siede sulla panca che circonda la grande stufa. Piú che a messa, ha voglia di andarsene a casa e di buttarsi sul letto. Le tre grappe non sono state che il finalino: c'era vino buono in tavola, e lui gli ha fatto onore.

Poi Florian si mette gli scarponi, il giaccone e parlotta con sua madre.

– Ma perché? – chiede lei.

– Perché ho promesso a Martina di accompagnarla.

– Non potresti venirci con me?

– Credevo che tu ci andassi con Toni.

– Sai bene che Toni non verrà.

Florian si stringe nelle spalle, dice ancora qualcosa a sua madre, fa un cenno di saluto all'uomo ed esce.

Fuori il freddo è tagliente. La neve, asciutta, arriva a colpire il viso e si infila negli occhi facendoli socchiudere. Quanto sia fitta lo si vede bene alla luce delle finestre delle case e dei radi lampioni del paese.

Si tira su il bavero del giaccone e si avvia a testa bassa. Cammina al centro delle stradine, tra mucchi di neve, e ogni tanto allunga un braccio per staccare un ghiacciolo che pende da una grondaia o da un davanzale.

Quando passa davanti alla chiesa, si ferma. Sono le undici e mezzo passate e forse dentro, come si crede nella valle, ci sono i morti che celebrano la loro messa. Vorrebbe sbirciare e cercare, tra quella folla di ombre silenziose, la testa bianca del nonno. Ma sa che non si può.

E poi adesso non ha tempo. Deve fare qualcosa di difficile e di importante; e deve farlo anche per il nonno.

Quando arriva davanti a casa di Martina, sul sentiero in salita che costeggia il Duron, vede la sua amica alla finestra. Anche lei lo scorge e gli fa un cenno; poi apre i vetri e gli tira un fagotto, che cade senza rumore sulla neve. Florian lo raccoglie, lo nasconde tra la legna sotto la piccola tettoia a lato della casa, poi va a bussare.

Anche il babbo di Martina è morto nella guerra che qualche anno prima ha insanguinato le loro montagne e quelle di altri paesi anche molto lontani; sua madre è spesso malata, e non andrà alla messa.

Sarà lui ad accompagnarla. E lei l'aiuterà a fare quella cosa. Quella cosa cosí importante e difficile che fa galoppare il cuore e stringere lo stomaco.

– Tu non vieni? Non mi accompagni? – chiede Maria a Toni. Lui grugnisce e biascica qualcosa. La donna lo scuote e lo costringe a tirarsi a sedere. – Non puoi stare qui. Se non vieni a messa con me, allora è meglio che vai a casa subito. Se ti addormenti accanto alla stufa, chi ti sveglia piú?

Toni annuisce e si strofina gli occhi.

– È tardi, io esco. Quando vai via, chiudi bene la porta.

Lui emette un altro gorgoglio, la guarda uscire, poi si tira su, va in cucina, riempie un catino e a piú riprese si sciacqua la faccia. Senza asciugarsi torna accanto alla stufa, fissa un punto indefinito della parete e pensa. Solo tre Natali prima, c'era ancora la sua piccola Rosa. Poi l'epidemia di spagnola se l'è portata via, cosí come ha rubato tanti altri bambini, tanta altra gente, nella valle. La guerra, la *grippe*: la morte ha tante falci, e tutte sono venute a mietere tra i monti, negli ultimi anni. Lui e Rosa, anche dopo la morte di Anna (tanto tempo fa), erano stati bene. La bimba non si ricordava piú della madre, e tutto il suo affetto era per papà Toni. Toni che allora era sereno, che allora non aveva bisogno di stordirsi di grappa e di vino.

Si passa una mano sul viso, quasi a cacciare via i ricordi. Si mette il giaccone, si infila le scarpe e si china con un gemito ad allacciarle, sentendo un rigurgito acido che gli sale fino alla bocca.

Quando esce e si richiude la porta alle spalle, ha un brivido. L'alito gelido della neve lo avvolge. Si stringe nel giaccone e si incammina.

Abita appena fuori del paese. In giro non c'è nessuno. I rintocchi veloci della campana hanno da poco annunciato che la messa è cominciata: tutti sono in chiesa, o già a dormire.

I fiocchi gli arrivano in faccia a folate, gli mulinano intorno, e lui è intontito da quel vortice bianco e da quello ronzante dell'alcol. Lascia la strada, passa il ponticello sull'Avisio e infila il sentiero buio che conduce a casa sua. Poi, contro la massa nera del bosco, vede un luccicore giallastro.

Si blocca, con la mano si toglie la neve dagli occhi.

A cinquanta passi di distanza c'è una figura bianca. Sulla testa ha un'aureola di luce tremolante; è immobile, e la neve intorno a lei riflette quello strano chiarore.

Toni si incanta a guardare. Forse, pensa con un brivido, è un *segnài*, l'anima di un morto che è stata alla messa delle undici e che non vuole tornare alla sua tomba.

A un tratto il fantasma bianco coronato di luce alza le braccia e le muove piano.

Toni ha un tremito, si scuote; sta per girare le spalle e allontanarsi in fretta, quando la figura lo chiama: – Papà... ehi, papà!

Quella voce di bambina lo colpisce come un pugno. Una scossa gli percorre la pelle e i muscoli, gli stritola lo stomaco. – Rosa!

La figura apre le braccia. – Papà, vieni da me... papà...

Toni non riesce a trattenere un gemito, si porta le mani al viso e avanza nella neve verso di lei.

A ogni passo che fa, il suo cuore accelera e sembra battergli non piú nel petto, ma in gola. Tra le lacrime e il brulicare dei fiocchi, vede sempre piú vicino il chiarore di quella luce, e un viso di bambina.

Poi, all'improvviso, il mondo sparisce da sotto i suoi piedi.

Martina si è tolta la corona di candeline, si sfila in fretta e rabbrividendo la tunica bianca che usa nella festa di santa Lucia e nel corteo della Stella dei Tre Re, le mette nel sacco che è sulla neve accanto a lei e si infila il cappotto.

– Tutto bene? – chiede a Florian, che sbuca dagli alberi e arriva correndo nella nuvola di vapore del suo stesso ansimare.

– Sí. Lo sapevo che al centro della Pozza del Salvan il ghiaccio è sottile, e che non l'avrebbe retto.

– Dio mio, ha funzionato davvero! Non capisco come abbia fatto a non accorgersi che stava attraversando la Pozza.

– Era ubriaco, il ghiaccio è nascosto sotto due spanne di neve, e poi... e poi tu sei stata bravissima. Ti guardava e pensava solo a te.

Martina raccoglie il fagotto. – Andiamo, allora. È già tardi.

Si avviano verso l'Avisio; Florian cammina all'indietro, e con un ramo d'abete cerca di cancellare le loro tracce. E ad aiutarlo ci pensa la neve, che cade sempre piú fitta. Arrivati al fiume, invece di salire sulla strada prendono a correre sul sentiero buio che lo costeggia al limitare del bosco. Una volta in paese, attenti a non farsi notare, vanno alla legnaia di Martina e nascondono il sacco con la corona di candeline e la tunica.

Poi, di corsa alla chiesa.

Davanti alla porta si fermano, e Florian fa cenno di aspettare. Dopo pochi minuti, quando la campanella annuncia l'eucaristia, entrano.

La chiesa è gremita e poco illuminata, e tutti si stanno muovendo verso il corridoio tra i banchi per raggiungere l'altare. I due bambini si confondono in quel fiume di gente, e con gli altri vanno a fare la comunione.

Poi Florian cerca sua madre. – Dov'eri? – gli sussurra lei.

– Dietro, con Martina. C'è un sacco di gente.

Lei l'accarezza. – Torni a casa con me?

– Devo riaccompagnare Martina, poi verrò subito a casa. Ho sonno.

– Anch'io sono molto stanca.

Si salutano e Florian raggiunge di nuovo la sua amica, che sta parlando con una zia. Adesso tutti, a partire da don Carlo, li hanno visti e potranno testimoniare che loro erano a messa.

Anche se non ci sarà bisogno di alibi o di testimonianze, perché non ci saranno domande.

Chissà quando lo troveranno, il corpo.

E poi Toni, in fondo, non è né il primo né l'ultimo ubriaco che annega in un laghetto in una notte di neve, tra quelle montagne di pietra e di ghiaccio.

Il grande secco

Due nuvole erano apparse verso mezzogiorno, lontane e sbiadite. Da ogni fattoria, da ogni campo, lunghi sguardi le avevano seguite e avevano scandagliato l'orizzonte cercandovi i segni di altre nubi, di un mutare del tempo.

Ma già nelle prime ore del pomeriggio quel sereno offuscato, giallastro, immoto e implacabile che aveva dominato per tutta la primavera era ridiventato padrone.

La neve disertava la pianura da tre anni, le grandi piogge che dovevano nutrire la terra e le sue vene parevano avere scelto altri luoghi e altre strade. E i campi, come la pelle di una mummia, rinsecchivano e scolorivano, mentre le piante combattevano, spesso perdendola, la battaglia per vivere e per crescere.

Antonio, come faceva ogni giorno, si sporse a guardare dentro il pozzo nell'aia: un budello scuro che a malapena, giú in fondo, lasciava intravedere un debole luccichio d'acqua. Si girò e a passi lenti tornò verso la casa.

Seduto sul gradino della porta, con i piedi nella polvere, suo padre, il vecchio Rico, con una mano a proteggersi gli occhi dal riverbero della luce, guardava lontano, dove l'argine del fiume delimitava le terre. – Le mosche sono cattive, oggi, – disse come a sé stesso cacciandole con l'agitare di un braccio. – Una volta si diceva che questo è segno di pioggia.

– Già, una volta, – sospirò Antonio. Sedette accanto al padre, mise in bocca una pagliuzza e indicò le rondini che saettavano a sfiorare il terreno: – Anche loro dicono che pioverà. Volano basse. E lo dicono le rane. Lo dicevano anche il mese scorso, e lo scorso anno; ma si ingannano. O *ci* ingannano, forse.

Si udí un motore e si vide alzarsi lontano, sulla carraia, una grande e lenta nube di polvere. Stettero a fissare il camioncino grigio che si avvicinava; quando fu nell'aia ne scese un uomo minuto e cotto dal sole, in calzoni corti e canottiera.

– Salve, Mario, – lo salutò Antonio senza alzarsi.

L'uomo venne vicino, si accosciò e fece un cenno con la testa al cielo. – Siamo quasi a metà maggio e non ha ancora fatto una goccia d'acqua, – disse. – Le mie barbabietole sembrano ravanelli malati, il grano pare gramigna, e in quanto al resto, non parliamone.

Non era una domanda, né l'affermazione di una novità; Antonio e Rico annuirono zitti.

Mario, spostando il peso del corpo sull'altra gamba e appoggiando una mano nella polvere, guardò il muro della casa: file di piccoli bruchi neri e di formiche frenetiche si muovevano sulle pietre e tra le crepe. – Non ho mai visto niente del genere, – disse. – Tutti questi bruchi, e insetti dappertutto. E stamattina si sono infilate nella mia stalla due bisce; mia moglie si è presa un colpo, quando se n'è accorta. Mai visto niente di simile, – ripeté. – Sembra che gli animali stiano impazzendo, o si preparino a scappare via.

– Hanno sete, – disse Rico.

– I campi, hanno sete, – sospirò Antonio. Si alzò e fece qualche passo nell'aia.

Dalla porta, scansando il vecchio seduto, uscirono un bambino ossuto e una bimba dai capelli biondi e stopposi; guardarono il muro della casa, parlottarono, poi cominciarono a schiacciare i bruchi neri con le dita, silenziosi e assorti come se stessero lavorando a una cosa importante.

Antonio fece un altro passo, raccattò una pietra e con tutta la forza del braccio la lanciò in alto, contro il cielo.

– Dio ci mette alla prova. E tutto questo non l'avete forse meritato? – Il giovane prete dai capelli nerissimi, corti e dritti, alzò la voce nel pronunciare quest'ultima frase.

Dalle finestre d'alabastro penetravano luci di tramonto, e la piccola folla di donne, in chiesa, coi fazzoletti scuri in testa e le mani sui rosari, era muta.

– Non avete forse dimenticato troppo spesso il giorno del Signore? Oh, vi ho viste, voi e i vostri uomini, la domenica: tutti nei campi, anziché in chiesa! E i vostri bambini? Crescono selvatici e lontani dalla casa di Dio. Le conoscono, le preghiere? – Le fissò piegato in avanti, attendendo una risposta che diede lui stesso: – No, credo di no. Ben altro imparano dal vostro esempio e dai vostri peccati! Allora fate un esame di coscienza, e meditate sul castigo che ora dovete sopportare!

Le guardò per qualche secondo in silenzio, poi il tono della sua voce si abbassò, annunciò in fretta la fine della funzione e dopo essersi inginocchiato davanti all'altare uscí dalla chiesa, sparendo nella penombra della sacrestia.

Le donne lasciarono i banchi e andarono davanti alla piccola cappella laterale, dove la vecchia statua del santo rifletteva la luce di decine di candele. Lí rimasero a lungo in preghiera. Lui non poteva abbandonarle.

Antonio camminava sull'argine del Fosso Grande. Lo ricordava com'era: una turgida vena d'acqua tra il verde intenso e lussureggiante delle sponde. Adesso pareva una cicatrice nella terra secca e grinzosa. Solo in qualche punto d'ombra resistevano piccole pozze. In una di quelle, bollente sotto il sole, vide una melma nera di girini morti.

Morte ovunque. Morta l'erba; morente la terra, che nella calura non riusciva piú neppure a sudare, a stillare qualche goccia di rugiada.

Al ponticello della Bastia incontrò Silvio, del podere accanto. Lo guardò negli occhi, e senza parlare si capirono. Ancora un mese cosí, e la morte avrebbe vinto del tutto.

Quando il sole calava, lasciava il posto a un buio caldo e macchiato di rossori d'incendi all'orizzonte, verso le colline.

Fu in una di quelle sere che andarono dalla vecchia Lina.

Era cieca, le sue gambe erano deboli e non usciva piú di casa da molto tempo.

Entrarono tutti nella stanza da letto, pregna dell'odore del suo corpo quasi centenario e del sentore di cose polverose e stantie. Lei era seduta nel letto, con la schiena appoggiata a grandi cuscini, e i suoi occhi fissavano il vuoto.

Li sentí entrare, scalpicciare, spostare sedie. Quando fu silenzio, parlò. – Il santo, – disse. – Bisogna portare il santo all'acqua. Solo cosí si ricorderà.

C'erano tutti i reggitori delle fattorie e dei poderi, una ventina di persone, ma il piú anziano di loro aveva vent'anni in meno della vecchia Lina, e nessuno capí cosa volesse dire.

– Che dobbiamo fare, nonna Lina? – chiese Rico.

– Quand'ero bambina io, ci fu un altro secco come questo, – disse lei, puntando gli occhi spenti verso il punto da cui era venuta la voce. – Allora si portò in processione la statua del santo fino allo stagno, e la si buttò in quel po' d'acqua che era rimasta. Cosí lui si ricordò dell'acqua e ce la mandò. Cominciò a rannuvolare verso sera, e la notte già cadeva la pioggia.

– Il prete nuovo non vorrà. Non ce lo permetterà mai, – disse Silvio. – Vi ricordate l'estate scorsa? Si avvicinava quel temporale da tramontana, che faceva paura solo a guardare il cielo, e si sentiva che avrebbe fatto grandine, lo si sentiva fino nella pelle. Gli andammo a chiedere di suonare le campane e di uscire fuori a benedire il tempo, e lui che fece? Disse che eravamo superstiziosi e se ne rimase chiuso in canonica, mentre palle di ghiaccio che parevano uova tiravano giú le mele e l'uva.

Gli altri annuirono mormorando.

– È da quando è arrivato lui che tutto è cambiato, – disse la vecchia. – I bachi da seta non hanno lavorato, negli ultimi anni, e li abbiamo nutriti e curati per nulla. Le vacche si impregnano e poi abortiscono. E questo secco, questo castigo... Voi però dovete provare, dovete parlargli. Il santo non è mica suo, è qui in paese da tanti di quei secoli che non può nemmeno immaginarlo. Andate da lui. Adesso, subito. E fate come vi ho detto, o la terra brucerà come in un forno, e noi con lei.

Uscirono, e silenziosi andarono verso l'ombra nera della chiesa.

Sapevano che non avrebbe voluto. Che non avrebbe capito.

Forse fu la forza stessa della pioggia a riportare su dall'acqua dello stagno quel grosso viluppo. Qualcuno aveva chiamato i carabinieri; sotto il cielo nero, con i berretti e le cerate grondanti d'acqua, in cerchio e silenziosi guardavano quello spettacolo strano.

Il prete, sparito da due giorni, era lí, legato stretto, schiena a schiena, con la statua di un santo che aveva funzionato da zavorra.

Si chinarono a tagliare le corde fradice d'acqua e sporche di melma e di verdame viscido, mentre il diluvio violento e continuo che da due giorni scrosciava e fumigava sulle terre non accennava a rallentare la sua furia.

L'insuccesso scolastico e le sue conseguenze

Quello che successe a Lancimago non lo potrò scordare piú. Del resto nessuno lo scorderà mai, in paese, perché si trattò di qualcosa di veramente terribile e assurdo. Ho insegnato per tanti anni e mi sono capitati in classe bambini di ogni genere, cosí diversi fra loro per indole, carattere, intelligenza. Ma quella quinta elementare di allora... be', fu davvero particolare.

Dopo i fatti che successero io venni ascoltato da psicologi, da pedagogisti, da giornalisti. Per non dire delle lunghe chiacchierate con le autorità scolastiche e con quelle di polizia.

Qualche anno dopo uscí un libro dal titolo L'insuccesso scolastico e le sue conseguenze*: bene, un capitolo intero era dedicato al caso di Lancimago e il mio nome era citato piú volte. È una pubblicità di cui avrei fatto volentieri a meno; ma che volete, i fatti furono gravi, e io ne venni preso come in una bufera.*

Tutto cominciò col piccolo Francesco Zani. E con quel 4 in aritmetica.

Nel campetto da calcio di fianco alla chiesa, la partita, iniziata nel primo pomeriggio, andava avanti da piú di due ore. Diversi giocatori avevano lasciato, sostituiti da altri bambini che alla spicciolata arrivavano, gettavano la bicicletta sull'erba e si precipitavano fra gli altri chiedendo solo da che parte dovevano schierarsi. Il punteggio, calcolato e aggiornato puntigliosamente, passava i trenta gol per parte.

Francesco era in porta, in quella zona del campo dove l'erba lasciava il posto alla terra nuda e alla ghiaia. La sua condanna. Nessuno voleva stare in porta, tantomeno in quella, dove non ci si poteva buttare senza scorticarsi, dove l'unico divertimento consisteva nel seguire con lo sguardo tiri imprendibili e sibilanti, nel sentire gli altri che esultavano per il gol, o nell'andare a raccattare il pallone lontano, fin nel cortile della canonica o addirittura, a volte, oltre il muro di cinta del cimitero.

Nessuno voleva starci, nessuno accettava quel ruolo. Ma Francesco era mingherlino, timido e perdente. Perdente in ogni cosa: nel gioco, nei rapporti con i compagni, a scuola. E a casa, soprattutto. Ma di quelle sconfitte tra le mura domestiche, le piú pesanti, pochi sapevano, e lui non ne parlava in giro. Ne aveva vergogna, o forse paura.

Era sconfitto dalla sorella maggiore, autoritaria, bella e sicura di sé; dalla pochezza di sua madre che di nascosto, quando pensava che nessuno la vedesse, prendeva una bottiglia dalla credenza e tracannava, cosí, senza usare il bicchiere, ansiosa di stordirsi in fretta. Buttava giú di tutto, cambiando spesso bottiglia perché fosse piú lento e meglio distribuito il calare di livello dei liquori. Grappa, brandy, porto, amaro, gin. Di tutto. Il suo alito aveva spesso l'odore di un cocktail. E tante volte Francesco si era chiesto se davvero, in casa, nessuno tranne lui se ne accorgesse.

E poi babbo. Babbo alto e forte, babbo dalla voce profonda e ferma, e dagli stessi occhi suoi: grigi, metallici. Babbo che quando si arrabbiava non gridava, non gesticolava, non sbraitava. Sorrideva con le labbra, mentre quegli occhi grigi rimanevano seri e di ghiaccio. Babbo che sfilava lento la cinghia nera dei calzoni e se ne serviva con una precisione da chirurgo; che lo prendeva per i capelli, sollevandolo da terra, per poi portarlo di peso, sempre calmo e lento, nella legnaia.

Francesco era ossessionato da quell'odore di legna, di muffa, di segatura. E dai ragni. Ce n'erano di tutti i tipi, nella legnaia: quelli piccoli, tozzi, scuri e veloci, che correvano e sparivano svelti per poi ricomparire di lí a un secondo; quelli diafani, lenti, dalle zampe lunghe e sottili; e quelli, terribili, dal corpo nero e peloso. Pullulava di ragni, la legnaia, era la Fiera dei Ragni. E non c'era un posto, un angolo, in quel locale soffocante senza finestre, in cui ci si potesse salvare da loro, in cui si potesse evitare di sentirseli arrivare sui piedi, o si potesse non vederli muovere, nella scarsa luce che arrivava dal tetto sconnesso e dalle fessure della porta.

Di notte spesso sognava di essere chiuso là dentro, stordito dalla puzza della legna e dal terrore di quegli animali, paralizzato da un bisogno di urinare che gli provocava un dolore pesante al ventre. Ma lí non poteva aprire i calzoni e calare le mutande: temeva che i ragni sarebbero arrivati e vi sarebbero penetrati. Allora, nel sogno, qualcuno apriva la porta, lui usciva e finalmente la faceva, sentendo il dolore e il gonfiore che sparivano, che si scioglievano in un calore dolce: quello dell'urina che gli scorreva tra le gambe, nel letto.

Quando si svegliava poco dopo, nel silenzio e nel buio della notte, accorgendosi di quanto era successo, rimaneva lí immobile, nel bagnato, ad aspettare a occhi aperti il momento in cui sua sorella sarebbe entrata in camera, avrebbe tirato su con fragore la tapparella e avrebbe cominciato a urlare disgustata. E quando mettevano fuori quelle lenzuola in cui si disegnavano larghi aloni gialli, il babbo chiamava i vicini perché vedessero: «L'ha fatta a letto, venite un po' a vedere! Ha dieci anni e la fa a letto!» E urlava perché sentissero e perché lui, vergognandosi, non lo facesse piú.

In certi pomeriggi, quando il mondo gli sembrava peggiore della scuola stessa, quando gli altri – tutti – gli parevano cattivi, stava seduto per ore, da solo, nel grande orto sul retro della casa. Qui le viti e gli alberi da frutto erano fitti, alte siepi dividevano l'appezzamento da quello dei vicini e ci si poteva nascondere. Si poteva stare seduti in terra a pensare, si poteva, immobili, aspettare che gli uccelli venissero a cantare e a farsi vedere sui rami. Qui nessuno lo tormentava. E poi, qui era piú facile ricordare nonno, perché quello era stato il suo regno. Era morto da piú di tre anni, ma poteva rivederlo nitido con la mente, chino a strappare erba, a zappare, a seminare con pazienza gli ortaggi. Ricordava la sua voce calma, calda, rassicurante. Gli parlava sempre, nonno, quando lui lo seguiva come un'ombra, nell'orto, per guardarlo lavorare. A volte sedevano insieme sull'erba, nell'angolo piú appartato, dove c'era il vecchio pozzo dal bordo di pietre screpolate, col lungo palo, la carrucola, la catena cigolante.

«Non avvicinarti mai al pozzo, quando sei da solo», gli diceva.

«Perché?»

«Perché dentro, giú in fondo, c'è la Vecchia. Se qualche bambino si affaccia al bordo, lo prende e lo tira giú nell'acqua».

La Vecchia del Pozzo. L'aveva immaginata tante volte, tante volte l'aveva sognata: brutta, bagnata, con alghe verdi e viscide al posto dei capelli e gli occhi bianchi senza pupille, le mani ad artiglio, raggrinzite per il troppo stare a bagno, come quelle di mamma dopo che aveva lavato i panni o i piatti. Sapeva che non esisteva, che la storia del nonno serviva solo a tenerlo lontano dal pozzo e dal pericolo di caderci dentro. Ma certe volte, quando tutto il mondo era nero e l'orto diventava l'unico rifugio, si avvicinava al bordo di mattoni screpolati, regno delle lucertole, e lentamente si affacciava a guardare in quel budello scuro in fondo al quale si indovinava un luccicare d'acqua. «Vecchia! Vecchia! – chiamava, e la sua voce era strana e risuonante dentro quel cunicolo. – Vienimi a prendere, Vecchia!» Ma forse neppure lei lo voleva.

Spesso Francesco, dopo una notte passata sveglio tra le lenzuola macchiate di un bagnato puzzolente e acido, andava a scuola senza voglia, con la mente ancora piena di pensieri scuri, di sogni brutti, di vergogna, col cuore ancora in subbuglio per quei momenti orribili in cui la tapparella urlava e lasciava irrompere nella sua stanza, prepotente, la luce di un nuovo giorno.

Cos'era, di fronte a quello, il dover giocare in porta?

La partita era ormai fiacca. Partí un tiro da lontano, non difficile. Luca gli gridò: – Attento! – ma il pallone, lento e beffardo, passò un centimetro piú in alto di quanto lui potesse saltare.

– 38 a 31! – urlò Simone, quello che aveva tirato.

– Va bene, basta, – fece un altro.

Mentre Francesco andava a raccogliere la palla per l'ennesima volta, gli altri si radunarono nel lato del campo vicino al vialetto della chiesa, dove c'era l'ombra dei tigli e l'erba era piú alta e folta. In quel marzo faceva già caldo, di pomeriggio, e i bambini, arrossati, sedettero in cerchio ansimando, aspettando di smettere di sudare.

Quando Francesco arrivò tra di loro col pallone in mano, stavano ridendo tutti. Forse ridevano di lui. Sedette sul pallone, guardando in basso.

– Avete fatto trentotto tiri in porta, e sono stati trentotto gol, – disse Luca.

– È che avevate un portiere un po' scarso, – ridacchiò Simone tirando verso Francesco dei sassolini.

Lui pensò di andarsene. Sapeva cosa l'aspettava se fosse rimasto: frecciate e scherzi, anche maneschi. Stava per alzarsi e filarsela, quando sentí una mano prenderlo per la maglietta da dietro e rovesciarlo a terra, col pallone che gli rimaneva sotto le gambe sollevate. Ancora prima di tentare di rialzarsi aveva gli altri addosso che lo tenevano fermo.

Claudio gli immobilizzava la testa, premendogli le mani sulla fronte, Luca gli bloccava le gambe sollevate e Simone aveva preso, di tra l'erba, una di quelle spighe appuntite e irte di reste lunghe, verdi e sottili e pungenti: quelle spighe che messe sotto gli abiti sembrano cominciare a muoversi di vita propria.

Francesco sentiva un sasso premergli nella schiena. Avrebbe voluto urlare di dolore, pregarli di lasciarlo alzare, ma sapeva che sarebbe stato inutile. Contrasse il viso in una smorfia, stringendo gli occhi. Quando li riaprí, si vide la spiga verde (pareva avesse innumerevoli, lunghe e sottili zampe di ragno) a pochi centimetri dalla faccia.

– Invece di mettergliela nei calzoni, propongo di infilargliela su per il naso, – disse uno dei ragazzi. Risero, e le loro facce accaldate erano piene di eccitazione.

– In pochi minuti gli arriverà su, fino al suo cervellino da gallina, – fece Simone, cominciando davvero a infilargli la spiga in una narice.

Francesco urlò, sbarrando gli occhi e divincolandosi con tutta la sua forza per sottrarsi alla morsa in cui lo tenevano. Un ragno. Pareva davvero un ragno verde e grosso, quella cosa, e gliela stavano ficcando dentro la testa. Sentí la spiga penetrare piú a fondo e il suo grido si fece disperato.

– Cavolo, Franceschino, che voce che hai! – sfotté Luca.

Claudio, che in piedi si godeva la scena, disse: – Ehi, urlatore, non ti piscerai mica addosso, vero?

Luca, che teneva le gambe di Francesco, fece l'atto di ritrarsi schifato, mentre qualcuno chiedeva, facendo finta di cadere dalle nuvole: – Perché, se la fa ancora nelle mutande?

– Già. Certe mattine si vedono degli strani bucati, stesi ad asciugare a casa Zani.

Chiuse gli occhi, cercando di frenare lacrime di rabbia e di vergogna. Poi sentí una mano sgarbata che gli stringeva i testicoli.

– No, è ancora asciutto, – disse la voce di Simone.

Lo lasciarono andare. Piano, sentendo le reste che graffiavano, si sfilò la spiga dal naso e poi se lo soffiò. Si rimise a posto la maglietta, accorgendosi che era tutta macchiata d'erba, si sistemò i pantaloni, e asciugandosi gli occhi col dorso della mano andò verso la sua bicicletta.

A casa le avrebbe prese, per quella maglietta bianca ora diventata verde. A casa avrebbe pianto di nuovo. E forse, invece di cenare, sarebbe stato messo là, nel puzzo della legna, coi ragni che avrebbero tentato di salirgli lungo le gambe, verso la faccia, verso le narici.

Io credo che Francesco Zani non fosse uno stupido. Certi suoi temi, certi suoi ragionamenti erano notevoli. Però era chiuso, scostante, non legava con i compagni. E studiava poco, devo dire. Certi giorni poi non ascoltava la lezione, stava con la testa da tutt'altra parte.

Forse non era uno stupido, ma aveva delle difficoltà. Molte difficoltà. Gli chiesi piú di una volta se c'era qualcosa che non andava; gli domandai addirittura se avesse problemi a casa, ben sapendo che non era possibile: conoscevo i suoi, gente a modo, benestante, stimata. Mi rispose sempre che era tutto a posto.

Un bambino un po' strano: fragile, certamente. Ma non avevo mai pensato che potesse fare quello che fece, che potesse arrivare a tanto.

Quel mattino il maestro portò a scuola i quaderni di aritmetica, su cui aveva corretto i compiti svolti in classe il giorno prima.

– Amadesi, 6; Baldi, 7; Brini, 6 meno…

L'ultimo. Il suo quaderno, scherzi dell'alfabeto, era come al solito l'ultimo. «5, – pensava. – Non posso avere preso piú di 5».

Quel compito era capitato in una «mattina no», di quelle precedute da una notte di incubi; di quelle in cui la tapparella, con un rumore di frana, si era alzata a illuminare una chiazza gialla nel lenzuolo. Di quelle in cui la colazione, con la gola stretta dalla rabbia e dalla vergogna, non andava giú, mentre gli occhi stavano bassi per non incontrare quelli grigi del babbo, quelli irrequieti della sorella, quelli vuoti di mamma. Mamma che, usciti gli altri e prima di accompagnarlo alla porta porgendogli la cartella, si era fermata davanti alla credenza facendo tintinnare bottiglie.

– Tesei, 8; Utili, 6 e mezzo; Zani...

Sentí il cuore sbagliare il ritmo e fermarglisi in gola.

– Zani, 4.

Si udí ridacchiare. Il maestro lo guardava e tutti, dagli altri banchi, lo fissavano. Prese il quaderno sentendo sul viso un calore di febbre, lo aprí e vide quel numero rosso. Piccolo, scritto in un angolo, ma terribile.

Non era tanto per il voto in sé o per le risatine degli altri, che stava male. È che si figurava quegli occhi grigi che avrebbero trapassato i suoi, quel sorriso tirato, quella mano nei capelli a far male, e la legnaia, l'afa puzzolente e brulicante di quel posto scuro.

Quando la campanella suonò la fine della lezione, fu l'ultimo a uscire dalla scuola. Salí sulla bicicletta e lentamente si avviò verso casa, con la mente che turbinava. Pensava al momento in cui avrebbe dovuto aprire e far vedere quel quaderno.

Arrivò che gli altri erano già a tavola; e al primo guardarli si accorse che c'era qualcosa di diverso dal solito. Qualcosa che non andava.

Mamma aveva in faccia i segni del pianto e un lato della bocca gonfio e arrossato. Sua sorella, una volta tanto, non parlava. E gli occhi freddi di suo padre, invece di fissare e indagare i suoi, insistevano e infierivano sulla mamma.

Francesco non disse niente. Sedette, guardò la minestra nel piatto, e mentre prendeva il cucchiaio babbo gli disse: – Mangia e stai zitto.

Non aveva ancora aperto bocca, e non aveva alcuna intenzione di farlo. Nessuno gli chiese com'era andata a scuola.

Si mangiò in silenzio, a televisore spento. Finito di pranzare, Francesco scivolò via dalla sedia e uscí in cortile. Dal bidone dell'immondizia vide sporgere colli di bottiglie, e capí, capí tutto. Ma non si fermò a pensare. Quanto era successo a casa era brutto, ma per lui aveva rappresentato la salvezza. Almeno per un po'.

Inforcò la bicicletta e andò verso il campetto della chiesa, dove sapeva che avrebbe trovato gli altri. Si sentiva leggero. Con un 4 sul quaderno di aritmetica e i genitori che si erano appena picchiati, si sentiva bene, meglio del solito. Pensò al perché di questo e gli fu chiaro: per una volta, in casa, la vittima non era stato lui. Per una volta era passato inosservato e aveva assistito da spettatore all'ira fredda di suo padre.

Sotto i tigli, a fianco del campo da calcio, vide Luca, Simone e Claudio, suoi compagni di scuola, e altri ragazzi.

– Ecco chi starà in porta! – sentí gridare mentre non era ancora sceso dalla bicicletta.

– Bene, – disse Fausto, uno piú grande che lavorava da Gino, il fabbro. – Fra mezz'ora devo essere in officina, quindi sbrighiamoci. Il piscione in porta dalla parte della chiesa, Vannini dall'altra parte, e per il resto ci dividiamo in due gruppi uguali e si comincia.

– Non ci sto, in porta.

Si fece silenzio e si girarono tutti a guardarlo. Era la prima volta che diceva la sua, che osava discutere il posto che gli avevano assegnato.

– O in porta, o non giochi, – disse quello piú grande.

– Va bene, non gioco; e non me ne frega niente.

Lentamente gli si fecero intorno, e Francesco vide disegnarsi sulle loro facce quell'espressione tra il cattivo e il divertito che conosceva bene. Ma non scappò.

– Ci vuole una curetta di torture, – disse Luca sorridendo.

Gli sfilarono letteralmente la bicicletta da sotto il sedere e Simone, andandogli alle spalle di soppiatto, lo colpí con le ginocchia nelle gambe facendolo cadere supino. Lo bloccarono a terra e Claudio con un filo d'erba cominciò a fargli il solletico nel viso e nel collo.

– Un assaggio di tortura cinese, poi vai in porta.

– Non ci vado, – disse lui a denti stretti. – Non mi va di giocare.

– E perché, pisciasotto?

Francesco sentí il calore della rabbia arrivargli alle guance. – Perché mi avete stufato. Tutti.

– Oh, ma senti! – fece Luca.

E Claudio: – Che gli facciamo, per punizione?

Luca stava per rispondere, quando Fausto, quello grande e foruncoloso in tuta da lavoro, propose con un ghigno: – Facciamolo «papa».

Francesco si irrigidí, tese i muscoli e i nervi del collo. Sapeva cosa intendeva Fausto: gli avrebbero tirato giú calzoni e mutande e sputato sui genitali. Non voleva quell'umiliazione, quello schifo. Non l'avrebbe sopportato.

Lo alzarono di peso e lo portarono oltre il vialetto della chiesa, dietro la siepe che fiancheggiava il muro del cimitero. Scalciò, tentò di urlare sentendo una mano sporca e puzzolente di morchia che lo soffocava, e gli altri che ridevano e canzonavano. Lo posarono, gli sbottonarono i calzoni corti e glieli abbassarono assieme alle mutande.

– Ehi, che pisellino! Sembra quello di mio fratello che ha tre anni! – rise Luca.

Simone avvicinò il viso per sputare, ma fu Francesco a centrarlo in faccia con uno sputo e a rifilare un calcio a Claudio. Simone si asciugò con la manica della maglia e gli mollò un calcio nelle costole che fece un suono sordo. – Questa me la paghi! – sibilò furente.

– Ce l'ho io un trattamento speciale per lui, – disse quello piú grande. Fece segno di girarlo a pancia in giú.

Francesco cercò di resistere, ma si trovò con la bocca nell'erba e con una mano pesante sulla schiena, e si accorse che, strattonando, gli sfilavano via del tutto i calzoni. Poi tirando gli divaricarono le gambe, ed ebbe su di sé il peso di Fausto, e nelle narici l'odore di ferro e di morchia della sua tuta.

Sentí che gli frugava tra le natiche, che spingeva, poi un dolore bruciante lo trafisse. Qualcosa gli era entrato dentro, lo invadeva, lo riempiva, pareva spaccarlo in due. Il suo urlo fu soffocato dalla terra e dall'erba, mentre neppure il dolore gli impediva di udire le risate degli altri e quel respiro affannoso che gli soffiava sul collo e sui capelli.

Non si rialzò subito, quando se ne andarono. Rimase disteso, con la faccia bagnata di lacrime e di muco e sporca di terra e di erba. Poi si tirò su, si rimise le mutande e i calzoni e piano si incamminò verso la bici. Camminare gli faceva male. Pensare a cosa gli avevano fatto, doleva molto di piú.

Ora non poteva piú stare tra loro. Né al campetto, né a scuola. Mai piú. Avrebbero riso, avrebbero raccontato in giro cos'era successo. Mai piú, mai piú, mai piú, ripeteva mentre pedalava verso casa con gli occhi che gli bruciavano.

Arrivato nel cortile appoggiò la bicicletta al muro di cinta, poi corse nell'orto. Là si gettò sull'erba, in quell'angolo nascosto dove lui e nonno parlavano, dove il vecchio tante volte – Francesco lo ricordava bene – accarezzandolo sui capelli, gli aveva raccontato favole e storie.

– Nonno, voglio venire da te. Da te, – disse, mentre con le mani, senza accorgersene, scavava nella terra scura. Poi si alzò, si avvicinò al pozzo, si affacciò. – Vecchia, vienimi a prendere! – urlò dentro quell'imbuto nero, sentendo risuonare una bassa eco. – Portami sottoterra, nel buio, dove c'è anche il nonno. Non voglio piú vedere nessuno, mai piú. Portami dal nonno. Portami giú, portami giú…

E, come se le braccia della Vecchia l'avessero afferrato, una vertigine scura lo tirò dentro il pozzo.

Non pensavo che i ragazzi fossero molto affezionati a Francesco Zani, e invece la notizia del suo suicidio li colpí davvero. Per molti giorni, in classe, si respirò un clima strano. Di Francesco non parlavano volentieri, sembrava non volessero pensare a lui: ma non ridevano piú, non scherzavano piú. E io ero piú sconvolto di loro. Quel 4, quel 4 sul quaderno di aritmetica… Cristo, se avessi saputo, se solo avessi immaginato quant'era fragile quel bambino!

Mi sentivo terribilmente in colpa; e i ragazzi, che scoprii piú sensibili di quanto pensavo, erano segnati dal dolore. Lo erano talmente che ciò influí sul rendimento scolastico di alcuni di loro. E fu una cosa non priva di conseguenze.

Solo dopo diversi giorni tornarono nel campetto della chiesa a giocare. Ma prima di mettersi a correre dietro il pallone, rimasero a lungo sotto gli alberi, a parlare. Quello grande, Fausto, non si era fatto piú vedere in giro. Tranne una volta: a uno a uno li aveva presi da parte dicendo loro che, se avessero raccontato quanto era successo il giorno della morte di Francesco, sarebbero finiti tutti in galera, e per sempre. Li aveva fatti giurare di tenere la bocca chiusa, ma non ce ne sarebbe stato bisogno: chi avrebbe raccontato una cosa simile? E poi, figuriamoci, fare la spia e mettersi nei guai per quel piscione di Francesco Zani!

Certo, rimaneva la paura di poter essere in qualche modo scoperti, non si sa mai.

Claudio, alzandosi in piedi, calciò forte il pallone in alto. Quando lo videro rimbalzare sull'erba, invitante, lasciarono da parte i discorsi ed entrarono in campo a giocare. Dopo pochi minuti di corse e di grida, l'immagine di Francesco e tutti i timori erano già lontani, svaniti.

Avevano piazzato in porta, nella zona sassosa del campo, un piccoletto di terza elementare che non tentava neppure di parare i tiri che lo bersagliavano. Faceva il raccattapalle e basta. Poi un tiro alto, forte e impreciso sibilò tra i tigli, oltre il prato e la siepe, e superò il muro di cinta del cimitero. Il piccoletto aprí le braccia. – Io non ci riesco a passare di là, – disse.

Si fermarono con le mani sui fianchi, ansimando. Qualcuno sedette sull'erba. – Deve andarci chi ha tirato, – disse Luca.

Tutti guardarono Giacomo, detto Ciccio; il tiro era stato suo. Ma quel soprannome non era casuale o improprio: Ciccio era letteralmente rotondo, e un recupero del pallone affidato al lui avrebbe richiesto, tra ripetuti tentativi di superare il muretto, un tempo infinito.

– Vado io, – disse Simone, avviandosi. Friggeva dalla voglia di giocare e non sopportava soste. Prese una breve rincorsa, spiccò il salto arrivando con le mani alla sommità del muro di cinta del camposanto e si issò approfittando di pietre sconnesse che offrivano appoggio ai piedi. Sentirono, dal rumore nella ghiaia, che era atterrato di là.

Simone si guardò attorno. A sinistra c'era il prato pieno di croci, di fronte e a destra c'erano le tombe alte, in muratura, che formavano una sorta di città ordinata, divisa in silenziosi isolati. Deserta, si sarebbe detto, se non fosse stato per quelle centinaia di facce, di occhi che guardavano dalle fotografie sulle croci, sulle lapidi, sui coperchi di cemento dei loculi.

Cercò il pallone con lo sguardo. Prima tra le croci, nel prato: sperava fosse là, in quello spazio verde, aperto e luminoso. Non vedendolo, si avviò nello stretto passaggio ghiaioso tra le tombe alte.

L'unico rumore era quello scricchiolante dei suoi passi; non si sentivano piú neanche le voci degli altri ragazzi, o il frusciare dei tigli nella brezza del pomeriggio.

Fiori colorati e fiori appassiti, graniti, marmi; e fotografie, centinaia di facce che parevano scrutarlo, seguirlo con gli occhi. Cercò, cercò, avanzando sempre di piú. Del pallone, nessuna traccia.

Poi lo vide. Era finito lontano, incredibilmente lontano, ai piedi di una tomba addossata al muro di cinta, ancora sommersa di fiori ormai cadenti, appassiti, morti, che esalavano un odore pesante e disgustoso. La tomba della famiglia Zani. Di Francesco.

Simone si fermò e si girò a guardare indietro dalla parte dove, oltre il muro, c'era il campetto, quasi a cercare aiuto negli altri. Non gli piaceva che il pallone fosse finito là, non gli piaceva affatto.

Rimase ancora un attimo fermo, nel silenzio, poi prese a correre verso la palla: voleva fare presto e andarsene subito da quel posto. Quando era già chinato per raccoglierla, sentí una voce uscire dal tombino a grata nel quale, con un leggero gocciolio, cadeva un filo d'acqua che arrivava da quella montagna di fiori.

Si alzò di scatto, e la sua bocca e i suoi occhi si spalancarono in un'espressione di terrore stupito.

Da dieci minuti gli altri lo chiamavano, al di là del muretto. Erano impazienti e inquieti. Luca, presa la rincorsa, si issò sul bordo del muro, vi si sedette e cominciò a chiamare: – Simone! Ehi, Simone, dove ti sei cacciato?

Poi sentí dei passi nella ghiaia e lo vide arrivare, senza pallone. Era bianco in viso, i suoi occhi erano fissi e vuoti e sui suoi calzoncini azzurri si allargava una macchia scura, come se avesse urinato.

Luca lo guardò serio, senza parlare, poi l'aiutò a risalire. Gli altri gli furono intorno e Ciccio chiese: – E la palla?

– Dice che la tiene lui, – rispose piano Simone senza guardarlo. Camminò lento fino ai tigli, ancora con quegli occhi inespressivi, appoggiò una mano a un tronco e vomitò piegandosi in avanti. Poi, senza neanche pulirsi la bocca, si avviò a piedi verso casa.

Lo shock per la morte di Francesco, dicevo, ebbe un effetto pesante su alcuni ragazzi. Su Simone Baldi, ad esempio: uno vivace al limite dell'indisciplina, ma sveglio, intelligente, capace sempre di figurare bene anche senza applicarsi molto. Qualche giorno dopo i funerali del piccolo Zani, sua madre telefonò dicendo che Simone non stava bene: problemi nervosi, mi parve di capire, e io immaginai che l'emozione per la morte del suo compagno c'entrasse in qualche modo.

Quando tornò a scuola, dopo una settimana, era cambiato. Era diventato taciturno, abulico. Dal punto di vista del rendimento scolastico, il suo fu un crollo improvviso e totale. Fui indulgente, perché tenni conto della situazione, ma la sua pagella fu ugualmente un mezzo disastro.

E, come già era successo per Francesco, questo insuccesso causò una reazione esagerata e inattesa.

Simone era disteso sul divano in soggiorno, davanti al televisore acceso. Aveva mangiato pochissimo, perché non aveva appetito; anzi, la vista del cibo gli provocava un senso di nausea, da quel giorno, da quel pomeriggio nel cimitero.

La cosa terribile era che doveva tenere dentro di sé quella paura: in casa aveva detto di essersi spaventato, nel camposanto, perché gli era parso di vedere un'ombra muoversi. Non aveva accennato alla voce di Francesco Zani, perché di lui era meglio non parlare, dopo ciò che era successo, dopo ciò che gli avevano fatto. Agli altri bambini sí, ne aveva parlato, ma non erano stati di grande aiuto. Qualcuno lo aveva guardato come se fosse pazzo, qualcun altro, invece, aveva creduto alla cosa, finendo proprio per questo con l'alimentare il suo terrore.

Ora aveva ricevuto la pagella del secondo trimestre: brutta. Mai avuta cosí brutta, prima; i compiti e le interrogazioni delle ultime settimane erano stati disastrosi. Ma non gli importava. Anche i suoi genitori, preoccupati piú per la sua inappetenza che per i suoi voti, di certo l'avrebbero appena degnata di un'occhiata, quando quella sera sarebbero tornati dal lavoro.

Guardava la tivú senza vederla veramente: non avrebbe neppure saputo dire cosa stavano trasmettendo. Poi, una sigla musicale nota l'avvertí che stava per iniziare la replica di una puntata di *Belfagor, il fantasma del Louvre*. Gli piaceva, di solito, ma adesso non avrebbe sopportato di vederlo. Non ne avrebbe avuto il coraggio, era in casa da solo, e poi...

Si alzò di scatto, corse al televisore e lo spense con un colpo della mano cosí violento che l'apparecchio si spostò sulla mensola. Restò fermo davanti allo schermo scuro, al cui centro rimaneva un puntino luminoso; poi si girò e uscí di corsa sbattendo la porta e accorgendosi troppo tardi di non aver preso le chiavi per poter rientrare. Ma l'importante era essere all'esterno, nella luce, nel sole, dove si sentivano voci e rumori di automobili.

In un angolo del cortile c'era un dondolo; vi si sedette, poi vi si sdraiò. I suoi occhi fissavano come ipnotizzati la cima della grande acacia che ombreggiava la casa. Con le gambe impresse una spinta e continuò a guardare la vetta dell'albero, che ora sembrava un pendolo verde nel cielo.

Aveva dormito pochissimo, quella notte. Anzi, passava notti agitate, piene di incubi o insonni, da quel pomeriggio maledetto. Il sonno arretrato e il moto ipnotico del dondolo ebbero la meglio sulle sue paure, e dopo qualche minuto si appisolò.

Quando si svegliò, per prima cosa vide un nulla azzurro. Poi piano piano, come una figura che si avvicina nella nebbia, si delineò il ricordo che ormai l'ossessionava: quella voce.

Si riempí ancora gli occhi di blu, guardando in alto. Non si rese conto di quanto avesse dormito. Il suo corpo lanciò segnali per impedire alla mente (e ai ricordi) di lavorare. Appetito. Anzi, fame. Che strano, dopo settimane di nausee e di anoressia. Si alzò a sedere; il dondolo si mosse, ed ebbe una leggera vertigine nel posare i piedi a terra. Si passò una mano sul viso, rimase fermo per qualche secondo, poi partí puntando verso la porta di casa.

Quando le fu a un passo si ricordò, quasi con sollievo, di non avere le chiavi. Si allontanò, passò di fianco alla rimessa e arrivò nel piccolo campo dove gli zii coltivavano ortaggi ed erbaspagna.

Raccolse una manciata di sassi e si avvicinò al pozzo. Gli piaceva gettarceli dentro, sentire il *blup* che facevano, guardare i cerchi che si formavano nell'acqua.

Quando si affacciò gli parve, con un tuffo al cuore, di vedere una figura scura agitarsi nel fondo.

Non ebbe neppure il tempo di pensare, che qualcuno o qualcosa lo ghermí e lo fece precipitare giú.

Nessuno sentí il suo grido, in quel pomeriggio azzurro.

Quando i genitori di Simone Baldi rincasarono, videro la pagella aperta sul tavolo e constatarono che il bambino era sparito. Lo trovarono poco dopo; sua madre, come se avesse avuto una terribile intuizione, corse al pozzo ancora prima di cercarlo altrove.

Non poteva essere caduto là dentro per caso. Aveva fatto come Francesco. Del resto, come confermò anche il medico della famiglia, il bimbo stava attraversando un brutto momento, aveva problemi di nervi. E quella pagella lasciata bene in vista fece capire che, molto probabilmente, la goccia che aveva fatto traboccare il vaso, ciò che aveva rotto un equilibrio già precario, era stato il trauma di quell'improvviso – e per lui inconsueto – calo nel rendimento scolastico.

Ma la storia non si fermò qui: altri due miei scolari morirono, in quei mesi, sempre dopo aver avuto problemi nervosi e grosse difficoltà nello studio, e in modi che fecero pensare quasi con certezza a gesti disperati. I giornali e gli specialisti parlarono di una orribile «epidemia suicida».

Prima morí Claudio Mari, annegato nel canale dei mulini. Il suo corpo fu trovato, dopo giorni di ricerche, in un punto dove un debole gioco di correnti provocato dall'innesto di un rigagnolo lo aveva spinto e tenuto sul fondo. Poi toccò a Luca Savelli. Mi ricordo quel giorno di maggio in cui anche Luca scelse di farsi inghiottire dalla gola di un pozzo; neanche un'ora dopo, nel cortile dell'officina di Gino il fabbro, un ragazzo di quattordici anni tolse la grata a un tombino e si uccise immergendo la testa in poche spanne di acqua melmosa.

Troppe, due morti cosí in un giorno solo, per un paese piccolo e tranquillo come il nostro. Troppo lunga e terribile quella catena di lutti.

Fu un periodo nero, un incubo.

Io insegnai ancora per qualche anno, poi mi ritirai. Però, nonostante sia passato del tempo, continuo ancora a pensare a quel 4 dato a Francesco, a quella pagella di Simone, ai brutti voti che dovetti dare a Claudio e a Luca, quando il loro rendimento toccò lo zero: e ancora ho rimorsi.

Poi, però, mi dico: ma ho avuto davvero colpe, in tutto questo? Dio solo lo sa, in fondo, che cos'hanno in testa i bambini!

Country Fight Club

Delvis si accese una sigaretta e si stirò per sgranchirsi. Il lavoro era finito, gli strumenti e l'impianto erano pronti. Magari si poteva fare qualche prova, ma non è che ne avesse tanta voglia. Era un giugno caldo, anzi, caldissimo, erano le sei di pomeriggio e ancora il sole scottava e riusciva a far baluginare sui campi miraggi che tremolavano come budini con la febbre.

Lanciò un'occhiata agli altri che bevevano qualcosa e chiacchieravano, seduti all'ombra del palco, sull'erba stentata e polverosa del campetto da calcio. Si mosse lento verso la strada che da lí portava al centro del paese.

Paese, insomma... quattro case o poche di piú, fra tutto quel grano, quei frutteti, quelle vigne. Buttò la cicca sull'asfalto, si ravviò i capelli e si fermò a leggere un manifesto giallo canarino scritto in caratteri grandi, neri e sgraziati come quelli che annunciano le svendite di qualche negozio da poche pretese.

«Sagra del formaggio squacquerone» era cubitale. Poi, a decrescere: «Gimkana di trattori», «Esibizione di *s-ciucarèn* e miniballerini, con musica de I Rambo del Liscio», «Stand gastronomici con i cappelletti della nonna», «Elezione di Miss Piadina». In fondo, molto in piccolo: «Concerto del gruppo: Complesso Residenziale».

Fece una smorfia e si girò per tornare dagli altri, che stavano ridendo tutti insieme. Cosa c'era da ridere, poi.

Dalla strada arrivarono due donne in bicicletta, si fermarono e studiarono il palco. – Lei è un suonatore? – chiese a Delvis la piú anziana, che sfoggiava un'incredibile permanente dai riflessi azzurrognoli.

Annuí accendendosi un'altra paglia.

– Com'è che non suonate? Non le fate le prove?

Era troppo caldo anche per parlare, e poi lui non era per niente contagiato dall'entusiasmo per la Sagra dello squacquerone. Si limitò a stringersi nelle spalle, guardando altrove.

– Non ce la fate sentire *Romagna mia*? – disse ancora la permanentata.

– No, – rispose Delvis. – Non siamo mica I Rambo del Liscio, noi. Facciamo cose diverse.

Le due misero su una faccia un pochino disgustata e ripresero a pedalare.

Da chissà dove erano sbucate nuvole di rondoni che saettavano gridando come ossessi, e si erano svegliate pure le zanzare, affamate come belve feroci.

Lo stand gastronomico era pieno zeppo. Loro quattro, seduti in fondo a uno dei lunghi tavoloni, si passavano l'unico menu disponibile, scritto a mano su carta da pacchi decisamente unta.

– Affettati misti, piadina, formaggi, ciccioli, rane fritte, cappelletti, tortelloni, salsiccia e salame alla griglia, castrato, zuppa inglese, – lesse Ibru.

– Cazzo, – disse Rigo. – Una roba da sette chili in sette giorni. Sette chili in piú, voglio dire.

Delvis scosse la testa. – Va mica bene mangiare 'sta roba prima di suonare.

Arrivò una ragazza, sudaticcia e dall'aria indaffarata, con un taccuino in mano. – Cosa volete ordinare? – chiese.

– Tutto, – rispose Ibru.

Gli altri lo guardarono male. – Siamo quelli del Complesso Residenziale, – fece Emiliano. – Il capo, lí, coso, come si chiama... l'organizzatore, prima ci ha detto...

– Capito, – fece lei impaziente. – Un primo e un secondo, ci penso io. Da bere?

– Che vini avete? – chiese Delvis.

Lei lo guardò con un'espressione che poteva essere di stupore, o d'orgoglio. – Tutti, ce li abbiamo.

– Tutti? – chiese Ibru.

– Sí, tutti e due. Il rosso e il bianco.

– Ah... Rosso, allora.

Dalle cucine arrivavano vapori densi come strutto. Quelli da soli parevano in grado di fare ingrassare chiunque a vista d'occhio.

Una cameriera bruna e molto carina era la quarta o la quinta volta che passava di lí, che ronzava intorno, fra un servizio e l'altro. L'avevano notata subito: calzoni di mimetica, canottierina nera, un tatuaggio su una spalla, braccia abbronzate e forti, capelli corti e modellati col gel, occhi verdi, grandi e luminosi.

Poi, mentre stavano attaccando la salsiccia ai ferri con le patate fritte, si sedette accanto a loro posando il vassoio vuoto.

– Disturbo? – chiese con la voce roca e sensuale.

– Ma ci mancherebbe! – risposero in coro. – Vuoi bere qualcosa?

– Vuoi un autografo? – azzardò Rigo, che aveva sete e buttava giú uno dopo l'altro bicchieri di sangiovese.

Lei ridacchiò. – Di dove siete? – chiese.

– Di Reggio Emilia, piú o meno. E tu?

– Di qui, sono. Che credevate, che ero venuta da lontano per servire ai tavoli in questo schifo di festa?

– Magari sei venuta da lontano per sentire noi, – disse Emiliano. – Siamo bravi, che ti credi?

– Vedremo dopo, – rispose la brunetta prendendo una patatina dal piatto di Delvis e mordicchiandola, per poi risucchiarla con un movimento studiato delle labbra.

I quattro si guardarono di sottecchi, senza sapere piú che cosa dire. Rigo le tastò i bicipiti: – Accidenti, che muscoli hai!

– Faccio la boxe.

– La boxe?

Lei annuí. – Sí, – disse. – Combattimenti clandestini, tipo *Fight Club*. E faccio anche karate e judo.

– Cazzo, sei una tipa tosta! Ci vieni a sentire, dopo?

– Certo, se qui finiscono di abbuffarsi, – rispose, poi sospirò, tossicchiò e quasi si accoccolò su Delvis, inondandolo con il suo odore strano, un misto di pelle accaldata e di profumo.

Delvis buttò giú tutto d'un fiato il bicchiere di vino che aveva in mano. Mosse una gamba fino ad appoggiarla a quella della ragazza, che sorrise.

– Come ti chiami? – le chiese Ibru.

– Non ve lo dico.

– Perché?

Lei per tutta risposta strappò un pezzo del menu unto, lo rigirò, si tolse una matita dalla tasca e cominciò a scrivere proteggendo il foglietto con la mano, come fanno i bambini a scuola quando non vogliono che gli si copi il compito.

– Scrivo qui il mio soprannome, – disse, – ma lo può leggere soltanto lui, – e indicò Delvis con un cenno della testa.

– Ehi, – mormorò Rigo all'orecchio di Emiliano, – quella gli dà il numero di telefono!

Dietro di loro scoppiò un fragore improvviso. Alcuni uomini avevano urtato una cameriera, e tutto il contenuto del vassoio, bottiglie e bicchieri compresi, era volato a terra.

La brunetta scattò in piedi, disse: – Scusate un attimo, – e si mise con la sua collega a rimediare al disastro.

Delvis raccolse il biglietto dal tavolo. Sopra c'era scritto in stampatello: LAMANT.

– Lamant... – lesse. – Non è riuscita a finire, però mi pare che basti e avanzi, no? Quella stava per scrivere «L'amante», oppure, che ne so, «L'amante focosa», «L'amante insaziabile». Robe del genere.

Ibru gli prese il foglio dalla mano e lo studiò. – Non c'è neanche l'apostrofo, – disse. – Sarà pure carina, ma è un'analfabeta.

– E chi se ne frega? – ridacchiò l'altro tirandosi indietro sulla sedia. – Mica le voglio affidare l'ufficio stampa: ci voglio solo combinare qualcosa, io.

– Sicuro? – chiese Ibru.

– Sí. Cioè, no. Penso che mi sto innamorando.

– Che cazzata!

– Non è una cazzata, si chiama «colpo di fulmine» –. Poi si mise a cercarla con lo sguardo tra i tavoli, ma non c'era piú.

La gimkana dei trattori che avevano fatto nel pomeriggio doveva avere sollevato cosí tanta polvere che ancora continuava a caderne dappertutto, e gli strumenti e le casse erano coperti da un velo biancastro. Cercarono di pulirli alla meglio con stracci e salviette, poi cominciarono a suonare, senza voglia e devastati dalla digestione.

Davanti al palco c'erano alcuni ragazzi dall'aria non proprio entusiasta, qualche vecchietto con la faccia bruciata dal sole e il cappello calcato in testa, donne di mezz'età nel vestito buono imbalsamate sulle sedie. Quella che qualche ora prima aveva chiesto *Romagna mia* era in prima fila, e li seguiva con uno sguardo tra l'inespressivo e il severo.

Mica bello, lavorare in quelle condizioni.

– Ma che razza di pubblico! – bofonchiò Rigo in una pausa, e gli altri tre annuirono rassegnati.

Un bambino che correva su e giú tra le sedie si fermò all'improvviso, si mise le mani attorno alla bocca a mo' di altoparlante e gridò in direzione dei musicisti: – Li suonate, i Puffi?

– Sí, – rispose Ibru. – Prima li suoniamo di brutto, poi li schiacciamo sotto gli scarponi e li mettiamo tra la piadina.

Il piccolo li fissò per un po' con l'espressione allocchita, infine corse da sua madre piangendo. La donna, inviperita, lo prese per mano e abbandonò la platea. Per solidarietà se ne andarono altre tre o quattro persone.

La situazione era sempre piú deprimente. Ricominciarono a suonare senza un briciolo di voglia e di qualità.

Poi lei comparve. Sulla canottiera aveva indossato un giubbotto di jeans, aveva un barattolo di birra in mano e gli occhi piú luminosi che mai. Si mise a seguire il ritmo con la testa e con i piedi, mostrando ogni tanto un sorriso contagioso. E sul palco, come per miracolo, le cose cominciarono a funzionare meglio.

Presero spinta, e Delvis e la brunetta non smisero un attimo di fissarsi, con lei che faceva le boccucce piú intriganti mai viste in tutta l'Emilia-Romagna.

Lui tenne il microfono in modo perentorio e macho, intonò strofe su strofe solo per lei e zompò per il palco come un indemoniato, ignorando i cappelletti della nonna e la salsiccia che gli vorticavano nello stomaco divenuto simile a una lavatrice in centrifuga.

Il sorriso della ragazza si fece ancora piú luminoso. Lei finí la birra e gettò la lattina, si passò una mano sui capelli, moltiplicò le boccucce allusive, alzò le braccia a seguire il ritmo, lanciò urletti da fan.

L'ultima canzone che fecero finiva col verso: «Chi sei, chi sei? Senti, ti va di baciarmi qua fuori?» A quelle parole lei annuí, con gli occhi che parevano diventati due fari antinebbia.

Fu a quel punto che Delvis saltò giú dal palco e sparí veloce come un fulmine, lasciando gli altri di stucco.

– Ma dove scappa? – chiese Ibru.

Emiliano si strinse nelle spalle. – Avrà un bisogno impellente.

Rigo, che aveva notato quello che era successo tra palco e platea, scosse la testa. – E vabbe', – biascicò, – chiamiamolo bisogno...

Troncarono il concerto cosí, senza il solito finalino in crescendo.

Tutto era stato smontato e caricato, le luci spente. Solo una luna impolverata e le lucciole che pulsavano sul campetto silenzioso, contendendo il cielo alle zanzare, permettevano di vederci qualcosa. L'eco della festa si era da tempo esaurito, e si sentivano solo i grilli e qualche rutto.

– Cazzo, – disse Ibru, – ci ho ancora le rane fritte che mi girano nello stomaco.

Rigo sbuffò. – Io ho un sonno bestia, invece. Sono le tre e mezzo.

– Ma dove accidenti s'è cacciato? – chiese Emiliano, sdraiato sull'erba. – Io direi di andarcene e di lasciarlo qua con quella tipa.

Non aveva ancora finito di dire «tipa» che si sentí venire da lontano, piú o meno in direzione di un macchione folto d'alberi neri e immobili nella notte, un grido disperato che si esaurí in una specie di gorgoglio.

Si alzarono in piedi di scatto guardandosi intorno. – Cos'è stato? – chiese Rigo.

– Era lui, – disse Ibru.

– Ma porca miseria, che sta facendo?

– Non mi pareva un grido d'orgasmo, – disse Emiliano.

– E che ne sai di come grida lui nell'orgasmo?

Ibru si era fatto serio e continuava a fissare il buio. – Ragazzi, non scherziamo. Questa storia non mi piace. Io vado a prendere una torcia e ci mettiamo a cercarlo, che ne dite?

– Sí, mi sa che è meglio.

Ibru cominciò a correre in direzione del furgone, gli altri continuarono a guardare il buio. Dalla stessa direzione di prima vennero un altro grido disumano e rumori di tafferuglio.

– *Sòccia*, – esclamò Emiliano, – ma cosa gli fa?

Un minuto dopo, una luce accecante li colpí in viso.

– Ehi, deficiente, metti giú quella torcia! – imprecò Rigo credendo che fosse Ibru.

– Deficiente a chi, giovanotto? – chiese la voce bassa di un uomo di mezza età.

– Oh, mi scusi, – deglutí Rigo davanti al carabiniere che continuava a fargli i raggi ics.

– Che minchia ci fate qua a quest'ora? – chiese il milite, che nel frattempo era stato raggiunto da un collega.

– Siamo il Complesso Residenziale...

– Sí, e io e l'appuntato Urru siamo un condominio, – disse l'uomo.

– Insomma, – intervenne Emiliano, – siamo quelli del gruppo che prima ha suonato alla festa. Aspettiamo uno di noi che è sparito, e ci pare di averlo sentito gridare laggiú...

Arrivò veloce un'altra luce tremolante, e comparve Ibru con la torcia in mano.

– E questo chi è? – chiese il carabiniere.

– Un altro del gruppo.

– E chi è che manca?

– Manca Delvis, – disse Emiliano.

– Cioè, – puntualizzò Ibru, – manca Davide.

– Ma quanti minchia siete?

Rigo sospirò. – Insomma, manca Davide detto Delvis. Si era imboscato con una tipa...

– Che tipa? Come si chiama? – chiese il carabiniere.

– Boh! – disse Rigo stringendosi nelle spalle. – Ci ha detto solo il suo soprannome, qualcosa tipo «L'amant», «L'amante»...

I due militari si guardarono in viso e dissero quasi in coro: – Ossignore! Dài, facciamo presto! Devono essere laggiú allo stagno!

Cominciarono a correre tutti insieme senza dirsi altro.

Delvis, ancora bagnato fradicio e tremante, avvolto in una coperta, beveva da una bottiglietta d'acqua minerale e si massaggiava di continuo un enorme bernoccolo che aveva in testa. La sua faccia, tra lividi, graffi e sangue secco colato dal naso e dalle labbra gonfie, pareva un hamburger andato a male.

Gli altri, seduti come lui intorno alla scrivania del maresciallo, lo guardavano senza riuscire, ogni tanto, a trattenere una risatina.

– L'hai scampata bella, giovanotto, – disse il carabiniere. – Quella là è davvero una campionessa di arti marziali, e ha una forza incredibile. Tu sei stato la quinta vittima di una serie di aggressioni che quella pazza ha messo in atto negli ultimi mesi. Si infratta con qualcuno che le piace, ci fa sesso e poi lo prende a botte. Se non arrivavamo a salvarti, magari quell'indemoniata ti annegava nel laghetto. Con 'ste leggi del cavolo che i matti se ne vanno liberi in giro e che per i reati minori non finisci in galera, non si sa piú come controllarla.

Il ragazzo tirò su col naso. – M'ha dato una botta in testa con una pietra, – si lamentò.

– Cazzo, Delvis, – disse Rigo, – sei grande e grosso e le hai prese da una ragazzina!

Lui cercò di giustificarsi: – È che prima m'aveva sfinito, altrimenti...

– L'aveva sfinito! – mormorò Ibru, non senza una punta d'invidia.

Il maresciallo scarabocchiò qualche foglio, poi rivolto a Delvis disse severo: – La prossima volta stia piú attento.

Lui guardò gli altri in faccia, a cercare comprensione. – E che ne sapevo, – disse, – che quel LAMANT stava per LA MANTIDE?

– Be', adesso lo sai, – disse Ibru.

Delvis tirò su col naso, si schiarí la voce e chiese al maresciallo: – Com'è che si chiama davvero, la ragazza?

– Arianna.

Annuí. – È un gran bel nome, – disse. – E dove l'avete portata?

Il milite si tirò indietro sulla sedia. – Abbiamo chiesto al sindaco di firmare un Tso, e lui l'ha fatto.

– Che significa Tso?

– Vuol dire Trattamento sanitario obbligatorio. Insomma, l'hanno finalmente portata in una clinica psichiatrica, quella pazzoide. Era ora!

– E... potrei andarla a trovare? – chiese Delvis.

– A trovare? – chiesero in coro gli altri del gruppo.

– Be', sí. Poverina.

– Poverina un accidente! – sbottò Emiliano. – Stava per accopparti, e tu adesso...

– Dài, accopparmi! Non esagerare. Ce le siamo date, non è mica una tragedia. Anzi, lo volete sapere? Io mi sono quasi divertito. Non è stato male per niente. Erano anni che non facevo a botte, non mi ricordavo che fosse una cosa cosí... cosí...

– Portatelo via, – borbottò il maresciallo, – prima che chieda un Tso anche per lui.

Lo accompagnarono fuori e lo spinsero verso il furgone. Quando lo buttarono a forza su un sedile, sputò un dente e mormorò con gli occhi lucidi: – *Sòccia*, mi sa che mi sono innamorato davvero!

Ibru inserí la prima e sgommò via, verso casa. Stava già albeggiando e si annunciava un'altra giornata di sereno e di caldo.

In fila per due

Ho la fidanzata, a scuola. Ma lei non lo sa, e non deve mica saperlo.

È cosí bella, cosí speciale. La piú carina della scuola elementare *Edmondo De Amicis*. E anche la piú spigliata, la piú allegra. Mentre io, invece, sono timido e un po' grasso.

Quando giochiamo a fazzoletto o a rubabandiera, in cortile, io sono sempre quello che viene acchiappato per primo, che perde. E quando, nel campetto davanti alla chiesa, facciamo la partita di calcio, nessuno mi vorrebbe in squadra e mi mettono sempre in difesa, tanto per fare numero, o in porta; oppure mi lasciano seduto sull'erba a guardare gli altri.

Ma chi se ne frega? Tanto, mi piace stare da solo. Leggo i fumetti, oppure i libri di Salgari, sdraiato sul mio letto.

Quando vado fuori, nei campi dietro casa, gioco con gli animali e faccio gli «esperimenti». Mamma e babbo non vogliono; una volta che mi hanno scoperto a staccare le zampe a una lucertola, me le hanno date e sono dovuto andare a letto senza cena.

Ma quando sono là, tra i filari, i frutteti o il grano, non mi vedono; allora io piglio gli uccellini piccoli dai nidi, li porto in una scatola che è nella stalla, nascosta nella paglia, e guardo quanto ci mettono a morire. Prima strillano, si agitano, graffiano il cartone e sporcano tutta la scatola di cacca; poi piano piano si calmano, aprono il becco senza che esca piú la voce, infine stanno fermi. Morti.

Anche con i gatti, faccio gli esperimenti. A uno volevo fare l'operazione nella pancia con un coltello, ma è scappato non appena l'ho tagliato. Per fortuna non è andato in casa: si è infilato sotto le fascine con le budella di fuori ed è morto là, nascosto cosí bene che ci ho messo due giorni, prima di trovarlo e di seppellirlo.

No, non sto male da solo. Faccio un sacco di cose che mi piacciono, e non c'è nessuno che mi prenda in giro perché corro piano, o perché ho il culo grasso e le tette come una femmina.

A scuola, quando usciamo per la ricreazione o alla fine della lezione, dobbiamo stare in fila per due, tenendoci per mano. Noi maschi abbiamo il grembiule a quadrettini bianchi e blu, le femmine ce l'hanno bianco col fiocco colorato.

Nessuno vuole stare di fianco a me, non vogliono tenermi la mano perché dicono che suda. Ma non è vero, non sudo mica cosí tanto.

Due settimane fa, rientrando dalla ricreazione, sono riuscito a stare con Stefania. La sua mano era calda, e ho sentito tra le sue dita qualche briciola di merenda. Non so perché, ma quella cosa mi ha fatto provare una sensazione strana in gola e nello stomaco.

Mi sembrava di volare, di sognare, e ho capito che l'amo davvero, la mia fidanzata (segreta). L'importante è che lei non lo sappia, perché altrimenti si arrabbierebbe, gli altri riderebbero e lei non vorrebbe che succedesse mai piú, neppure per caso, di stare accanto a me nella fila per due.

Prima di lasciarle la mano, al rientro in classe, l'ho guardata bene. C'erano non solo delle briciole di merenda, ma anche, sulle dita, alcune macchie d'inchiostro.

L'avrei baciata, quella mano. Avrei voluto poterla tenere per sempre stretta nella mia.

La settimana scorsa hanno ucciso il presidente dell'America, Kennedy. A scuola le maestre non parlavano d'altro, e anche i bambini erano tristi. Mio babbo ha detto che è una cosa pericolosa, che forse sono stati i russi e magari viene la guerra.

Gli hanno sparato mentre era in macchina. Ho letto un po' del giornale, quando sono tornato da scuola: «Pare che un fucile Mauser 7.65 con un mirino a cannocchiale sia stato trovato dalla polizia di Dallas abbandonato al quinto piano di un edificio fronteggiante la zona dell'attentato».

Questo fucile Mauser 7.65 dev'essere un'arma mica da ridere. Ho visto alla televisione, al rallentatore, quando hanno sparato a Kennedy: a un certo punto si nota proprio che i capelli gli si muovono, forse gli è schizzato fuori un po' di cervello dalla testa.

«Oh, mio Dio, è terribile, non posso guardare!» ha detto la mamma, e non voleva che io vedessi.

Ma a me piaceva, quella scena.

Se avessi questo Mauser 7.65 col mirino a cannocchiale potrei sparare ai cani di Bosi, il vicino, e vedere che cosa fanno, se gli schizza fuori qualcosa dalla testa.

A me non fanno schifo, queste cose. Per niente.

Un mese e mezzo fa, in tivú, facevano vedere il disastro del Vajont, in un posto che mi sembra si chiami Longarone. È caduta una montagna in un lago, e dicono che si è sentito come un tuono, poi l'acqua ha scavalcato una diga ed è caduta sui paesi.

Si vedeva tutto quel fango, quella gente che urlava, e poi trovavano i morti.

Anche quella volta mia mamma piangeva, mio babbo scuoteva la testa e non volevano che guardassi. «Non è roba che deve vedere un bambino», dicevano.

Ma perché? A me non fa schifo, gliel'ho detto anche a loro. Anzi, mi piace. Però questo non gliel'ho detto.

È anche sul giornale, l'incidente di Stefania. «Terribile destino di una bimba di nove anni», dice.

È vero, terribile. Sono d'accordo, perché le volevo bene, era la mia fidanzata (segreta).

C'è anche il mio nome, nell'articolo, e quello del mio compagno di classe Massimo Benelli. Perché noi eravamo lí, quando quella macchina ha messo sotto la Stefi che attraversava la strada in bicicletta.

Abbiamo sentito la frenata, sembrava un urlo, poi una botta tremenda. L'automobile è finita nel fosso, che lí è proprio profondo, ma prima di cadere laggiú ha trascinato la Stefi e la bicicletta per molti metri.

Massimo ha urlato, ha fatto qualche passo indietro e poi è scappato via piangendo. Io invece sono andato vicino a vedere. L'uomo dentro la macchina era steso in avanti, sul volante. Sul bordo della strada, Stefania era tutta incastrata nella sua bicicletta, e c'era tanto sangue. Era quasi spiaccicata, come i gatti o i porcospini che a volte si vedono sull'asfalto.

Sono stato male. Non per quella scena: a me non fanno mica schifo queste cose, l'ho già detto. Ma è che alla Stefi volevo bene. Spesso, quand'ero in casa sdraiato sul letto e non avevo voglia di leggere, pensavo a lei e facevo visioni, come un film, dove io le davo un bacio e lei sorrideva e mi diceva: «Voglio stare sempre vicino a te, nella fila per due».

Hanno fatto il funerale oggi pomeriggio, e c'eravamo tutti noi bambini della scuola *Edmondo De Amicis*, le maestre e un sacco di gente.

La bara l'avevano chiusa subito, dicono che non si poteva vedere, la Stefi, perché era conciata troppo male. Quasi a pezzi.

Anzi, addirittura non sono riusciti a trovare una sua mano.

Be', questo lo sapevo. Perché ce l'ho io.

L'ho raccolta quando sono corso per primo a vedere l'incidente.

E ai funerali io non sono voluto stare in fila per due. La maestra prima ha brontolato, poi ha lasciato perdere.

Io ero da solo, dietro gli altri. Da solo per modo di dire: ero con Stefania, stringevo la sua mano con le macchie d'inchiostro, nascosta nella mia tasca.

Adesso la terrò per mano solo io, tutte le volte che vorrò, la mia fidanzata segreta.

E nessuno riderà.

Urla nel grano

La gamba gli doleva. Otto ore di quel continuo sbatacchiare e sussultare non erano certo una buona terapia per una ferita come la sua.

Cominciò a pensare che forse aveva sbagliato ad accettare l'invito degli zii. Ma ormai era fatta; e comunque un paio di mesi nella villa di campagna gli avrebbero giovato. Almeno lo sperava.

Doveva abituarsi a quello zoppicare che l'avrebbe probabilmente accompagnato per tutta la vita; ma piú che altro doveva dimenticare due anni d'inferno, di sangue, di paura.

Dimenticarli? Cristo, non avrebbe potuto; però voleva riuscire a pensarci un po' meno, a dormire senza sognare di essere acquattato nel fondo puzzolente della trincea, a svegliarsi senza sbarrare gli occhi nel buio sentendo fischiare il proprio respiro convulso.

In una stazioncina persa – quasi sommersa – nel verde di alberi, canne e siepi, tanto che veniva da chiedersi perché l'avessero costruita lí e a chi mai potesse servire, salirono un uomo e una donna con due grandi ceste vuote e due bambini, un maschio e una femminuccia, e vennero a sedersi di fronte a lui. Quando il treno ripartí, gli piantarono gli occhi addosso e parvero intenzionati a non smettere piú di fissarlo. Lui provò a sorridere, a leggere il giornale, ma inutilmente.

Poi il bimbo si alzò, si attaccò al finestrino a guardar fuori, e con una perfetta manovra di avvicinamento sedette prima dalla sua parte, ma distante, e infine proprio accanto a lui, toccandogli con un dito i bottoni della divisa.

– Stai fermo! – gli disse brusco il padre.

– Lasci fare, lasci fare, – disse Enrico accarezzando i capelli corti del bimbo. Erano duri e ruvidi, e sotto si sentivano le irregolarità ossute del cranio. Ritrasse la mano con un assurdo desiderio di pulirsela sui calzoni.

– Sei un soldato? – chiese il piccolo.

– Già.

– Vai alla guerra?

– No, torno dal fronte e vado a casa. Anzi, a casa dei miei zii.

– Perché?

– Perché sono stato ferito a una gamba e non posso piú combattere.

– Mario, stai zitto e lascia in pace il signore! – intervenne ancora l'uomo seduto di fronte.

Enrico avrebbe voluto dire: «Ecco, Mario, da' retta al babbo. Lasciami in pace e fatti gli affari tuoi». Ma sorrise di nuovo, assicurando che il bambino non lo disturbava.

Poi finalmente Mario sedette accanto alla sorella, cominciando a parlare fitto con lei in dialetto.

Enrico ascoltava il discorrere dei due. Non gli era estraneo, quell'idioma, perché ogni tanto anche gli zii lo usavano, e nelle sue visite alla villa l'aveva ascoltato dai contadini e dai braccianti.

I campi, le case, gli argini, le macchie di bosco sfilavano veloci. Il tono di quei colori, quelle geometrie della campagna, la forma delle case gli sembravano familiari. In realtà, dopo la morte dei suoi genitori, non era andato spesso a trovare gli zii, eppure quella terra l'aveva nella memoria, e forse nel sangue. Perché lí erano nati i suoi, lí affondavano le sue radici.

Il rumore della porta dello scompartimento che veniva aperta lo distolse dai suoi pensieri. Il controllore si affacciò e disse: – Tenente, stiamo arrivando alla sua stazione.

– Grazie –. Si alzò cautamente, tenendosi bene ai braccioli con le mani. Salutò con un sorriso, poi seguí il controllore che gli portava il bagaglio.

I freni presero a fischiare e a cigolare. Qualcuno, nel corridoio, abbassò il vetro di un finestrino e il rumore arrivò amplificato a dismisura, assieme a una ventata di calore.

Si era verso la fine di giugno e faceva caldo davvero. Enrico guardò fuori; la stazione si vedeva lontana, immersa anche questa tra macchie di verde polveroso ed enormi distese gialle. Il grano qui era il re della campagna. Ed era pronto per essere mietuto.

L'alba del secondo giorno nella villa lo sorprese con rumori e voci che lo fecero svegliare di soprassalto.

Spalancò gli occhi e visse gli ormai consueti attimi di angoscia che accompagnavano molti dei suoi risvegli. Quelle voci, che dicevano quelle voci? Erano italiani o austriaci? Dov'era? Cosa stava succedendo? Scattò a sedere sul letto, con una mano ispezionò freneticamente vicino a sé, senza sapere cosa stesse cercando; infine, rallentando pian piano il ritmo del respiro, capí dove si trovava e ributtò la testa sul cuscino, con un gemito.

Rimase cosí per qualche minuto, passandosi la mano nei capelli intrisi di sudore, poi, come prendendo una decisione improvvisa, mise fuori le gambe dal letto, gustando il fresco del pavimento contro i piedi. Quel movimento gli procurava ogni volta meno dolore. Buon segno.

Controllò, come faceva spesso, la grande cicatrice violacea che gli contornava il ginocchio, in alcuni punti profonda e irregolare come se fosse stata provocata dai denti di un animale mostruoso. Poi andò a spalancare le persiane e guardò la grande aia che separava il retro della villa dai campi. Erano arrivati i mietitori. All'aprirsi della sua finestra gli augurarono il buongiorno, qualcuno si tolse il cappello, parlottarono tra loro.

Veniva fumo odoroso di carne cotta, da dietro i tigli, dove s'intravedeva il tetto della casa dei Bernardi, i mezzadri degli zii. Qualcuno diede voce e i mietitori, appoggiate le grandi falci a una staccionata, si incamminarono verso l'abbondante colazione mattutina. Li aspettava una giornata di caldo e di fatica.

Al tramonto tornarono, maschere di polvere e di sudore. Dietro di loro, quattro carri trainati da buoi portavano alte pile di covoni.

– Ma non li lasciano nel campo, i covoni? – chiese Enrico, seduto sotto un albero con lo zio.

– Sí, certo, ma ne portano anche qualcuno qui, nell'aia. E fanno una specie di festa, o di rito.

Enrico si alzò e zoppicando andò incontro ai mietitori, che lo salutarono con cenni del capo.

Attorno ai carri si adunò rapidamente una ressa di bambini, di donne, di vecchi. Qualcuno si arrampicò sui covoni e cominciò a buttarli a terra, in mezzo all'aia. Gli altri, svelti, si misero a disporli e ad ammucchiarli.

Man mano che la catasta s'ingrandiva, sempre piú persone arrivavano a infittire il cerchio di quelli che assistevano all'operazione.

Andò fra loro. E una cosa lo colpí: non c'era allegria, in quei volti. Seri guardavano i covoni che, messi l'uno di fianco all'altro, l'uno sopra l'altro, davano forma a un gigantesco ammasso di spighe, piú alto nella parte che guardava i campi e somigliante, gli parve, a una goffa sfinge di paglia.

Nessuno sorrideva, nessuno pareva compiacersi di quello che si stava facendo. Eretta la catasta, un ragazzino vi si arrampicò sopra, con gli occhi di tutti addosso; fece un cenno con la mano e da giú gli fecero arrivare due grandi forconi, che conficcò nella catasta; e il gigante parve avere due lunghe corna, o due braccia alzate verso il cielo.

Poi appesero a quell'ammasso nastri neri e rossi, che spiccavano sul giallo del grano; infine issarono due pentolini di rame. Il ragazzo che era su scelse la posizione con cura e li inserí tra i covoni.

Enrico non capí cosa stesse facendo. Per vedere meglio fece qualche passo attorno alla catasta, e allora tutto fu chiaro. I pentolini, messi col fondo all'infuori, erano divenuti due grandi occhi rotondi, fissi e lucenti, sotto le lunghe corna di legno fatte con i manici dei forconi. Il colosso giallo, ora, pareva un animale acquattato che dal centro dell'aia guardasse verso i campi.

– Santo cielo, ma questo cos'è? – chiese Enrico a una ragazza che gli era accanto.

Lei lo guardò per un po' senza rispondere, come incredula che lui non sapesse, o timorosa di rivelarglielo, poi disse: – È lo Spirito del Grano.

Il cerchio attorno al gigante di spighe prese a muoversi in un lento e silenzioso girotondo. Enrico uscí di tra gli altri, fece qualche passo indietro e stette a guardare. Ancora, in quei volti, non trovò traccia di festa o di allegria.

All'orizzonte, rosso e gigantesco nel cielo velato, il disco del sole toccava ormai il mare giallo dei campi.

Quando sentí le urla, era mezzogiorno.

Quella mattina aveva letto a lungo, seduto in una poltrona di vimini davanti alla villa. Poi, quando si era stancato di quel romanzo troppo grosso e noioso, era entrato in cucina a bere, era uscito sul retro e dopo aver gettato un'occhiata al mostro di spighe si era incamminato zoppicando verso i campi.

Il sole era alto e picchiava implacabile; nell'aria immota il calore tremolava come gelatina sul giallo del grano, e alla vista comparivano nere macchie liquide, miraggi di caldo. Il cielo era una stinta e polverosa cappa che gravava sulla terra infuocata, pesante come il silenzio denso di cicale; e le ombre, nel meriggio, erano solo contorni sbiaditi e sottili.

All'improvviso, a rompere quell'immobilità e quel silenzio ubriacanti, arrivò l'urlo.

Veniva di lontano, dai campi; lungo, strano, modulato. Quando cessò, un altro gli fece eco da una direzione diversa, poi un altro, e molti altri ancora.

Enrico era immobile ad ascoltare, e qualcosa di freddo parve scivolargli sulla pelle. Si portò una mano a visiera sugli occhi e scrutò il tremolio giallo della calura; poi rientrò nella villa.

La grande sala da pranzo era fresca e di uno scuro impenetrabile, dopo la luce torrida dei campi. La tovaglia bianca era già sulla tavola e lo zio stava stappando una bottiglia di vino, mentre la domestica finiva di apparecchiare.

– Trebbiano del 1916, fresco di cantina, – disse lo zio versandone un bicchiere a Enrico e porgendoglielo.

Lui lo prese, sedette, attento a distendere piano la gamba ferita, e prima ancora di bere disse: – Ero fuori, e ho sentito delle urla venire dai campi. Sembravano un coro di ululati lontani.

Lo zio sedette a propria volta e sorrise sotto i baffi bianchi. – È la prima volta che capiti qui al momento della mietitura?

– Sí, credo.

– Oh, allora... – Alzò un braccio in un gesto teatrale e declamò: – «L'urlo che lungi si perde dentro il meridiano ozio dell'aie...» Non ti ricordi questi versi del Pascoli?

– Sí, – disse Enrico pensieroso. – In realtà non mi ero mai chiesto cosa significassero.

– Alludono a questa vecchia usanza dei mietitori che a mezzogiorno lanciano grida dai campi; credo che servano per segnalare la loro posizione a chi deve portare il mangiare e il bere.

Pranzarono, e lo zio non smise un attimo di parlare. Poi si adagiò in poltrona e si appisolò col mento appoggiato sul petto, russando leggermente, mentre la zia spariva nelle altre stanze. Rimasero solo quel ritmico ronfare e il ticchettio ipnotico della pendola.

Enrico vuotò il bicchiere, poi uscí di nuovo nell'abbagliante calore dell'aia. Il gigante di grano sembrava vigilare sul silenzio della campagna. Gli si avvicinò, sentendo un denso e insistente ronzare di mosche.

Banchettavano a centinaia su grandi macchie di sangue rappreso, gocciolato dai corpi di una decina di galli decapitati appesi ai fianchi del colosso di spighe.

Dopo cena si incamminò piano verso la casa dei Bernardi. Li aveva visti, in quei giorni, ma presi com'erano dalla mietitura non aveva potuto parlare con loro.

Per tutto il giorno la campagna era stata una fornace, e anche ora, dopo un'illusione di brezza che aveva fatto muovere per un po' le grandi chiome dei tigli e degli olmi, un'immobilità soffocante era tornata sovrana.

Nel cortile della vecchia casa, sbucando dall'oscurità, gli si fece incontro abbaiando un grosso cane.

Enrico si bloccò.

Dal buio venne una voce d'uomo: – Cuccia, Nero!

Poi sentí qualcuno alzarsi e venirgli incontro: – Oh, signor Enrico! Venga a sedersi qui con noi al fresco. Be', al fresco... si fa per dire.

Si fece avanti e vide, ritto davanti a sé, il vecchio mezzadro. Sedute su panche di legno, si indovinavano altre persone. Salutò e avanzò; vide la moglie del vecchio – non ne ricordava il nome – poi un uomo, altre donne, una ragazza. Tre bambini giocavano nella polvere. Avevano spighe di grano infilate tra i capelli. E un fascio di grano era ritto accanto alla porta di casa, ornato di nastri rossi. Ai suoi piedi si vedeva una chiazza di liquido scuro, e una testa di gallo era infissa, come un macabro trofeo, in una spiga al centro del covone.

Le ombre si spostarono per fargli posto sulla panca; Enrico sedette e si trovò vicino alla ragazza. La guardò in viso alla scarsa luce delle stelle e la riconobbe: Luisa. L'aveva vista ogni volta che era venuto in villa, ma di lei conservava, piú viva di ogni altra, un'immagine che doveva risalire a piú di dieci anni prima: un paio di gambette abbronzate che correvano sull'argine erboso di un canale, lui che le inseguiva, una spinta nella schiena e lei che, senza piangere, si rialzava a sedere e si guardava le ginocchia scorticate e sanguinanti, e poi lo fissava con aria di stupito rimprovero.

– Buonasera, Luisa, – disse.

– Buonasera, signor Enrico.

Lui sorrise nel buio. Lo chiamava semplicemente Enrico, l'ultima volta che l'aveva vista. Ma adesso era una donna; vedeva la linea morbida del suo seno sotto la camicia chiara.

La conversazione stentò ad avviarsi; poi vollero sapere della guerra, e lui dovette raccontare di quella battaglia terribile sul San Michele e della scheggia di granata nella gamba.

Ascoltarono in silenzio. Poi il vecchio estrasse dalla tasca un grande fazzoletto rosso, si soffiò il naso e si asciugò gli occhi. – Arnaldo non è tornato, è caduto sul Carso. Se lo ricorda, il nostro Arnaldo?

Annuí senza parlare. Arnaldo era stato suo compagno di tante corse e di tanti giochi, in quei campi.

Ci fu qualche attimo di silenzio, poi Enrico portò altrove il discorso: – Oggi a mezzogiorno ho sentito le urla che lanciano i mietitori nei campi. Lo zio mi diceva che servono per segnalare la loro posizione.

– Sí, in un certo senso è cosí, – disse il vecchio. – Anche se noi diamo alla cosa altri significati.

– Leggende, – intervenne Luisa.

Enrico la guardò, notando la bellezza del suo profilo.

– Cioè? – chiese.

Lei abbassò il capo, come vergognandosi di avere parlato. Fu ancora il vecchio a continuare: – Sono vecchie superstizioni. Si dice che lo Spirito del Grano, del grano che in questi giorni muore tagliato dalle falci, giri nei campi a mezzogiorno e a mezzanotte; e i mietitori urlano per allontanarlo, per difendersene.

– Lo Spirito del Grano... – ripeté uno dei bambini. Avevano interrotto i loro giochi e stavano ad ascoltare le parole del vecchio.

La conversazione si arenò. Enrico rimase ancora un poco, poi si alzò, salutò e si incamminò verso la villa, cercando di appoggiare bene la gamba dolorante.

Nell'aia silenziosa, il colosso di covoni si stagliava contro il cielo stellato.

Si svegliò madido di sudore, balzando a sedere nel letto. Ma stavolta non erano stati la trincea, le esplosioni, gli assalti nel fango a fornirgli incubi disperati e angosciosi: aveva sognato l'urlo, quel lungo urlo strano; e aveva anche, nel sogno, visto il colosso di spighe che avanzava, con gli occhi di rame fiammeggianti e i galli decapitati che gli sbattevano sui fianchi e lasciavano una densa scia di sangue nella polvere.

A tentoni cercò con la mano sul comodino, trovò la catenella e con quella risalí all'orologio. Lo scrutò, nella poca luce che veniva dalla finestra aperta: mezzanotte meno venti. Dunque era a letto da meno di un'ora, e già si era svegliato. D'altronde il caldo umido non dava tregua, rendeva il sonno una sofferenza.

Ma a svegliarlo, pensò, doveva essere stato il sogno. O forse l'urlo che nel sogno aveva sentito.

Scese dal letto e andò scalzo alla finestra. La campagna era scura, sotto un cielo stellato ma opaco e senza luna. Nell'aria ferma e calda non si muovevano neppure le foglie piú alte degli alberi.

Poi all'improvviso gli sembrò di vedere, nell'aia, un'ombra andare verso il gigante di spighe; e gli parve anche di riconoscere in quell'ombra la figura snella di Luisa.

Anche lei, dunque, andava a rendere al grano gli assurdi omaggi di sangue che aveva visto appesi ai covoni?

Guardò ancora, aguzzando gli occhi nell'oscurità; poi si vestí, svelto, con una smorfia sul viso: dal ginocchio partivano fitte acute di dolore. Scese le scale, aprí la porta dopo aver fatto scorrere piano il catenaccio per non fare rumore, e uscí all'aperto.

Ancora gli parve di vedere un'ombra scivolare via, stavolta nella direzione della casa dei Bernardi. – Luisa? – chiamò.

Non ebbe risposta.

Avanzò verso la casa dei mezzadri con gli occhi che cercavano di cogliere ogni movimento nel buio; arrivò fin quasi al cortile, poi gli venne in mente il cane e si fermò. Nel silenzio udí il verso di un uccello notturno tra le foglie degli alberi grandi e neri.

Rimase immobile per qualche secondo, con le braccia lungo il corpo. Poi, sentendosi uno sciocco, disse a sé stesso: – Cristo, ma che ci faccio qui?

Si girò e si avviò lentamente, zoppicando piú del solito. Per quanto calda, all'aperto l'aria era piú piacevole di quella della sua stanza; pensò al letto sfatto e bagnato di sudore, e gli sfuggí una smorfia di repulsione. Invece di tornare alla villa, deviò in direzione dei campi.

Sotto il cielo punteggiato di stelle sbiadite, la grande distesa delle terre pareva un nero mare immobile. Poi, all'improvviso, un soffio di vento tiepido e inaspettato fece fremere tutta la campagna, e gli alberi, le spighe, l'erba diedero voce a un lungo sussurro nella notte.

Enrico, fermo al bordo dei campi a guardare, trasalí inquieto. Estrasse l'orologio e guardò: mezzanotte. Si passò una mano nei capelli e si incamminò verso la villa. Il soffio del vento continuava ad arrivare a intervalli regolari, come il respiro di un gigante. E la campagna, sotto quell'alito caldo, pareva lamentarsi sottovoce.

Cercò di affrettare il passo, tenendosi una mano sulla gamba dolorante.

I cani avevano cominciato ad abbaiare e a ululare nel buio. Si guardò dietro le spalle, continuando a zoppicare veloce, mentre le chiome dei grandi olmi, nel vento, si agitavano e sembravano parlare.

Giunto quasi all'aia si bloccò e il cuore gli fece un salto in gola.

Non c'era piú. Il colosso di spighe era scomparso; restavano solo fili di paglia e macchie scure di sangue nella polvere.

Sentí qualcosa (il vento?) frusciare forte dietro di sé, e si girò con un brivido.

Poi il suo urlo, lungo e disperato, riempí la notte.

Il Gorgo Nero

Non era facile riprodurre quel tono di luce, quello sfocarsi dei colori, quel materializzarsi dell'afa nell'immobilità del pomeriggio di fine agosto.

Adelmo posò il pennello e fece un passo indietro, fissando senza espressione la tela. Provò a stringere gli occhi, a farsi schermo allo sguardo con la mano, a cambiare punto d'osservazione. No, quello che vedeva non lo soddisfaceva proprio.

Si tolse il cappello di paglia, bianco in origine e ora macchiato dei colori piú disparati, si passò il dorso della mano sulla fronte, poi camminò lentamente verso i campi.

Era in quella splendida campagna da due settimane e, dopo una prima serie di lavori buoni, adesso pareva che le sue capacità si fossero inaridite.

«Mi fanno bere e mangiare troppo e troppo bene», disse a sé stesso con un sorriso storto. Era ospite pagante di una famiglia di contadini gentili, in una grande casa al limite della pianura da cui si godeva la vista dei bastioni delle colline, ora azzurre ed evanescenti, ora mosaici nitidi di campi, boschi, case, strade. E l'ospitalità rurale lo stava impigrendo. Ottima la tavola, buono il vino, belle le ragazze di quella famiglia numerosa (non era ancora riuscito a capire i ramificati rapporti di parentela all'interno di quell'esercito); e piacevoli erano le serate, passate spesso all'aperto, seduti nella grande aia, a fare chiacchiere o ad ascoltare storie e fiabe.

Partito da Genova, aveva attraversato l'Appennino e una parte della pianura, raggiunto il Po l'aveva seguito fin quasi al delta, poi aveva puntato verso sud. Voleva arrivare là dove i monti si tuffano nel mare, al confine tra la Romagna e le Marche, poi tornare alla sua città. Con un bel numero di disegni e di tele nel baule del calesse, sperava.

Strappò un filo d'erba, se lo mise in bocca, fece scorrere lo sguardo sull'orizzonte, poi tornò verso il cavalletto e la tela. Prese in mano il pennello, e in quel momento udí il suono.

Partí basso, come una vibrazione sorda, poi si alzò e si acuí, passando dalla tonalità del tuono a quella di un urlo che riempí il cielo; infine decrebbe lentamente, fino a spegnersi in una vaga eco lontana.

Adelmo era rimasto impietrito col braccio alzato davanti alla tela. Non aveva mai udito niente di simile in vita sua, niente di piú strano e impressionante. Sentí dietro di sé aprirsi la porta della grande casa e vide i bambini uscire e parlarsi sottovoce. Poi quel rumore incredibile (pareva venisse dalle colline; dalla gola di un grande mostro nascosto tra di esse, gli venne da pensare) sommerse di nuovo la campagna.

– Il Gorgo Nero, – sentí che bisbigliavano i bambini quando l'ultima vibrazione svaní, – l'urlo del Gorgo Nero!

Li guardò, poi fece per chiedere qualcosa. Ma si girarono e zitti corsero verso la carraia che si inoltrava nei campi. Sentí venire di là lo scuotere e il cigolare di un carro, muggiti di buoi, voci e comandi. Rientravano. Erano le quattro e mezzo del pomeriggio, e già gli uomini e le donne tornavano dalle terre, svelti e con un'espressione seria.

Staccarono il carro nell'aia, portarono nella stalla i buoi, riposero gli attrezzi, rinchiusero i maiali.

– Cosa succede? – chiese Adelmo a Siro, il capofamiglia, che con la mano a ripararsi gli occhi dal riverbero del sole guardava verso le colline.

– Urla il Gorgo Nero. Era parecchio che non succedeva. L'ultima volta l'abbiamo sentito nel maggio di sette anni fa, e il mese successivo il maltempo mandò in malora il raccolto, e furono carestia, fame e miseria. Preannuncia sempre disgrazie e sciagure, quell'urlo.

– Siete rientrati dai campi per quello?

– Sí, per quello. Le bestie si spaventano e non lavorano piú, quando lo sentono. E noi, – aggiunse guardandolo, – ci spaventiamo piú di loro.

– Ma che cos'è questo Gorgo Nero? E da che cosa è provocato, quel rumore?

Siro sedette sul ceppo di un olmo tagliato e fece segno verso le colline. – Dicono che è qualcosa nel monte Falterona. Mio nonno raccontava una fiaba, diceva che là c'è la grotta degli orchi, che a volte litigano tra di loro e gridano. Qualcun altro dice che il Gorgo Nero è una voragine enorme e senza fondo, nella foresta tra Lama e Campigna, e che il rumore esce da quel buco d'inferno. Lo si sente fino al Po e oltre.

– Ma in realtà, cos'è? – insistette Adelmo.

L'uomo lo guardò negli occhi. – Nessuno lo sa. Ma quello che importa è che di bene non ne ha portato mai, l'urlo del Gorgo Nero. Mai.

Quella sera la cena fu meno abbondante e meno allegra del solito. Nessuno scherzò, nessuno rise. Se uno dei bambini si muoveva troppo o schiamazzava, subito occhiate dure lo bloccavano.

«Mi sono parsi preoccupati davvero», scrisse Adelmo la sera stessa in una lettera alla sorella.

> Del resto, al di là di quelle storie campagnole di orchi e di baratri infernali, ti confesso che quel suono non ha mancato di stupirmi e di impressionarmi. Deve trattarsi dell'eco di frane nelle colline, o dell'amplificazione del rumore di correnti di vento in qualche lon-

tana gola. Quindi può esserci del vero in quello che i contadini raccontano: nel senso che forse esiste un orrido, o una caverna che attraversa un monte... sí, forse esiste una cosa, un luogo, quello che loro chiamano «il Gorgo Nero», e dev'essere suggestivo da vedere e da dipingere, cosí come lo è l'ascoltare l'urlo che vi si produce e che fa rabbrividire il cielo e la terra, gli uomini e gli animali, pur sotto il calore del sole d'agosto.

Prima di spegnere il lume a petrolio e di addormentarsi, prese dall'armadio e dai cassetti i suoi abiti, li piegò e cominciò a sistemarli nel baule. Il mattino dopo, aiutato da una delle ragazze, finí l'operazione e caricò i bagagli sul calesse. Poi, dopo grandi strette di mano e saluti, si appartò con Siro e gli pagò il conto della sua permanenza.

– Se ne va cosí presto perché ha sentito l'urlo del Gorgo Nero? – gli chiese il contadino.

Adelmo esitò, poi rispose: – Sí.

– L'ha spaventata?

– No, tutt'altro. Mi ha affascinato. E non ne fuggo lontano: voglio andare a cercarne la fonte.

L'uomo rimase per un po' a guardarlo in silenzio, poi gli disse: – Buona fortuna –. Gli strinse di nuovo la mano e l'accompagnò fuori.

Allontanandosi col calesse lungo la carraia polverosa e alberata, Adelmo ogni tanto si girò indietro. Erano tutti là nell'aia che lo seguivano con lo sguardo. Le ragazze agitavano fazzoletti bianchi in saluto.

Al Falterona sapevano del Gorgo Nero, ma non della leggenda che lo voleva in quel monte. Fecero ampi gesti verso il Casentino, anch'essi parlarono di una voragine senza fondo nella foresta della Lama, di fumo e fetore che uscivano da quell'enorme pozzo e dell'urlo mostruoso che a volte ne scaturiva. Adelmo si fece indicare la direzione, e per strette vie fra i monti si diresse là.

Giunse a Badia una sera che già iscuriva. Settembre era arrivato e aveva portato con sé nubi basse e informi, gravide di umidità, che scivolavano sui fianchi dei monti neri di boschi. Le rade borgate e le case di sasso parevano lottare per difendersi dall'abbraccio lussureggiante della selva silenziosa e imponente.

In una locanda all'uscita del paese, cenò nella sala fredda cercando tepore nel vino rosso e denso; poi, quando stava per salire nella sua camera, stanco di quel viaggio tra le montagne e i passi, si accorse che una donna piccola, bionda e lentigginosa stava accendendo il fuoco nel camino. Bevve ancora un bicchiere, poi sedette di fronte alla fiamma che già crepitava diffondendo nella stanza sentori di fumo e di resina.

Era l'unico ospite della locanda, e il proprietario, un uomo segaligno senza età, venne a sedersi accanto a lui portando una bottiglia di grappa. – È buona, – disse, – la faccio io.

Adelmo accettò un bicchiere, poi fissando il fuoco chiese: – Avete sentito urlare il Gorgo Nero, una decina di giorni fa?

L'uomo sorrise. – Sí, l'abbiamo sentito. Era parecchio che non succedeva.

– Sette anni, – disse Adelmo bevendo un altro sorso.

– Sette anni, già.

– Giú nel piano dicono che il Gorgo Nero è una voragine che si trova qui, fra questi monti.

L'uomo lo guardò, ancora con un sorriso. – Da noi si vuole che l'urlo venga dalla Tana del Re Tiberio.

– Cioè?

– È una grotta grande e misteriosa nei monti verso Rivola. Là non entra mai nessuno, perché la leggenda dice che lo spirito inquieto del re protegge grandi tesori d'oro. In quell'antro ci sarebbe il Gorgo Nero.

Adelmo si tolse la giacca, il fuoco e la grappa cominciavano a dargli caldo. – Mi avevano parlato di una buca senza fondo che sarebbe qui nei dintorni, e da cui uscirebbero fumo e rumori.

Il locandiere attizzò il fuoco, provocando un'esplosione di scintille, poi annuí. – Ne parlano giú nel piano, sí. Forse perché dai fianchi di questi monti si alzano i fumi delle carbonaie. E poi qualche pozza sulfurea c'è davvero, qualche polla, e vapori che escono da soffioni e fenditure. Ma non c'è alcuna voragine, non ci sono pozzi infernali da cui esca quel... quel suono.

Chiacchierarono ancora, poi Adelmo salí in camera. Faceva freddo, di sopra, e la finestra si affacciava sul nero dei monti ammantati di alberi.

Dormí male, e non solo per il freddo. Sognò grotte oscure, alte come cattedrali, piene di pipistrelli e di voci rimbombanti. In fondo a una di esse si apriva un abisso vertiginoso, nel quale lui cadeva urlando in un precipitare senza fine.

Quando arrivò a Rivola, dopo un viaggio reso difficile da una pioggerella minuta e gelida, aveva la febbre. Si guardò allo specchio nella stanza scura dell'alberghetto e si vide gli occhi lucidi e infossati, le palpebre arrossate, la barba lunga che copriva un pallore marcato. – Mio Dio! – disse alla propria immagine. Forse i disagi del viaggio, o il freddo e l'umidità dei monti, oppure, ancor prima, gli acquitrini malsani del Po gli avevano regalato un malessere che ora lo attanagliava e lo faceva rabbrividire.

Si infilò senza svestirsi sotto le coperte, e chiuse gli occhi. «Ma che ci faccio qui? – pensò. – Che cosa sto cercando? E perché?»

Non scese a cena, né si alzò dal letto. Un irrequieto dormiveglia lo imprigionò per tutta la sera e la notte. E il giorno dopo si impose di non affaticarsi a salire verso le grotte e di non rincorrere con la mente l'ossessione di quell'urlo, di quell'antro, di quel posto stregato che voleva dipingere, o forse solo trovare.

Seduto su un muretto disegnò le colline ferite, quasi sbranate, a tratti, da profondi e aridi calanchi che parevano provocati dagli artigli di una bestia gigantesca e feroce.

Pranzò da solo, e il cibo caldo e saporito lo tirò su.

Fu nel tardo pomeriggio che si avviò, a piedi, verso la Tana del Re Tiberio. Si era fatta indicare la direzione dal locandiere; non gli aveva parlato né del Gorgo Nero né di quanto nella caverna si aspettava di trovare.

La grande bocca dell'antro si apriva, scura, tra il verde fitto e tenace della vegetazione. Entrò nel freddo della grotta e avanzò nel silenzio rotto solo dallo scricchiolio dei propri passi; lí dentro, la luce e il calore del sole sembravano un ricordo lontano. Camminò per un po' sotto volte imponenti; poi si sedette su un sasso, ascoltando gocciolii e fruscii misteriosi. Stette cosí a lungo, nella semioscurità, perdendo il senso del tempo. Quando tentò di proseguire, si accorse che ben presto il passaggio si faceva impraticabile, stretto e buio.

Poi brividi di freddo (o di febbre?) lo scossero; si girò, e lentamente uscí dalla grotta.

Fuori stava iscurendo, ma ugualmente lo accolse un'ondata di aria piú calda e asciutta. Avanzò tra sassi e rovi, giungendo al ciglio di una scarpata. Di lí, come da un grande balcone, si vedeva la pianura svanire in lontananza nel buio viola della sera che arrivava.

Sentí dei passi dietro di sé. Un vecchio e una vecchia, ciascuno con una fascina sulla schiena, venivano per il sentiero. Lo salutarono, e lui avanzò verso di loro.

– Quella grotta, – chiese Adelmo, – la Tana del Re Tiberio… è là il Gorgo Nero?

Il vecchio lo guardò stupito. – No, no. Il Gorgo Nero è un pozzo senza fondo giú nel piano, tra le paludi. Un pozzo che sottoterra comunica col mare, e a volte ci arrivano le onde della burrasca e della tempesta. È quello il rumore che si sente fin da quassú.

La vecchia taceva.

Adelmo sedette in terra, sull'erba, si mise una pagliuzza in bocca e guardò lontano. – Dunque nessuno sa dove sia e cosa sia, il Gorgo Nero, – disse come a sé stesso. – Ovunque lo si cerchi, è sempre altrove. Già, ecco dov'è: altrove.

– Io non so se sia nel piano o in qualche altro posto, – disse la vecchia, – ma c'è. L'ho sentito piú di una volta, nella mia vita, e quando urla succede sempre qualcosa di grave, di brutto.

Il buio arrivava veloce. Adelmo guardò ancora verso la pianura: nell'oscurità offuscata si vedevano numerosi aloni rossi d'incendi, e fumo saliva a disperdersi nel cielo.

Solo nei giorni seguenti, quando scese dalle colline, seppe il perché di quei fuochi: il colera.

Il morbo era arrivato, rapido e terribile, e dove già aveva falciato vite si bruciava tutto dei morti: le coperte, i materassi, gli abiti, le cose.

Si fermò a Imola un giorno e una notte, poi incominciò il viaggio di ritorno alla sua città.

Una volta ancora, di pomeriggio, nella campagna bolognese, gli parve di sentire dietro di sé, verso la Romagna, rimbombare il cupo mugghio del Gorgo Nero.

Si girò indietro, ma quel suono si era già perduto e spento.

Re di Carnevale

Gli avevano indicato bene la strada per arrivarci; gli avevano detto che il paese era molto lontano da tutti gli altri, perso fra le colline, e che l'avrebbe visto solo all'ultimo momento, nascosto com'era in una valle circolare e profonda; gli avevano raccontato che, come nel tronco di un albero tagliato, anche nei muri di sasso di quelle vecchie case si potevano leggere gli anni – i secoli – di quel posto fuori dal mondo.

Ma non l'avevano avvertito che là la gente era taciturna e scontrosa, al limite della maleducazione.

Nella locanda affacciata sulla piccola piazza, tutta raccolta intorno a una vecchia fontana che gettava con forza, come per liberarsene, un'acqua intollerabilmente fredda, l'avevano accettato a malincuore, nonostante che tutte le camere, almeno all'apparenza, fossero vuote. Il proprietario gli aveva detto sgarbatamente che non faceva servizio di ristorante e che avrebbe potuto pranzare nell'unica osteria del paese; e quando chiese ai passanti notizie dell'osteria, si vide rispondere con muti cenni della testa e delle mani.

«Bel posticino, – pensò spazientito. – Non capisco come gente simile possa festeggiare il Carnevale, e farlo in un modo cosí interessante da valere la visita di un giornalista».

Un'idea, quel servizio, di «Capo» Lo Russo, re della redazione e delle idee bislacche; con una sorta di euforia sussurrante gli aveva fatto balenare la prospettiva di uno scoop: – Il Carnevale di Carsano è una chicca, un pezzo di preistoria vivente, noto solo a qualche studioso di folklore e sconosciuto al pubblico. Cavacene foto speciali e articoli forti.

Per ora di forte aveva solo il mal di testa, quello dei giorni brutti, che si faceva annunciare da un dolore dietro l'orecchio destro prima di stendere i suoi tentacoli tutt'intorno, alla fronte, alle tempie, alla nuca. Non aveva voglia di disfare le valigie ed era indispettito perché, nonostante il radiatore monumentale (quello sí era un pezzo di preistoria), il freddo e l'umido della stanza erano come un lenzuolo bagnato da tenere addosso.

Guardò fuori, e nel buio della sera che arrivava rapida vide, tra le persiane di una finestra della casa di fronte, gli occhi gialli di un gatto e quelli bianchi di una vecchia. Donna e animale sembravano fissarlo. Chiuse le tende e sentí il bisogno assoluto di un caffè e di un analgesico da buttare giú subito, prima che la testa gli scoppiasse.

Gozzuti, anche. Maleducati, primitivi e gozzuti, quei montanari dall'aria ostile.

Il mattino si era annunciato con riflessi acquosi e metallici dietro le vecchie tende, spingendolo ad alzarsi dopo un sonno senza sogni ma irrequieto di freddo. Di far colazione nella locanda, neanche a pensarci. Era uscito e ne aveva incontrati diversi: gozzuti, come si vuole che siano gli abitanti delle valli piú isolate. E dire che qui si era in Appennino, neanche tanto in alto e a poche decine di chilometri dal mare, quello della riviera piú affollata, sfavillante e viva che conoscesse.

In un piccolo bar dove stagnava un odore pesante prese un cappuccino, una fetta di un dolce senza nome e provò col barista e con i tre presenti ad attaccare discorso. Ricevette in risposta qualche monosillabo e occhiate prive di simpatia. Accennò al Carnevale e un vecchio alto dai capelli bianchi e ispidi biascicò qualcosa in un dialetto incomprensibile, accompagnandosi con cenni di un dito che potevano essere una minaccia, un'informazione o chissà cos'altro.

– Prego? – disse cercando di usare un tono credibilmente gentile.

– Dice che non lo facciamo mica per i forestieri o per i turisti, il Carnevale, – tradusse un ragazzo sui quindici anni, biondiccio e dal naso arrossato.

– Non sono un turista. Mi chiamo Bianchini, sono un giornalista e vorrei fare un servizio...

Gelo e silenzio.

– Anzi, se foste cosí gentili, vorrei approfittare per chiedervi qualche informazione.

I due vecchi si alzarono e uscirono, il ragazzo – sembrava, nonostante tutto, il meno selvatico – lo guardò senza espressione.

Bianchini sentí la collera arrivare, ed ebbe la forte tentazione di acchiappare un telefono, chiamare Capo Lo Russo (se lo immaginava, nel panorama gremito e frenetico della redazione, che si aggirava sudato e col solito schifo di stuzzicadenti in bocca) e dirgli che lo scoop stava arrivando, che stesse pronto a schiaffarselo in quel posto.

Uscí dal bar nel mattino nuvoloso che incupiva sempre piú e decise di percorrere subito l'unica strada che gli sembrava sensata. Andò a quello che, sotto un porticato, era indicato da un cartello come «Ufficio della delegazione comunale»; ma ancora prima di bussare – non c'era campanello – capí dalla polvere accumulata sui battenti che quella porta non veniva aperta da molto tempo.

Fu una donna che passava con un orcio pieno d'acqua tenuto sulla testa a dirgli che l'ufficio era stato soppresso da almeno un anno.

– Se ha bisogno, dovrà andare giú a San Severo. Ma io mica ci andrei: forse comincia a nevicare.

Bianchini non riuscí neanche a risponderle, a ringraziarla dell'informazione. Primo, perché a lui risultava che la delegazione comunale doveva essere aperta e funzionante; secondo, perché quella donna gli aveva rivolto ben diciotto parole, record assoluto da quando era arrivato a Carsano; terzo perché si accorse che, davvero, dal cielo plumbeo cadeva qualcosa: non neve, ma granelli di ghiaccio che frusciavano e gli rimbalzavano sull'impermeabile («neanche la neve quaggiú è normale»: si annotò mentalmente la frase per l'articolo).

Guardò ancora con rabbia impotente la porta polverosa dell'ex ufficio municipale e se ne andò. Nella rivendita di sali e tabacchi, all'altro lato della strada, alla luce di una lampadina nuda penzolante da un lungo filo elettrico a treccia, vide un groviglio di capelli sporgere dietro il vecchio bancone.

– C'è nessuno? – chiese rivolto ai capelli. Quando la donna si alzò in piedi e poté vederle anche gli occhi e il naso, fu possibile una parvenza di conversazione dalla quale Bianchini apprese che Carsano non aveva una scuola, né una biblioteca, né altro di simile. Fu la parola «Carnevale» a mettere fine al colloquio: la donna sembrò aver perso all'improvviso l'uso dell'italiano, passò al dialetto e si ingegnò a sistemare pacchetti di sigarette sparsi su una coltre annosa di polvere di tabacco.

Uscí avvilito e irritato, guardò il cielo da cui arrivava ancora qualche grano di ghiaccio e se ne tornò alla locanda per mettere un maglione piú pesante. Faceva davvero un freddo boia e da dietro l'orecchio destro partivano, subdoli, segnali che riconobbe con disgusto. Inghiottí l'ultimo analgesico rimastogli e pensò: «Scommetto che in questo posto del cavolo non c'è neanche una farmacia».

Uscí di nuovo, e gli ci volle poco per capire di aver vinto la scommessa.

Fu uno dei pomeriggi piú infruttuosi della sua vita. Fece qualche foto, girovagò, cercò di parlare con la gente, ma era come voler cavare sangue dalle rape. Secondo le informazioni di Capo Lo Russo e la logica del calendario, i riti del Carnevale avrebbero dovuto aver luogo l'indomani, martedí grasso. Ma niente, intorno, portava i segni di una festa imminente.

Fu solo nel tardo pomeriggio, quando già iscuriva, che percorrendo una strada – quasi una mulattiera – che usciva in salita dal paese, vide, in uno spiazzo spoglio e bruciato dal gelo, gente che accatastava legna, sterpi secchi, fascine e paglia. Si fermarono nel vederlo arrivare e i loro sguardi, da soli, gli tolsero la voglia di fare domande e di fotografarli.

– E va bene, imbecilli, – mormorò, – non volete l'articolo? Non l'avrete. Del resto ho piú voglia di prendere il morbillo che di scrivere qualcosa di voi e del vostro paese.

Fece dietrofront e tornò verso l'abitato. Il buio era arrivato rapido e denso, aiutato da una foschia che sfocava le poche cose distinguibili e che dipingeva aloni malati intorno alle rade e deboli luci del paese. Chissà se anche a Milano c'era nebbia; e chissà cosa faceva Silvia in quel momento.

Affrettò il passo. Nella stretta curva oltre la quale si intravedevano le prime case, seduto su un parapetto di pietre muschiose, c'era il ragazzo che gli aveva parlato il mattino, quello dal naso arrossato. – Signore, stia attento dopo la curva, – gli disse.

Lo guardò perplesso. – Perché?

– C'è un terrapieno che finisce nel burrone. E appena oltre il ciglio, sopra il vuoto, quando fa buio e nebbia come stasera, ci vola un gufo che tiene fra gli artigli un lume acceso. Se qualcuno va verso la luce, cade giú in fondo.

Bianchini rabbrividí, rimase immobile per qualche secondo, poi si scosse e riprese a camminare senza voltarsi. «Dio mio, – pensò, – è tutto scemo, come gli altri». Non sapeva perché, ma le parole del ragazzo lo avevano turbato, gli avevano, come la nebbia, infilato mani fredde e bagnate lungo la schiena.

Il resto venne nel crocicchio buio all'ingresso del paese. Sbucando da sotto il porticato gli si parò di fronte, con un grugnito, una figura coperta di paglia e foglie secche di granturco fruscianti, con una nera faccia di corteccia atteggiata a un'orribile smorfia, a un urlo silenzioso. Poco lontano, al suono di un campanaccio, un'altra figura si muoveva a balzi e pareva coperta di un folto pelo animale.

Aveva visto le prime maschere del Carnevale di Carsano; e non desiderava vederne altre, né restare in quel posto un giorno di piú.

Corse col pensiero a Milano e a Silvia. Gli parevano lontani non trecento chilometri, ma trecento anni.

Un solo telefono pubblico, e proprio sul bancone della locanda davanti al quale, la sera, intorno a tavoli nudi, un campionario della fauna umana di Carsano si riuniva a bere vino e a parlare in quella lingua incomprensibile dai suoni gutturali.

«Fa niente, – si disse esasperato; – anzi, meglio cosí: sapranno tutti che tolgo il disturbo». Fece il numero diretto del caporedattore, sperando che a quell'ora fosse ancora in ufficio. Dopo tre squilli, cadde la linea.

Girò lo sguardo intorno e si accorse – già l'aveva intuito dall'improvviso silenzio – che tutti lo stavano fissando con sfrontatezza. Il calore che l'aveva assalito al volto diventò un velo di sudore; rifece il numero artigliando il telefono e bestemmiando mentalmente, mentre all'orecchio gli si confondevano il *tuuu* del ricevitore e le pompate del sangue alle tempie.

– Lo Russo, – urlò dalla cornetta una voce disturbata e lontana.

– Capo, sono Bianchini.

– Ah! Tutto bene?

– Bene un corno. Sto facendo le valigie e me ne torno a Milano. Qua non si riesce a lavorare... le spiegherò poi.

– Che cavolo significa «non si riesce a lavorare»? – gracchiò Capo Lo Russo, e Bianchini se lo immaginò che sputava lo stuzzicadenti e si contorceva sulla sedia.

– Senta, questo Carnevale in realtà è una cosa da niente, non merita che si paghi una trasferta. E poi ho detto che le spiegherò, adesso sto finendo i gettoni, – disse mentendo (c'era il contatore a scatti) e sentendo che il sudore era arrivato alle mani e inumidiva la cornetta.

Sbirciò veloce intorno: gli sguardi fissi dei gozzuti non lo mollavano. – Senta, capo, – continuò in fretta, per troncare, – se vuole faccio un salto giú in riviera; ho in mente alcune cose, so di sfide notturne di auto che si lanciano attraverso gli incroci, roba forte; e poi là il Carnevale lo festeggeranno, no? Ci sono almeno mille locali, feste; e poi...

– Vabbe', fa' quello che vuoi. Dopodomani ti voglio qui.

Capo Lo Russo sbatté giú il telefono.

Bianchini appoggiò la cornetta piano, come se temesse di romperla, e si passò una mano sulla fronte, sentendo che i capelli vi erano incollati dal sudore. Quando si girò per tornare in camera, vide che i gozzuti parlottavano piano. Non fece in tempo a voltare le spalle, che con un gesto e una sillaba lo invitarono a sedersi con loro.

«Questa poi le supera tutte...» pensò.

Voleva cacciare quella assurda sensazione di sollievo, quasi di gratitudine, voleva guardarli con disprezzo e andarsene. Ma si lasciò cadere sulla sedia e accettò un bicchiere di vino rosso e spumoso. Per la prima volta, da quando era a

Carsano, ebbe l'impressione che quelli intorno a lui avessero sembianze umane.

Prima bevvero parlando poco, solo guardandolo. Poi venne fuori la questione: erano gelosi del loro Carnevale e pativano la derisione degli abitanti dei paesi vicini, che li consideravano dei primitivi, degli strambi. Soprattutto, disse uno di loro, per via del Rito Vecchio, quello conclusivo di tutta la festa, suggestivo e di stampo arcaico. Per questo non volevano forestieri tra i piedi, in quei giorni.

Bianchini annuiva alle loro parole. Dopo qualche bicchiere si sentí la lingua piú sciolta.

– È un peccato che non vogliate che si documenti quello che fate qui, dev'essere una cosa molto interessante. Il Carnevale poi affascina sempre, ovunque.

Adesso erano i gozzuti che annuivano. Conversarono ancora, ma il vino era di quelli tosti, e Bianchini, che non aveva cenato, sentiva la propria voce come estranea, come se fosse qualcun altro a parlare. Si divertiva ad ascoltarsi e sorrideva.

Fu quando ringraziò la comitiva, stringendo mani, e si alzò per andare su in camera, che gli dissero: – Dato che non scriverà l'articolo, può restare per la festa. Anzi, le chiediamo di farci l'onore di essere il re del nostro Carnevale di quest'anno.

Ringraziò ancora, strinse altre mani, salí e si sdraiò sul letto, tenendosi alle coperte perché tutta la stanza girava mentre il vino gli dava un calore acido allo stomaco e un sibilo alle orecchie. «Grazie dell'invito, imbecilli, – ridacchiò tra sé. – E per quanto riguarda l'articolo, mi sa proprio che lo scriverò, vi piaccia o non vi piaccia. Tanto voi lo vedrete solo (ammesso che lo vediate: c'è un'edicola qua?) quando io sarò già a trecento chilometri da questo buco».

Si fece prendere da un sonno pieno di sogni ubriachi anch'essi, in cui Capo Lo Russo lo elogiava, gli baciava le mani e si offriva di andargli a comprare gli analgesici in farmacia.

Si svegliò tardi, il mattino dopo. Aveva in bocca un saporaccio non piú provato da quando, due anni prima, aveva smesso di fumare.

Nel piccolo bagno, mentre si torturava la faccia con acqua tagliente, sentí arrivare da fuori rumori, urla, scampanii. Si affacciò alla finestra, piccolissima e ritagliata in un muro spesso un buon mezzo metro; nella piazzetta dall'acciottolato lucente di umidità, attorno alla fontana addobbata con rami di ginepro e d'abete, persone mascherate saltavano e si muovevano come in una goffa danza.

Non aveva mai visto travestimenti simili; o perlomeno non li aveva mai visti dal vero. Gli ricordavano quelli notati in certi servizi di riviste o in filmati sulle tribú primitive: musi animali atteggiati a smorfie grottesche, corna bovine e di capra, pelliccioni irsuti, nere facce diaboliche; e poi uomini (o donne? Chissà) che parevano cespugli viventi, coperti com'erano di rami di sempreverde, edera, ciuffi di muschio stretti alle frasche con steli vegetali e legacci di paglia. Grugniti, urla gutturali, fischi e suoni di corno, di campanaccio, di sonagli rudimentali riempivano l'aria.

Prive di travestimento, alcune donne con gli orci arrivavano alla fontana e venivano circondate da quelle figure saltellanti che fingevano di ghermirle con artigli appuntiti di paglia e di ossa.

Non ridevano, le donne, non rispondevano al gioco. Svelte riempivano l'orcio e a occhi bassi scivolavano via.

Bianchini si vestí, preparò la macchina fotografica e si lanciò per la scala stretta e buia; a metà si bloccò un attimo e nascose la Nikon in una tasca del giaccone, ripromettendosi di usarla. Davanti al bancone della locanda, due di quelle figure parevano attenderlo: un uomo cespuglio, col viso tinto di fuliggine seminascosto da una cascata d'edera, e un uomo capra tintinnante di sonagli bevevano grappa giallastra che riempiva di un odore acuto il locale.

Poche parole, gesti. Sognando un caffè bevve con loro un bicchiere di quel liquore bruciante. Poi uscirono nella piazzetta che era tutta una cacofonia di suoni strani, tutto un muoversi di gesti sgraziati.

Lo accolsero con urla e salti, gli misero in testa un cappello nero guarnito di nastri colorati e, tirandolo di qua e di là per le braccia, lo condussero in un girotondo intorno alla fontana. – Il re di Carnevale! Il re di Carnevale! – gridavano, mentre dalle finestre visi di donne apparivano di sfuggita a guardare senza sorriso.

Non si rese conto di quanto durasse quella scorribanda. Lo trascinarono in corse per le viuzze strette del paese, lo costrinsero ad affacciarsi a porte di case, lo portarono al centro di baccanali di esagitati che parevano festeggiarlo e minacciarlo allo stesso tempo. Si prestò al gioco; esserci dentro, esserne parte era una buona occasione per osservarlo meglio e per saperlo poi descrivere con abbondanza di particolari. Ma i gozzuti, taciturni, scostanti e freddi fino a poche ore prima e ora trasformati nella festa, non avevano misura, non si fermavano, continuavano a tirarlo, a spingerlo, a muoversi e a muoverlo al suono di grida rozze e di strumenti improvvisati.

Quando ormai il respiro gli veniva meno per quelle corse folli, quando l'irritazione cominciò a prendere il posto dell'eccitazione e della curiosità, quando un'inquietudine crescente cominciò a invaderlo e lo stomaco prese a ribellarsi per la grappa bevuta a digiuno e per il vortice del girotondo, si tolse il cappello, lo tese a uno dei mascherati e disse: – Bene, amici, grazie di tutto. Però io adesso mi fermo. Sto a guardarvi. Siete stati gentili –. Pensò un attimo, ansimando con le mani sui fianchi, e aggiunse: – Posso fare un paio di fotografie?

– Ma non ti puoi fermare! Sei il re della festa! – gridarono. Gli rificcarono in testa il cappello, in un crescendo di suoni assordanti, e mentre nuove figure confluivano attorno a lui da ogni vicolo, da ogni porta, gli fecero imboccare la mulattiera che usciva dal paese, verso la cima della collina.

Lo stomaco gli si contrasse. Cercò di nuovo di togliersi quel ridicolo copricapo e di uscire da quella schiera di esaltati, ma mani senza garbo, pungenti di paglia e umide di muschio, si serrarono sulle sue, gli afferrarono le spalle, il collo, e lo spinsero avanti.

– Ehi, amico, il bello viene adesso, – gli disse una voce soffocata sotto un ghigno di corteccia nera. – Siamo al momento piú interessante della festa: il Rito Vecchio. Nessun forestiero l'ha mai visto; o meglio, nessun forestiero che l'abbia visto ha mai potuto raccontarlo.

Bianchini, sentendo urla alte venire dallo spiazzo sul fianco della collina, volse di scatto lo sguardo in quella direzione: alcune figure mascherate avevano appiccato il fuoco alla grande catasta che aveva visto preparare la sera prima.

Solo allora, come in un lampo raggelante, capí. Si sottrasse alle braccia fronzute e fruscianti di paglia e di foglie secche, scappò scivolando sulle pietre viscide, coi nastri colorati del cappello che svolazzavano come una variopinta criniera.

Sentiva dietro di sé, inesorabili e sempre piú vicini, i fischi, gli strepiti, i muggiti e le grida: – Il re di Carnevale! Brucia, brucia il Carnevale!

Ancora uomini albero e uomini bestia, neri musi cornuti e assurde facce fronzute sbucarono da ogni angolo, aggiungendosi ai suoi inseguitori; poi lo presero, e issandolo in alto, nella morsa di mani arbusto e di mani artiglio, lo portarono, come in un grottesco trionfo, verso il rogo crepitante.

– Lasciatemi! – urlò divincolandosi. – Sciagurati, sanno che sono qui! Non ve la caverete!

– No, amico, – gli disse la voce di uno dei mascherati, – sanno che sei partito per andare giú in riviera. Qui non troveranno né la tua automobile né altro di te; e tutti diremo che ti abbiamo visto andar via.

Gli occhi sbarrati di Bianchini non si staccavano dal grande fuoco e dalle figure nere e saltellanti che vi correvano intorno, mentre un fumo denso saliva verso il cielo grigio e gli schiamazzi risuonavano, sempre piú alti, tra le colline velate di foschia.

Chi vive nell'olmo grande?

A ogni sordo brontolio del tuono lontano, dietro il sipario di nubi nere che a ponente era calato, alto e netto, sullo spettacolo del tramonto, i grilli tacevano.

Seduto su un ceppo sul quale il nonno aveva da poco finito di sminuzzare legna, nell'aia che come una bianca cicatrice di terra nuda si apriva nel rigoglio della campagna, Matteo alzò lo sguardo in alto, procurandosi una vertigine. Le stelle diventavano piú numerose e nitide man mano che la notte arrivava. Pensò che presto mamma l'avrebbe chiamato in casa: di certo aveva già finito di sparecchiare e di rassettare, perché dalla finestra aperta arrivava solo la luce azzurra del televisore.

Ma non aveva voglia di rincasare. L'elettricità che sentiva intorno, emanata da quei bastioni temporaleschi all'orizzonte, saturava l'aria e paralizzava ogni cosa. Se fosse entrato nell'afa della sua stanza, l'irrequietezza l'avrebbe fatto girare come un animale in gabbia.

Da un'altra finestra sentí prorompere gli strilli di Federico, il fratellino arrivato da poche settimane. Si grattò piano un ginocchio sbucciato, dove le croste cominciavano a prudere. «Ti piace Federico? Gli vuoi bene?» gli chiedevano tutti. Doveva rispondere di sí, naturalmente. Ma nemmeno lui sapeva se quell'esserino, sempre urlante o sempre addormentato a seconda delle ore del giorno o della notte, gli piacesse. Gli era quasi indifferente. Non gli voleva né bene né male.

Sentí la porta di casa aprirsi e richiudersi, e nello scricchiolio della ghiaia riconobbe il passo zoppo del nonno.

– Matteo?

– Sono qui.

Il vecchio venne dietro di lui e gli accarezzò i capelli chiari.

– Nonno, da dove è arrivato Federico?

– Dalla pancia della tua mamma. È stato lí dentro per un po' a crescere.

– E mamma da dove l'ha preso?

Anche senza voltarsi, Matteo sentí il sorriso del vecchio. – L'ha preso dal cavo dell'olmo grande.

Girò di scatto la testa. – Dal cavo dell'olmo grande?

– Sí. Anche tu sei stato preso di là dentro, e tuo padre prima di te, e tutti gli altri bambini.

Matteo trattenne il respiro, e guardò. Come un gigante nero contro il cielo scuro della sera, immobile, enorme, l'olmo grande sovrastava la campagna. Ogni macchione d'alberi, ogni profilo di fattoria, ogni cosa, per quanto alta fosse, spariva di fronte a quel colosso.

Un lampo percorse l'orizzonte di catrame come il lancinante guizzare di un nervo ferito, e l'olmo sembrò, contro quel bagliore improvviso, ancora piú possente. Matteo guardò il nonno, poi di nuovo l'albero, e quando il vecchio si avviò verso la casa lo seguí cercandogli la mano.

Quando Matteo raccontò alla mamma cosa gli aveva detto il nonno, lei si arrabbiò. La sentí brontolare col vecchio, dicendogli di non riempire la testa di stupidaggini al nipotino. Dunque la mamma non voleva che si sapesse che i bambini venivano dall'olmo grande. Perché?

Che quell'albero avesse qualcosa di misterioso, di cupo, di sconosciuto e di proibito, a Matteo e agli altri ragazzini della zona era noto da sempre. Non si avvicinavano volentieri a quel gigante. Altre storie si raccontavano, altre cose si erano viste – o sentite dire – e i grandi preferivano che i bambini non andassero vicino all'olmo a giocare. Mamma gliene aveva spiegato il motivo: lí il canale dei mulini, prima dell'ansa, era profondo, con le rive ripide e non protette. Quando lui non era ancora nato, due sorelline, giocando, c'erano cadute dentro e le avevano trovate solo dopo due giorni, prese tra le canne, gonfie d'acqua e di morte. Ma era solo quello il motivo delle proibizioni?

Fu qualche sera dopo, col cielo stavolta tutto terso e sfavillante, pulito e guarito dai respiri di un vento caldo e leggero, che Matteo vide le figure.

Un abbaiare nervoso e stridulo di cane, forse quello dei Bosi nel podere accanto, spezzava lo stormire e il frusciare della campagna. Matteo, come faceva spesso, guardava verso l'olmo grande. Le sue braccia smisurate, la sua testa – pareva avesse una mostruosa testa nera – si muovevano e nascondevano una parte di cielo, cancellando le stelle.

A un tratto, prima piú in alto e all'improvviso giú, ai piedi dell'albero, scorse una luce brillare, poi spegnersi. Matteo, fermo là dove l'aia confinava col grano già maturo, si bloccò. Voleva girarsi e correre via, ma il coraggio e la paura insieme lo fecero restare immobile.

La luce ammiccò, si riaccese. Nette contro quel chiarore, vide due figure muoversi, poi sparire. Infine fu di nuovo buio attorno al gigante nero, e Matteo corse veloce verso le finestre illuminate di casa sua.

– Lo so. Ci sono le streghe nell'olmo grande. A volte di notte escono dal buco del tronco e volano via. Io un giorno sono andato là con Ilaria, e dentro l'albero si sentiva parlare e muovere –. Valerio cercò con lo sguardo una conferma della sorella a quanto aveva appena detto, e lei annuí.

Matteo, seduto come gli altri tre bambini sul campo caldo di sole, continuando a versarsi terra fina dentro i sandali per sentirla scorrere tiepida sui piedi, rimase per un po' assorto, poi chiese: – Mio nonno dice che nell'olmo cavo ci sono i bambini che devono nascere; e allora come fanno a esserci anche le streghe?

– Chi lo sa.

– C'è un fantasma, invece, – intervenne Dario. – Lí sotto, diceva mio zio Alfredo, ci hanno nascosto il bottino i briganti, tanto tempo fa, e hanno impiccato un uomo all'olmo perché il suo spirito faccia per sempre la guardia al tesoro. Certe notti lo si vede, bianco, che gira attorno all'albero e si lamenta.

Ilaria si fingeva seria ma era divertita, e li guardava con indulgenza. Quelle storie di streghe, di figure paurose, di eventi e posti misteriosi non le erano del tutto indifferenti: anche lei, nella campagna buia e sussurrante della notte, avvertiva presenze e timori. Ma non l'ammetteva, né con gli altri né con sé stessa. Aveva ormai dodici anni, andava alla scuola media ogni mattina col pullman. Suo fratello e i suoi amichetti credevano ancora a tutto quello che sentivano dire, e se la facevano sotto dalla fifa.

Lei sapeva cos'erano le figure che Matteo aveva visto sotto l'olmo; sapeva *chi* erano: Antonella e Sergio, il figlio del meccanico. Di sera, arrivando in bicicletta lungo l'argine del canale, andavano nel prato sotto l'olmo grande a fare l'amore. Altro che streghe. Una volta, di domenica mattina, quando tutti erano a messa, li aveva visti là. Si baciavano.

Poi c'era quel tizio – non ne sapeva il nome – che veniva col motorino dal paese oltre il canale. Guardava tutte le ragazze in modo strano. Anche lei si era sentita piú di una volta quegli occhi addosso, insistenti, sgradevoli. Lui si fermava spesso sotto l'olmo; stava lí per ore, qualche volta arrivavano altri, chiacchieravano, si scambiavano sigarette. Roba sporca. Roba di droga, diceva suo padre, e un giorno o l'altro, aggiungeva, bisognava buttarli nel canale, loro e i loro motorini.

E poi Sanzio, il matto. Lui con gli alberi ci parlava, ci litigava. Soprattutto con l'olmo grande. L'aveva visto spesso a testa in su, che gridava verso i rami enormi, con gli occhi spiritati.

Altro che streghe, o bambini che devono nascere, o fantasmi di impiccati. Ilaria sorrideva, pensando a quanto erano sciocchi quei mocciosi che continuavano a spaventarsi con le loro fantasie e con i racconti dei vecchi.

Davanti alla chiesa, all'ombra dei tigli, i bambini smisero di giocare a pallone. Avevano visto passare l'auto gialla che trainava una roulotte enorme e vecchia, l'avevano vista fermarsi nello spiazzo a fianco del cimitero e subito avevano capito: gli zingari.

– Rubano i bambini, – disse Alessandro con fare misterioso guardando in faccia i piú piccoli. Gli piaceva spaventarli.

Matteo sentí un brivido. Pensò non solo a sé, ma anche a Federico e se lo immaginò rapito, strillante, caricato sull'auto gialla e sparito nel nulla, per sempre. Forse gli voglio bene, si disse senza troppa convinzione.

– Andiamo a guardare cosa fanno? – provocò Alessandro.

Si sbirciarono l'un l'altro. Sapevano bene che non l'avrebbero fatto, che non si poteva fare.

– Tu parli, parli e basta, – disse Valerio.

– Ah, sí?

– Sí. Se sei tanto coraggioso, perché non vai all'olmo grande? E non guardi dentro il cavo del tronco?

– Ah, «perché non vai», vero? Io ci vado se venite anche voi, cacasotto!

– D'accordo, ci veniamo.

– Valerio lingua lunga, non potevi startene zitto? – gli sibilò Matteo.

– Su, dài! – gridava Alessandro, che aveva già inforcato la bicicletta.

Partirono tutti insieme senza parlare. L'albero, contro il cielo blu, si vedeva da lontano, smisurato, incombente, con i rami percorsi da fremiti di brezza. Arrivati là lasciarono le biciclette contro l'argine del canale e si avviarono piano, camminando nell'erba.

Il gigante li sovrastava. Li guardava dall'alto.

Matteo, col cuore che pompava forte, vide il buco nero nel tronco avvicinarsi, farsi piú grande. Forse, da lí, occhi strani li stavano spiando. Guardare in su, verso i rami, gli dava il capogiro, lo ipnotizzava, come le cicale che riempivano l'aria del loro frinire.

– Chi va avanti? – disse Alessandro, che sembrava aver perso tutto il coraggio di prima.

Silenzio. Poi, quasi per sfida, Valerio rovesciò la testa all'indietro, col viso rivolto alla cima del gigante, e urlò con quanto fiato aveva in gola.

E dall'albero, dal cavo del tronco, voci strane e fruscii si alzarono in risposta.

Scapparono a perdifiato senza voltarsi, mentre anche le cicale avevano interrotto la loro sinfonia.

Quello era un giugno pieno di temporali, e l'erba abbondava ovunque, alta, lucente.

Anche quella sera, al sopraggiungere dell'oscurità, l'aria si fece stagnante, immota, quasi in attesa di qualcosa, carica di un'energia minacciosa. Lampi lontani senza tuoni accendevano l'orizzonte, e il brillio delle lucciole pareva l'agitarsi senza pace di migliaia di piccoli fuochi fatui.

Davanti a casa di Matteo, dove una lunga e bassa staccionata permetteva di sedersi comodi, i bambini oziavano, senza voglia di correre o di giocare.

Non avrebbero voluto parlare dell'albero. Ma era là, davanti ai loro occhi, torre nera e misteriosa nella campagna zittita dai lampi, in cui soltanto le urla dei cani, simili a invocazioni spaventate, rompevano il silenzio.

– Avete avuto paura e siete scappati. Io vi ho solo seguito, – disse Alessandro ai piú piccoli.

Lo guardarono senza rispondere.

– Io non so chi sia o cosa sia, – disse Matteo come a sé stesso, torturando con una mano il legno vecchio e friabile della staccionata. – Ma c'è. L'ho sentito, e l'avete sentito anche voi. E quell'albero è strano, cattivo.

– Non ci fanno neanche il nido gli uccelli, – disse Valerio, – ci avete fatto caso?

Ilaria era seduta sull'erba, di fronte a loro. Li fissava, cercando spesso gli occhi di Alessandro. Avrebbe voluto che ci fosse solo lui, parlare da sola con lui, che lui le chiedesse di fare una passeggiata, che la guardasse invece di parlare ancora, fino alla nausea, di quell'olmo. – Siete tre idioti. Anche tu, Alessandro, che sei piú grande. Paura di un albero, dico, *di un albero!* È il colmo.

Si alzò, si spolverò la gonna a pieghe, scavalcò la staccionata e avanzando nell'erba alta partí decisa verso il buio, verso l'orizzonte pulsante di baleni, verso la sagoma nera del gigante.

– Ilaria, dove vai? – le gridò dietro Valerio. Gli altri scesero dalla staccionata e stettero a guardarla.

– A fare una passeggiata fino all'olmo grande. Mi avete stufato, voi. Vado a fare due chiacchiere con le streghe, gli impiccati, i bambini morti, quelli neanche nati, e tutto il resto. Sempre meglio che parlare con voi tre. Qualcuno vuole accompagnarmi? – chiese in tono di sfida, girandosi e camminando all'indietro.

Non risposero. Rimasero a guardarla cosí, finché sparí nell'oscurità e nel silenzio strano di quella sera.

La trovarono tre ore dopo, quando Valerio, terrorizzato e non piú capace di tacere la bravata della sorella, disse singhiozzando ai suoi dove avrebbero potuto cercarla.

Lei era là nell'erba, supina, ai piedi dell'albero enorme. Il suo viso, da cui la morte non aveva cancellato un'espressione di terrore, era graffiato profondamente dagli occhi al mento.

Dall'aia Matteo vedeva le luci concitate delle torce frugare nel nero della notte, illuminare strisce d'erba, bordi di siepi, perdersi fra i rami dell'olmo. Sentiva voci, comandi. Poi, dopo un attimo di silenzio, udí l'urlo della madre di Ilaria, interminabile e selvaggio come un ululato.

Si turò le orecchie, spingendo forte fino a farsi male, e con la bocca spalancata in un grido silenzioso corse verso la porta di casa, fra le braccia della mamma che lo avvinghiò stretto a sé. Restarono a lungo cosí, mentre da lontano arrivavano ancora voci, grida, e lame di luce partivano a ferire la notte da sotto la chioma dell'albero nero.

Il maresciallo dei carabinieri era alla scrivania, guardava i suoi appunti e grondava nell'afa del pomeriggio.

Aveva interrogato gli zingari, aveva sentito il Savini, un tossicodipendente che spesso, col suo motorino, si faceva vedere in paese. Aveva ascoltato pure Sanzio, il matto, piú per scrupolo che per altro: non se ne cavava una frase sensata, non sapeva neppure dire dov'era stato la sera prima. La gente l'aveva visto in un'infinità di posti, e del resto lui era sempre in movimento, sulla sua bicicletta. «È stato l'albero, – aveva detto solo, gesticolando e spalancando gli occhi spiritati. – Quell'albero è potente, è malvagio!» E quando aveva parlato con i bambini, il maresciallo si era accorto che i loro discorsi incerti e spaventati, fatti a occhi bassi, assomigliavano a quelli di Sanzio. «Ilaria ha voluto dimostrare che aveva coraggio. È andata fino all'olmo grande, – aveva detto Matteo Sirri. – Non ci credeva che ci fossero le streghe o gli spiriti, nel buco del tronco».

Il maresciallo guardò dalla finestra; non ci aveva mai fatto caso, ma quell'albero era enorme, smisurato davvero.

Il telefono squillò facendolo sobbalzare. – Pronto?

– Sono il medico legale, – disse la voce all'altro capo del filo.

Il maresciallo si alzò in piedi, impaziente, stringendo la cornetta. – Mi dica.

– Non è un omicidio, maresciallo.

Il carabiniere rimase un attimo in silenzio. – Cioè?

– Nessuna lesione, né esterna né interna. Arresto cardiaco.

– E i graffi?

– Quei graffi in viso sono opera di uno *strix aluco*.

– Vale a dire?

– Un allocco, o gufo selvatico, maresciallo. Ho trovato un piccolo frammento di artiglio nelle ferite. E per sicurezza, prima di telefonarle, ho mandato il veterinario a dare un'occhiata. Ce n'è un'intera famiglia, nel cavo di quell'albero.

Il maresciallo tacque.

– La ragazzina, – continuò il medico, – si è probabilmente issata quel tanto che basta per affacciarsi alla cavità, e lí un rapace le si è avventato al viso. È stata la paura. Quella poveretta, glielo assicuro, è semplicemente morta di paura.

Il maresciallo riagganciò e guardò di nuovo fuori. La chioma del gigante riempiva il cielo, scura e ferma nell'aria immota e opaca di caldo.

Nella nebbia

Quando salii sull'argine basso e coperto di canne palustri, affacciandomi su uno stagno, le anatre partirono, veloci e scure contro il cielo. Le seguii con lo sguardo finché si persero dietro un'isola di alberi. Lontano, la macchia bianca e lenta di una garzetta si muoveva nell'azzurro, e richiami di uccelli si sentivano ovunque, nel folto o dietro dossi invisibili che chiudevano bassure e pozze nascoste.

Sedetti in terra, cacciando con la mano le zanzare, e disegnai sul taccuino che portavo con me il macchione d'alberi, l'elegante airone bianco in volo, gli arbusti.

Quando mi avevano assegnato alla scuola elementare di quel paesino della bassa, perso fra acquitrini, canali e lingue di bosco residuo, dove i campi di terra scura e ancora piena di frammenti di vecchie conchiglie, segni evidenti della bonifica, finivano negli argini e nei canneti, avevo avuto un attimo di scoramento. Come ci avrei vissuto, in un posto come quello?

E in verità, l'impatto col paese era stato quasi un trauma: alcune case, una chiesa dove, mi parve di capire, andavano in pochi; una strada che correva sull'argine di un canale, poi campi sterminati coltivati a granturco e barbabietole e, a est e a nord dell'abitato, le paludi, o meglio le valli, come le chiamavano lí. Un intrico di acqua e di vegetazione, un silenzio pesante pieno di piccoli rumori, un'immobilità, a guardar bene, piena di vita.

Avvertii subito una sensazione strana quando per la prima volta mi addentrai a girare nelle valli: emanavano un fascino fortissimo e, insieme, incutevano un sottile senso di inquietudine, quasi di paura.

A metà ottobre avevo già familiarizzato con i bambini. Erano pochi, perché poche erano le famiglie di agricoltori e braccianti che vivevano in luogo cosí avaro e difficile.

Avevo legato in particolare con due fratelli, Francesco e Giorgio; erano figli di un salariato che, oltre ai pesanti lavori nei campi, si dedicava alla confezione di canestri e stuoie fatti con le erbe palustri. I due bambini l'aiutavano a raccoglierle nella valle, e vidi grandi fasci di canne, di giunchi e di carici nel cortile della loro vecchia casa quasi nascosta sotto un argine, proprio sul confine della palude.

Francesco e Giorgio conoscevano i sentieri, gli stagni, le barene e il labirinto delle valli come pochi altri; e conoscevano inoltre tutti i loro abitatori, animali o piante che fossero. Certo, spesso i nomi con cui li chiamavano erano diversi da quelli che io sapevo, ma presto imparai a districarmi fra le insidie di quel dialetto duro e difficile, eppure bello, proprio come la palude misteriosa, e come quella gente, a volte cosí rude, a volte cosí dolce. Accompagnai spesso, nei pomeriggi di quell'ottobre luminoso, Francesco e Giorgio e gli altri ragazzi nelle valli. Imparai molto di loro e da loro. Cominciai a capire il posto e la gente, e a sentirmene in qualche modo parte.

Dai bambini e dagli altri in paese sentivo parlare molto spesso, quasi ossessivamente, della nebbia che sarebbe arrivata. I discorsi di quelle settimane di ottobre andavano tutti a finire sullo stesso argomento: la fortuna che ancora i giorni nebbiosi non fossero cominciati, e la consapevolezza che quella fortuna non sarebbe durata a lungo.

La nebbia la conoscevo; dopotutto venivo da una città di pianura non lontana, e sapevo bene quale inconveniente rappresentasse. Capivo anche che qui, fra gli acquitrini e i campi, in un paese perduto tra spazi enormi e deserti, sarebbe stata un problema ancora maggiore. Però mi sembrava che l'ansia di quella gente fosse esagerata: alla nebbia dovevano pur esserci abituati, come alle zanzare, o al coro delle rane nei canali e negli stagni.

Eppure, negli stessi componimenti che i bambini scrivevano in classe, in quelle mattinate ancora inondate di sole, coglievo l'inquietudine per quello che sarebbe venuto. «Fra un po' cominceranno i giorni della nebbia, delle luci sempre accese nelle case, – scrisse Antonia, una bambina che abitava ai margini del paese, – e girando per le strade e i sentieri sembreremo fantasmi, e solo da vicino capiremo chi è che abbiamo incontrato».

I migratori erano partiti. Francesco mi stava accompagnando verso una pozza della valle, a guardare le anatre, e io girando in quel pomeriggio ancora caldo osservavo come stessero cambiando i colori della vegetazione, e sorridevo alla vista di piccoli grappoli di bacche rosso fuoco che spiccavano fra i cespugli.

Svoltammo dal sentiero in uno spiazzo erboso, da cui volò via urlando un fagiano, e salimmo su uno dei dossi che delimitavano l'acqua. Scrutai attento fra le canne per scorgervi il movimento delle anatre e delle folaghe; ma Francesco, riparandosi gli occhi dal sole con la mano, guardava oltre, lontano, verso il cielo e l'orizzonte.

– La nebbia! – disse.

Io alzai svelto gli occhi. Ormai m'avevano contagiato, con quel loro attenderla e temerla; ma non notai nulla, se non uno strano tono dei colori, uno sfocarsi leggero delle forme.

Francesco scese inquieto dal dosso: – Andiamo, maestro, ché viene giú nebbia!

Ebbi un bel protestare: era metà pomeriggio, c'era il sole, e avevamo camminato tanto per arrivare lí, nella zona degli stagni piú belli e ricchi di animali. Ma il ragazzo mi tirò per la mano, convincendomi a riguadagnare il sentiero del ritorno; ci avviammo, e il suo passo era svelto e nervoso.

Man mano che avanzavamo, qualcosa cambiava. Cambiava la luce; e quando ci affacciavamo in un punto in cui era possibile spaziare con lo sguardo, mi accorgevo che la realtà si stava trasfigurando.

Arrivava, arrivava davvero: veloce e insidiosa, silenziosa e quasi di soppiatto, la nebbia giungeva a cancellare i colori, a cambiare i suoni, a confondere i contorni. Francesco muoveva le sue gambette rapide e instancabili, spostava quasi con rabbia le canne e i rami che intralciavano il percorso e mi dava spesso la voce senza voltarsi: – Maestro, venga, mi venga dietro!

Quando arrivammo all'argine del Canalone, dove la valle finiva, le luci che venivano dalle finestre della sua casa non lontana parevano aloni sospesi nel grigio. Francesco si fermò, mi guardò e sospirò di sollievo.

– Entri a bere qualcosa, – mi disse ansimando ancora per la camminata.

Non mi feci pregare. La tensione che avevo sentito crescere nel bambino aveva piano piano preso anche me, e la lunga marcia mi aveva messo sete. Da una finestra qualcuno ci guardava, e ci aprirono la porta.

I genitori del piccolo parvero molto sollevati dal nostro arrivo; bevemmo vino, chiacchierammo, e manco a dirlo si parlò della nebbia.

– Francesco sa bene che deve tornare, quando viene giú cosí fitta, – disse il padre, versando un buon rosso nei bicchieri. – Non ci si deve far prendere dalla sera in valle, con la nebbia.

– Oh, ma suo figlio è una guida bravissima. Né nebbia né buio potrebbero farlo perdere. Conosce le paludi come le sue tasche.

L'uomo sorrise. – Lo so; ma non è per quello.

Avrei voluto chiedergli: e allora per che cos'è, questa paura? Ma bevvi e tacqui.

Fu Giorgio, l'altro bambino, che mi rispose senza che avessi chiesto. – È per la Borda, – disse.

Alzai gli occhi e lo fissai. – Cos'è la Borda?

Giorgio guardò suo padre, perché parlasse lui; l'uomo si strinse nelle spalle e ci pensò un attimo. – È la nebbia col buio. Noi la chiamiamo cosí.

Non mi parve una spiegazione esauriente, ma pensai che fosse inutile fare altre domande.

Nei giorni che seguirono non ci furono né alba, né meriggio, né tramonto. Solo un grigio, uno scuro, un nulla che cambiavano d'intensità a seconda delle ore del giorno.

Guardavo dalle finestre della scuola i bambini arrivare ben coperti, piccole ombre, gnomi vaganti nella nebbia. Finita la lezione se ne tornavano svelti a casa, e di pomeriggio non si allontanavano dai cortili o dalla strada principale del paese.

Verso sera, poi, in giro non si vedeva piú nessuno. Io avrei voluto fare una breve passeggiata nella valle, in quell'atmosfera cosí strana e irreale: pensavo che gli argini, gli stagni, le canne e gli uccelli, in quella trasfigurazione, in quel grigio, in quel fumigare, avrebbero avuto un fascino particolare, unico, misterioso. Ma nessuno volle accompagnarmi.

Un pomeriggio andai da solo; e fu un giro molto breve, perché la valle era sí affascinante, nella nebbia e nel silenzio, ma si avvertiva un qualcosa, quasi una minaccia, che metteva a disagio. «Mi hanno proprio contagiato con le loro paure», pensai.

Ed ebbi paura davvero quando, a una curva del sentiero, mi imbattei in un argine che secondo me non doveva esserci, ci salii sopra e non vidi altro che un grigiore cupo e insondabile, e andandomene non trovai piú il sentiero. I miei passi procuravano l'unico rumore, oltre a qualche ramo che si schiantava, a qualche grido che si levava dall'acqua o dai cespugli invisibili, e io non capivo chi o che cosa avesse gridato, non riconoscevo che animale fosse e se fosse un animale, e presi quasi a correre fino a che arrivai in un posto conosciuto. Lí mi chinai, mi appoggiai le mani sulle ginocchia e ripresi respiro, e fui contento quando, dopo poco, vidi le luci offuscate del paese.

Era quasi sera. Mi fermai all'osteria prima di rincasare, scambiai due battute coi pochi avventori, tra il fumo delle pipe e l'odore del vino, e quando dissi che ero stato in valle mi guardarono in modo strano. Biascicarono frasi di disapprovazione in dialetto, e fra le parole che capii, una la conoscevo, anche se non sapevo bene cosa significasse: Borda.

Era la seconda volta che la sentivo.

Per la terza volta l'udii quella sera stessa. Abitavo con una famiglia che mi ospitava per un modico prezzo, mangiavo con loro e avevo una stanza per dormirci e tenerci le mie cose. Dopo cena stavo leggendo sdraiato sul letto, quando sentii nella stanza accanto la donna che cantava una ninna nanna al suo bambino. Non era una novità, l'aveva fatto ancora; ma stavolta una parola, ancora quella, mi fece rizzare le orecchie: Borda.

E ascoltando bene, vicino alla parete, colsi alcuni brani di quella nenia: «Fa' la nanna che viene la Borda, è dietro la porta che ti ascolta; con una corda e con una legaccia prende i bei bambini e poi li ammazza; con una corda di canapa rozza, prende i bei bambini e poi li strozza...»

Non mi pareva proprio un canto adatto ad addormentare un bambino. Ma al di là di ciò, adesso questa Borda cominciava ad assumere una sua – spaventosa – fisionomia. E io ero curioso di saperne di piú.

– La Borda? È la nebbia.

Era la quarta o quinta persona che mi rispondeva allo stesso modo. Ma questo era il parroco del paese, don Fausto, a cui mi ero rivolto proprio per avere una risposta convincente, e cosí insistetti.

– Be', se vuole proprio che io sia piú preciso, – disse, – allora si potrebbe affermare che la Borda è la personificazione della nebbia nella valle, col buio; è vista come un essere mostruoso, una strega degli stagni e delle paludi, che cattura le persone, in particolare i bambini, per strangolarli con una corda e poi gettarli nell'acqua.

– Direi che è agghiacciante come immagine, – mormorai dopo qualche attimo di silenzio.

– È una leggenda, una superstizione come tante altre che ci sono da queste parti. I miei parrocchiani vengono poco a sentire quello che io dico in chiesa, e preferiscono ascoltare le storie che si raccontano la sera, nelle veglie davanti al fuoco.

– Ma qui la gente sembra quasi che di questa Borda abbia paura davvero...

Sorrise. – È un modo per convincere i bambini che girare nella palude e lungo i canali con la nebbia è pericoloso. E in realtà lo è davvero: ci si può smarrire, si può cadere in acqua, si possono fare brutti incontri, eccetera.

– Ma sa, – dissi, – che hanno messo in guardia anche me, riguardo a questa Borda?

Il prete scosse la testa e mi versò del vino.

– Qui i vecchi raccontano cose, se le tramandano da generazioni, e magari finiscono per crederci.

Bevemmo qualche bicchiere, poi me ne andai.

Tanto per cambiare, la nebbia era cosí fitta che stentai a trovare la casa dove abitavo.

Durante le brevi vacanze di Ognissanti tornai dai miei genitori. Mi fece un piacevole effetto essere di nuovo nelle strade della città piene di gente e di luce, dove la nebbia era presente, ma non padrona. Qui si limitava a ingrigire, a sfocare, a piovigginare rendendo lucidi i ciottoli, ma non poteva soffocare, incombere sulle persone e sulle cose con le sue spire fumose e con le paure che portava con sé, come invece accadeva in quel paese perso nel nulla.

Il paese. Mi pareva molto lontano mentre mangiavo coi miei, ridevo, incontravo amici, guardavo le vetrine dei negozi.

Poi, la seconda notte che ero in città, feci un sogno orribile. Mi pareva di essere ai margini della valle col piccolo Francesco, in un giorno di nebbia piú cupa e piú densa che mai. Insieme avanzavamo nei sentieri tra le canne. A un certo punto si alzava una bava di vento, come un alito gelido, e un gemito spaventoso ci faceva sobbalzare e fermare. Tra la vegetazione una figura alta, avvolta in drappi neri bagnati e a brandelli, si muoveva piano e veniva verso di noi brandendo con mani bianche una corda, e la sua faccia era spettrale e orrenda, coperta di alghe scure e gocciolanti. Io e Francesco urlavamo, ci davamo alla fuga incespicando e ci perdevamo di vista. Correvo con le gambe trattenute da una forza beffarda e malvagia, e chiamavo a gran voce il bambino. Poi arrivavo a uno stagno e mi pareva di vederlo là, buttato come un cencio nell'acqua. Gridando mi precipitavo per raccoglierlo, e mi accorgevo che non era Francesco, ma un grande airone, morto e quasi decomposto. Allora mi sdraiavo sulla riva e ridevo, ridevo di sollievo fino alle lacrime.

Mi svegliai grondante di sudore, e negli occhi avevo ancora l'immagine spaventosa di quella figura nera che si aggirava nella palude.

Dopo le vacanze, durante una mattina in cui i bambini avevano finito in fretta l'esercizio di aritmetica, mi armai di pazienza e tentai di spiegargli che ogni posto ha le proprie leggende e superstizioni, come ad esempio quella della Borda, ma che queste non vanno prese alla lettera. Non ardirono contraddirmi anche se, nei loro occhi, leggevo chiaramente che le parole di un mattino – e di un estraneo quale dopotutto io ero – non avrebbero cancellato dalle loro teste anni di racconti e di fantasticherie inculcate fin dalle ninne nanne nelle culle.

Cercai l'alleanza di Francesco e di Giorgio, che avevano ascoltato tutto molto attentamente, e chiesi rivolto a loro: – Secondo voi, dunque, se in un pomeriggio o in una sera di nebbia uno se ne va in giro nella palude, cosa può succedergli?

Mi guardarono per un po' in silenzio.

– È molto pericoloso, – disse Francesco.

– Certo, – confermai. – Può perdersi, può finire in acqua.

– No; è soprattutto per la Borda, – mormorò Giorgio.

Sentii una rabbia infantile montarmi dentro. Neanche le mie guide di tante passeggiate mi davano ragione, anche loro erano cocciuti come gli altri.

– Bene, – dissi chiudendo un quaderno di appunti e ostentando calma. – Oggi pomeriggio, a quanto pare già di vedere, ci sarà un nebbione coi fiocchi; e io me ne andrò a fare un giro in valle.

Mi guardarono come un animale strano. E non avevano tutti i torti: addentrarsi nelle paludi in quelle condizioni era un'emerita stupidaggine, e io lo sapevo bene, ma ero troppo stizzito e fiero per fare marcia indietro. Non sarei andato in valle, ma solo il giorno dopo l'avrei confessato ai miei scolari, ai quali avrei però, di nuovo, cercato di spiegare che leggende e realtà sono cose ben diverse.

Passai il pomeriggio in osteria, preso in una lunga serie di partite a briscola con alcuni vecchi; poi, verso l'imbrunire (se imbrunire si può chiamare l'infittirsi e l'iscurirsi di una coltre impenetrabile di vapori) decisi di passare a salutare Francesco e Giorgio, per poi andarmene a casa.

Camminai, col bavero del giaccone alzato e i capelli che si bagnavano di umidità, lungo l'argine che portava alla casa dei ragazzi. Vidi avvicinarsi le luci delle finestre, e notai che altri lumi erano nel cortile, e si spostavano, e si sentivano voci e l'abbaiare di un cane.

– È il maestro! – sentii gridare da Giorgio, che mi corse incontro.

– Maestro, ha incontrato Francesco? – mi chiese suo padre, che avanzava verso di me reggendo un lume in mano.

– No, – risposi, e sentii un brivido corrermi per la schiena.

– È salito prima sull'argine del Canalone con una torcia, – continuò l'uomo, che nel frattempo era stato raggiunto dalla moglie. – Ha detto che lei era in valle, e che si sarebbe perso con la nebbia che c'è. Voleva che lei vedesse la luce per trovare meglio la strada.

– E non è ancora rientrato, – mormorò la donna.

La fronte mi si velò di sudore gelido, e provai una stretta alla bocca dello stomaco. – Dobbiamo cercarlo, – riuscii a dire.

La donna fu mandata a una casa poco lontana a chiedere aiuto. Vennero due uomini grossi e silenziosi, mentre noi avevamo preparato in fretta altre torce.

Chiamando ad alta voce il bambino scomparso, scendemmo l'argine e ci inoltrammo nel sentiero che avanzava tra grandi stagni e canneti, e poi svoltava verso un dosso al di là del quale stavano altri fitti e altre pozze. Le costeggiammo in fila, cercando di far luce sulle rive, corteo inquieto di spiriti smarriti in un luogo non adatto agli uomini. Ogni tanto alzavamo le torce perché le si vedesse di lontano, sempre chiamando: «Francesco!» mentre la nebbia era diventata una bambagia buia che soffocava tutto e sembrava respingere i nostri passi.

Non dovemmo cercare molto. L'uomo che era in testa si fermò di colpo, si accostò al bordo di uno stagno e avanzò di qualche metro fra le canne.

Col cuore in gola lo seguii, e vidi qualcosa nell'acqua.

È un airone morto, pensai. Come nel sogno. *Deve* essere un airone morto; e immagini veloci del mio incubo si confondevano con la realtà.

L'uomo, fatto qualche altro passo, sollevò un fardello gocciolante; e la mia torcia illuminò il viso di Francesco, con gli occhi rovesciati e nera erba palustre fra i capelli.

Una corda stringeva il suo collo, gonfio e ormai livido.

La Befana vien di notte

Il fumo denso e l'odore di un vino rosso che ha macchiato i bicchieri come vernice stagnano nella stanza. Nel focolare è rimasta solo una montagna di braci che occhieggiano e scricchiolano, esplodendo ogni tanto in un'eruzione di faville che salgono nell'imbuto del camino.

Gli uomini guardano come ipnotizzati quel vulcano in miniatura, quei piccoli razzi rossi che si lanciano in alto, in direzione di un cielo nero e gelido che lí, nel caldo dell'osteria, si stenta a immaginare.

Alfredo beve un ultimo bicchiere, lo posa sul tavolo aggiungendo un nuovo cerchio umido ai tanti che segnano il legno, poi dice: – Mi sa che è ora di andare.

Gli altri annuiscono. Si alzano, indossano le mantelle, si mettono i cappelli, raccolgono gli strumenti posati in un angolo: fisarmonica, chitarre, cembalo, clarini.

Sono sei, il piú giovane è poco piú di un bambino, il piú anziano non ha età, è una maschera di rughe sotto i capelli bianchi.

– Da dove iniziamo? – chiede il ragazzo.

Gli altri lo guardano con una sorta di stupore divertito.

– Si vede che sei un novellino, eh, Ivano? Il giro è sempre uguale, ogni anno, da sempre. Prima le case del paese, di qui alla fine della strada, poi su al podere La Croce, e da lí saliamo verso il passo. Da quando mi ricordo io, l'itinerario è sempre stato quello, – dice Alfredo.

Ivano annuisce. È orgoglioso e impaziente. Finora la Pasquella l'ha vista e ascoltata da spettatore, è la prima volta che fa parte del gruppo, è la prima notte che arrancherà, con gli altri, su percorsi innevati per raggiungere tutte le case, quelle raccolte sull'unica via, strette l'una all'altra come un gregge che si compatta a difendersi dal freddo, e quelle sparse, sperdute sui crinali, nascoste nei valloni, abbarbicate su cime dalle quali le stelle, brillanti come cristalli, sembrano vicinissime e ancora piú numerose. Anche se quella sera di stelle non ce ne sono, perché da settimane il cielo non sa fare altro che rovesciare neve dal suo grigiore.

Escono tutti insieme, si sistemano addosso gli strumenti, si stringono meglio nelle mantelle. Il loro respiro si condensa in sbuffi bianchi, i loro piedi fanno crocchiare la crosta di ghiaccio che ricopre tenace la terra e trasforma l'erba in un fragile pizzo di vetro. Attraversano il prato gelato che circonda l'osteria, arrivano sulla strada e s'incamminano.

A un cenno del vecchio attaccano, e la musica, sempre quella, si alza a svegliare il mondo irrigidito dall'inverno, e le parole, sempre quelle, chiamano tutti all'attesa della visita dei Pasquaroli, magi contadini che nella notte dell'Epifania portano una richiesta, un augurio e un messaggio attesi da un anno, e da sempre.

Il fuoristrada scuro e grosso come un bisonte si ferma nell'aia. Quando Marco spegne il motore e i fanali, il buio e il silenzio fanno restare tutti muti per qualche secondo. Si sente solo il ticchettare metallico del motore che si raffredda.

È Federico il primo a scendere, poi Giulia.

Anna è l'ultima; muove i piedi incerta e nervosa, non ha espressione, è scossa per un attimo da un tremito feroce e si stringe dentro le proprie braccia. – Che freddo terribile, – dice.

Marco guarda le masse addormentate e incombenti dei monti che come giganti vegliano intorno. Poi fissa la casa. Non ci viene da molto tempo; sono lontani gli anni in cui, ogni estate, i nonni l'ospitavano e godevano delle sue scorribande nei boschi, dei suoi giochi al torrente, dei suoi appetiti robusti. Quella costruzione buia e vuota è piena di ricordi, di pensieri che coprono tutto e si nascondono in ogni angolo, come la polvere.

«Forse non dovevo venire qui, non dovevo portarceli», pensa, anche se non sa bene il perché. Ma Anna e Federico non sono potuti stare con lui e Giulia né a Natale né a Capodanno, e poter passare lassú con loro almeno la notte dell'Epifania gli è sembrato bello; o forse solo doveroso. Anna ha perso suo fratello Giorgio da poche settimane in un incidente, e il dolore e uno stupore vuoto le traspaiono ancora dagli occhi. E Federico non sa aiutarla.

Federico è un buon amico per me, pensa Marco, gli voglio bene, ma è sempre uguale, immutabile nei suoi difetti: le sue rabbie improvvise, la sua ruvidezza non sono sparite mai. E non sono facili da capire e da sopportare.

Sospira, poi dice: – Su, portiamo dentro la roba e accendiamo il fuoco alla svelta, altrimenti ci prediamo un malanno. La legna è già pronta, mio zio m'ha detto di averla portata in casa la settimana scorsa.

Scaricano dal fuoristrada sportine piene di cibi, uno scatolone di bottiglie, un panettone. Quando le stanze saranno riscaldate e colorate dal fuoco, in fondo sarà bello chiacchierare e bere, e magari giocare a carte.

«Ad Anna farà bene, – pensa ancora Marco, – e anche a me e a Giulia: è da tanto che non facciamo qualcosa di diverso, è da troppo tempo che ci nutriamo solo di televisione e di lunghi silenzi».

Si fermano davanti all'ultima casa del paese. Dopo inizia la strada in salita che porta ai primi poderi sparsi, poi ci sarà la mulattiera che conduce sempre piú in alto e lontano.

Il vecchio imbraccia la fisarmonica, fa un cenno con la testa e cominciano. La musica erompe dagli strumenti, le strofe si alzano a riempire la notte: «Siamo qua da voi signori, canterini e suonatori, a portarvi la novella che domani è la Pasquella...»

Si accende il lucernario sopra la porta, come il faro di un porto sicuro nel nero della notte; dentro, la famiglia aspetta un'altra strofa, che dopo poco arriva: «Signor padrone, aprite le porte, ché qua fuori c'è la morte...»

L'uscio si spalanca, macchiando di un giallo caldo la neve. I Pasquaroli, sempre cantando e suonando, entrano. Il tavolo è apparecchiato di ogni ben di dio, ci sono cibo e vino in abbondanza e c'è il tepore del fuoco e di un'accoglienza fatta di sorrisi. Ancora alcune strofe, ancora note che lí al chiuso escono fortissime. Un bambino si nasconde dietro sua madre; lei ha un grembiule bianco di bucato, candida è la tovaglia sul tavolo. Il padrone di casa mesce il vino, impugna un coltello e affetta salame e prosciutto.

Ivano sorride al bambino, che prima si avvicina al caminetto a cui sono appese due grandi calze di lana che attendono di essere riempite dei doni della Vecchia, poi raggiunge una sedia e vi si accoccola sopra. Ha sonno, ma non si vuole perdere nulla di quella notte; solo quando i Pasquaroli se ne saranno andati correrà a letto a sognare la Befana che vola sulla scopa.

Il vecchio si libera gemendo della pesante fisarmonica, la posa sul pavimento e si siede. Guarda l'abbondanza della tavola e annuisce soddisfatto. Soltanto allora si siedono anche gli altri, e mangiano e bevono prima di cantare ancora.

– Ricomincia a nevicare, – dice Giulia guardando fuori dalla finestra.

Marco la raggiunge e sbircia nel buio. – Ma come fai a vederlo? – chiede.

Lei indica un punto lontano, un tenue chiarore, quello di una casa sull'altro fianco della valle. Contro quella parvenza di luce, in effetti, si vedono i fiocchi che arrivano fitti a folate.

– Ma che bello! – sorride Marco.

Federico si alza dal sofà, scuote la testa e va a versarsi un bicchiere di vino. Il fuoco è acceso, ma ancora la casa non si è riempita del tepore promesso.

– Bello? – dice. – Bello un accidente! Siamo quasi a mille metri d'altitudine, le strade fanno schifo e c'è da rimanere bloccati quassú. Sai che gioia.

Giulia lo guarda stupita: – Be', perché, che devi fare domani? È festa, siamo qui insieme…

– C'è da rimanere bloccati, – ripete lui, – e dopodomani devo riaprire lo studio –. Poi guarda sua moglie Anna. È seduta davanti al camino, fissa le fiamme e con le mani tormenta un fazzoletto di carta ormai distrutto. Non dice niente, della neve sembra non interessarle.

Marco cerca di mettere un po' di allegria nella propria voce: – Su, dài, a tavola! Mangiare e bere ci riscalderà, e poi fra poco, vedrete, dovremo aprire le finestre, tanto farà caldo qui dentro. È legna buona.

– Sí, aprire le finestre… – borbotta Federico. – E prenderci una polmonite.

Anna non si muove. Giulia le va accanto, la fa alzare, le parla piano: – Ho preparato delle salse buonissime.

Lei si lascia condurre a tavola. – Se non ci fosse stata la neve, Giorgio non avrebbe sbandato in quella curva e non sarebbe morto, – mormora. – Io la odio, la neve.

Federico sospira in modo nervoso, gli altri non trovano niente da dire, e per un po' si sentono solo il sibilare delle fiamme e il leggero rumore di bicchieri che si riempiono per essere svuotati senza gioia.

– Abbiamo fatto male i conti, – si lamenta Federico, scuro in viso. – Ci siamo portati poco da mangiare, poche bottiglie, poco di tutto. Se si rimane fermi quassú, voglio vedere come faremo!

– Ma dài, in qualche modo ci arrangeremo, – dice Giulia, conciliante. – Non fare sempre il drammatico.

Forse non dovevo portarceli, qui, pensa ancora una volta Marco. Neppure a lui, adesso, dà piacere la neve che fuori continua a scendere.

Il gruppo dei Pasquaroli arriva a una svolta del sentiero. Tutti hanno ormai i cappelli di feltro e le mantelle coperti di un velo bianco, e i loro passi cominciano a faticare nella coltre sempre piú alta.

– Ehi, – esclama a un tratto Alfredo indicando alla propria destra, – ci sono le luci accese nella cascina dei Silvestroni.

Gli altri guardano.

– Credevo fosse disabitata, – dice Ivano.

– Sí, ma ogni tanto ci vengono per qualche giorno. C'è anche una macchina nell'aia. Che ne dite, arriviamo fin laggiú?

Ivano si aggiusta meglio la chitarra a tracolla. È stanco e vorrebbe passare oltre, ché mancano ancora due case al passo, e dopo c'è da scendere per sentieri che si fanno di ora in ora piú impraticabili. Non credeva che si faticasse tanto, ad andare a cantare la Pasquella.

Il vecchio si accende un sigaro e dice: – Non si deve trascurare neanche una famiglia, lo sapete. Andiamo.

Ci mettono dieci minuti ad arrivare, perché la mulattiera è disagevole e gli scarponi sembrano farsi sempre piú pesanti. Quando hanno oltrepassato il pozzo e l'abbeveratoio, sagome indistinte addormentate sotto la neve, si schierano a semicerchio e attaccano: «Siamo qua da voi signori, canterini e suonatori...»

Un uccello, forma scura e sorprendente, s'invola svegliato dal rumore e plana lontano.

Dentro la casa, tutti hanno un sussulto al prorompere della musica e del canto. Anna alza la testa e dilata gli occhi, Federico spalanca la bocca, posa il bicchiere rovesciando sulla tovaglia un po' di vino e corre alla finestra. – Sant'iddio, ma cos'è? – chiede.

Marco e Giulia gli si avvicinano, guardano fuori e sorridono. – I Pasquaroli, – dicono in coro.

– Chi?

– I Pasquaroli. Nella notte dell'Epifania vanno a tutte le case della valle a cantare strofe di augurio. In cambio bisogna offrirgli accoglienza, da bere e da mangiare.

– Portano bene, – aggiunge Giulia.

Federico scuote la testa. – Portano una rottura di coglioni, – biascica con la faccia tirata.

Giulia lo fissa. – Ma perché sei cosí di malumore, eh? È una tradizione antica e molto suggestiva, si fa da sempre, tutti sono contenti della visita dei Pasquaroli.

– Be', io contento non lo sono affatto. Stavo appunto dicendo che abbiamo poco da bere e da mangiare, ci mancherebbe solo che dovessimo dividere con questi accattoni!

Marco si fa serio. – Accattoni? Ma che dici, Fede? Anche mio nonno andava a cantare la Pasquella.

Fuori, all'improvviso, si alza un'altra strofa: «Signor padrone, aprite le porte, ché qua fuori c'è la morte...»

A quelle parole Anna ha un gemito soffocato, china la testa e si mette le mani sui capelli. – No, no... – mormora. – Basta... ditegli di andare via.

Giulia le si avvicina e le accarezza una spalla. – Ehi, piccola, ma che c'è? È un canto di buon auspicio.

– Ma parlano di morte!

L'amica le sorride. Conosce bene le tradizioni, le studia con passione. – Quella strofa vuol dire due cose, – spiega paziente. – La prima è che là fuori fa un freddo da morire. La seconda, la piú importante, è che i Pasquaroli, cosí come la Befana, impersonano simbolicamente i defunti, gli antenati che nella notte in cui finiscono le celebrazioni del solstizio d'inverno, secondo la vecchia religiosità precristiana, abbandonano la dimensione terrena a cui sono potuti tornare nella notte della vigilia di Natale. I morti, nella vecchia cultura popolare, sono venerati come numi tutelari, per questo gli vanno offerti cibo e accoglienza. Loro, in cambio, lasciano una promessa di benevolenza e di protezione. Tutto qui. Non c'è niente di macabro o di negativo, in ciò che quei signori là fuori rappresentano e cantano, anzi!

Anna non replica, comincia solo a singhiozzare piano.

Federico allora parte a passi veloci e decisi, arriva alla porta d'ingresso e la spalanca, lasciando entrare una folata di freddo e di neve. – Ehi, voi! – grida verso i Pasquaroli. – Adesso basta, va bene? Date fastidio. Girate i tacchi e andatevene!

Marco guarda Giulia. – Ma che fa, è impazzito? – le chiede piano. – E poi, come si permette? Questa è casa mia, l'ho invitato, e lui…

Lei gli stringe con forza un braccio. – Lascia perdere, dài. È preoccupato per Anna, e lo sono anch'io. Mi pare che si sia spaventata.

Marco non dice piú nulla.

I Pasquaroli hanno smesso di suonare e di cantare. Ivano guarda stupito prima l'uomo che dalla soglia li ha apostrofati in modo cosí aggressivo, poi quelli del suo gruppo. Il vecchio si toglie il cappello, ne scuote via la neve, chiude la fisarmonica. Senza una parola si gira e si avvia sul sentiero, allontanandosi dalla casa. Gli altri lo seguono.

– Ti era mai capitata una cosa del genere? – gli chiede Alfredo dopo un po'.

Il vecchio scuote la testa. – Mai, – dice. – E comunque, non è una buona cosa. Non lo è per niente.

Dentro, nessuno parla piú.

Marco si è seduto sul divano, con una bottiglia tra i piedi. Giulia gli è accanto e cerca di calmare la sua rabbia, accarezzandogli una mano. Federico, nervoso, passa dalla stanza col camino al corridoio, fumando. Anna invece è rimasta sulla sedia di prima, con gli occhi fissi a terra. Ha pianto e adesso, come se la cosa l'avesse spossata, respira forte e con affanno.

– Apro il panettone? – chiede Giulia dopo un po'.

Nessuno risponde. Il freddo che fuori imprigiona i boschi e le cime sembra essere entrato a congelare il cuore e la lingua di tutti.

Poi Federico va al tavolo, prende la confezione del dolce e dice, sforzandosi di avere una voce normale: – Sí, dài, mangiamolo. Lo sapete che ha smesso di nevicare?

Giulia si rincuora. – Davvero? Te lo dicevo io che…

Non riesce a finire la frase. Dall'esterno, stavolta fatta di voci piú lamentose e di una musica che pare piú lenta e piú triste, arriva la strofa che hanno già ascoltato: «Signor padrone, aprite le porte, ché qua fuori c'è la morte…»

Federico rimane immobile col coltello in mano. Poi, sempre impugnandolo, va alla finestra: – Questa poi! – impreca. – Stavolta li caccio via a calci in culo, quegli imbecilli!

Scosta la tendina, guarda e all'improvviso tace.

Marco e Giulia lo raggiungono, e anche Anna, stravolta in viso, si alza e va alla finestra.

Vedono. Li vedono. Sono non piú sei, ma qualche decina. Ombre scure ed evanescenti, immobili nella neve. Non hanno strumenti ma la musica arriva, non aprono le bocche ma il canto continua. E la strofa è sempre quella, sempre quella: «Signor padrone, aprite le porte, ché qua fuori c'è la morte...»

Anna si porta una mano sulla bocca e ha un singhiozzo. Indica con un dito. – C'è mio fratello Giorgio con loro... c'è Giorgio!

Federico vorrebbe dire qualcosa, ma non ci riesce. È diventato pallido come un cencio.

– Quelli sono morti, – dice ancora Anna con un filo di voce. – Sono i morti...

In cielo si indovina per un attimo un volo nero.

Non è un uccello.

Poi qualcuno o qualcosa si muove sul tetto, e dal camino arriva un rumore e cade una nuvola di fuliggine.

Fuori, le figure immobili cominciano un nuovo canto: «La Befana vien di notte, con le scarpe tutte rotte; viene, viene e ti porta via, nella notte dell'Epifania...»

Notte di San Giovanni

Sull'acqua verdastra degli stagni c'è una pellicola simile a quella che si forma sul latte quando si raffredda; sopra ci camminano ragni dalle zampe lunghe e sottili. Anche l'acqua del canale è ferma, e pare coperta di polvere.

D'altronde c'è polvere dappertutto: sugli alberi, sui cespugli tignosi, sull'erba asfittica. È un giugno avaro; le piogge non lavano la campagna, anche se ogni tanto si annuncia qualche temporale nero, pieno piú che altro di lampi, di tuoni che rimbombano e rotolano liberi e prepotenti sulla pianura. Tanto rumore, tanta attesa, tante nuvole minacciose che compaiono all'improvviso appoggiate sull'orizzonte, specie la sera, e che sembrano i bastioni di un enorme castello del male; ma poi, di acqua, quasi niente. Poche gocce che fanno esplodere la polvere in piccoli crateri slabbrati, o che fanno suonare le foglie in un crepitio rado per alcuni minuti. Dopo torna l'afa e i grilli ricominciano a cantare, le rane riprendono quel coro basso e disperato che pare implorare uno scroscio che non arriva, le lucciole si riaccendono e baluginano sul grano pronto per la falce.

Enrico cammina scalzo, sentendo sotto i piedi il duro delle zolle pietrificate e il secco della gramigna cotta dal sole. Arriva ai filari delle viti, lunghi e dritti, gallerie di un verde spento che creano un'ombra pallida e incerta, incapace di dare fresco e ristoro. Insetti ronzano dappertutto, come se cercassero uva matura; ma i grappoli sono ancora del colore delle foglie, i chicchi sono radi e duri come i grani di un rosario, coriacei e aspri come bacche velenose.

Il nonno gli dice sempre che, di giorno, gli assioli si nascondono a dormire tra i pampini delle viti. Abbassano le palpebre, arruffano le penne grigie striate di nero e aspettano la notte. Perché è la notte il loro regno, è la notte il momento in cui quei piccoli gufi dal richiamo monotono spalancano gli occhi gialli a cui nulla sfugge, e si alzano in volo, scuri contro lo scuro del cielo, in cerca di tutto quello che si muove. In caccia per fame e, pensa Enrico, per divertimento. Deve essere bello aprire le ali, scivolare silenziosi nel buio e procurarsi tutto il cibo che si vuole.

Per un po' il bambino sposta i pampini con le mani, sperando di trovare uno di quei predoni addormentati; e magari di catturarlo, di metterlo in gabbia e di costringerlo a cacciare per lui. Ma un assiolo può vivere in gabbia? E lo si può addestrare, come succede per i falchi? Non lo sa. Continua a farsi largo con le braccia tra quel verde sporco e pieno di ragni e moscerini, ma presto la pelle si arrossa e prude. Allora lascia perdere, non è poi cosí divertente scoprire un assiolo che dorme. Lascia che riposi, dice a sé stesso.

Esce dai filari. Davanti a lui c'è una distesa di trifoglio dai fiori di un lilla sbiadito, come stinto dal sole; piú in là il grano è maturo, di un giallo rugginoso e vecchio, e tra le spighe nereggiano numerose le erbacce. Attraversa il campo del trifoglio, sentendo spezzarsi e scricchiolare i gambi rinsecchiti. Arriva dove la terra non è stata arata e seminata; c'è solo un intricato tappeto di piante cattive e ostinate, in lotta per un po' di spazio in cui vivere. Ce ne sono tanti, di campi cosí, che quell'anno non daranno nulla se non zanzare e talpe. La guerra è finita da soli due mesi, e gli uomini, quelli che non sono morti lontano, quelli che non sono stati rastrellati e portati chissà dove, quelli che non sono stati sbranati dalle bombe, hanno avuto altro da fare che coltivare al meglio la campagna.

Anche il babbo non c'è piú. È morto in Grecia quasi quattro anni prima, e lui se lo ricorda a malapena; era là da poche settimane, non aveva ancora fatto in tempo a scrivere una lettera a casa. Il nonno e mamma Lisa da soli non ce la fanno a mandare avanti le terre e le stalle, cosí s'è seminato poco e raccolto ancor meno. Per le stalle, comunque, adesso non c'è problema: non dànno piú da fare, sono vuote e silenziose. Delle mucche e dei vitelli rimane solo l'odore greve e dolciastro che impregna i muri, i divisori di legno tra le poste, la poca paglia afflosciata e ammucchiata accanto alle pareti. I tedeschi hanno razziato tutto, hanno trascinato fuori le bestie spaventate e qualcuna l'hanno accoppata e macellata nell'aia, in un carnevale di sangue, di mosche e di grida.

Dove finisce l'incolto ci sono un paio di peschi, bassi e sciupati. Enrico accelera il passo. Ha fame, ha fame da anni ormai, ha fame da cosí tanto tempo che ha dimenticato come sia il saziarsi. Quando arriva agli alberi aguzza lo sguardo, cerca. C'è solo un frutto, pallido e piccolo, pure lui un superstite. Lo raccoglie e lo addenta. Il pelo ruvido e amaro della buccia gli irrita la lingua e le labbra; sotto c'è solo una polpa stopposa, asciutta. Mangia lo stesso, raschiando il nocciolo con i denti.

Poi si avvia verso casa. All'orizzonte la linea celeste degli Appennini è sfocata, e pare anch'essa impolverata e stinta.

Mamma Lisa ha fatto una minestra di erbe, in cui nuotano alcuni dadini di pancetta rancida. Non c'è altro. Ha dovuto risparmiare anche sul sale mettendone poco, troppo poco. Ma Enrico non dice nulla, mangia in silenzio. Il nonno sorbisce rumorosamente dal cucchiaio, come se quel suono avido potesse compensare la povertà del cibo, farlo sembrare piú appetitoso e abbondante. Passerà, dice a sé stessa mamma Lisa. Tutto passa, e poi peggio di cosí non può andare. Troverà uova fecondate e torneranno i pulcini e le galline, lavorando giorno e notte i campi ricominceranno a dare come prima. Come prima.

In realtà niente sarà come prima, lo sa. Suo marito Gino morto in guerra, in casa un vecchio piegato dall'artrite, smarrito e spaventato come un bambino, e un bambino magro come un chiodo e serio e taciturno come un vecchio. E nessuno che li aiuti, neppure con una buona parola, neppure con uno sguardo di simpatia o di compassione. Perché c'è stata quella storia, quell'errore, c'è stata quella sera che, se potesse tornare indietro, cancellerebbe dal calendario. C'erano i tedeschi con le camionette nell'aia, quella sera, lei aveva dovuto preparare per loro qualcosa da mangiare. Era stanca, disperata, impaurita perché quelli erano imprevedibili, potevano ridere e prepararsi allo stesso tempo a fare del male.

Fra loro ce n'era uno dai grandi occhi azzurri, educato e tranquillo, che la guardava, e la guardava. Poi era comparso il vino: ne avevano una damigiana su una camionetta, l'avevano messa sul tavolo e piegandola ne avevano versato nei bicchieri; molto ne era finito sul pavimento e nella stanza s'era sparso l'odore forte di quel rosso denso e buono.

E lei aveva bevuto, e bevuto ancora, e piú beveva, piú il dolore e la paura si allontanavano, gli occhi le diventavano lustri, e quel soldato la guardava, e la guardava.

Piú tardi, fuori, nell'erba, avevano fatto l'amore, con lei che sentiva dopo anni il suo corpo di donna risvegliarsi, con lei che allo stesso tempo piangeva e stringeva su di sé le spalle del soldato, come a non lasciarlo andar via.

E lui era tornato, nei giorni seguenti, e aveva portato roba da mangiare e altro vino. Tutte cose prese forse agli altri contadini, rubate, estorte. Tutte cose buone che Lisa aveva accettato senza fare domande, che Enrico aveva mangiato andando per qualche sera a dormire senza essere svegliato in piena notte dai morsi della fame. Solo il vecchio non le aveva volute; non rimaneva in casa quando arrivava quello, si nascondeva nei campi, muto e curvo.

Poi, spariti i tedeschi, finita la guerra, era stato presentato il conto di quelle cene. Erano arrivati in tanti dagli altri poderi, dal paese, ubriachi di eccitazione e di vendetta. Tutti, chissà come, sapevano e accusavano. L'avevano presa, strattonata, tenuta ferma su una sedia, e le avevano tagliato i capelli rapandola a zero, un marchio d'infamia.

Lisa si aggiusta il fazzoletto che da allora porta sempre in capo, perché i capelli non sono ancora ricresciuti abbastanza e perché ormai si è abituata a portarlo, le dà un senso di sicurezza. Mette in tavola qualche fetta di pane nero; con quello sia Enrico che il vecchio puliscono il piatto fino a lucidarlo, e si fanno durare la mollica in bocca, lasciandola sciogliere tra la lingua e il palato.

Poi la donna va all'acquaio, mette a bagno le stoviglie. Ha bisogno di vedere una persona, di parlarle. Adelmo.

Adelmo è stato l'unico, quando l'hanno presa e rapata, a cercare di dissuaderli. Adelmo, anche lui, la guarda, la guarda. Adelmo, dopo la notizia della morte di Gino e prima della storia col tedesco, l'ha fermata spesso sulle carraie, le ha sorriso e hanno chiacchierato. Ma adesso non può mettersi contro tutti e cercarla, è ancora presto, troppo presto. La gente si dimenticherà di quella brutta storia, i capelli ricresceranno; ma nel frattempo, forse, anche Adelmo si dimenticherà di lei, di lei che non va piú in paese perché si vergogna, di lei che non varca mai i confini dei propri campi, di lei che ha sempre quel fazzoletto grande in testa tirato fino sugli occhi.

Sí, devo vederlo, decide Lisa. Deve sapere che io lo penso. Che io, soprattutto, ho bisogno di lui.

Finisce di lavare i piatti e dice: – Domani è la vigilia di San Giovanni.

Il vecchio annuisce. – Una volta, nella notte, accendevamo i fuochi nei campi.

Una volta. Sembra passato un secolo, e invece è solo un paio di anni prima. Ma la guerra è cosí, toglie il senso del tempo.

– Per le streghe? – chiede Enrico, che sa già la risposta.

– Per far festa al grano, e per le streghe, – risponde il nonno. – Nella notte di San Giovanni le streghe girano per le strade, i sentieri, le terre, e bisogna stare attenti. Se ti metti nascosto in un crocicchio e riesci a riconoscerle, saranno costrette a esaudire un tuo desiderio, a farti un dono; ma se sono loro a vedere e a riconoscere per primo te, perdi l'anima. L'importante è portare con sé un forcone: quello ti difende, perché ne hanno paura.

– Tu, nonno, ci sei mai andato a vedere le streghe? – chiede Enrico con gli occhi spalancati.

– No, mai. Secondo me è una cosa che porta male, alla fine l'hanno vinta sempre loro. Bisogna starne lontani, dalle streghe, e basta.

– Ma qualcuno che conosci è mai riuscito ad avere un dono?

Il vecchio scuote la testa piano. – Bei doni, che abbiamo avuto da queste parti!

Mamma Lisa toglie la tovaglia dal tavolo facendo cadere le briciole in terra.

– Non ci sono né streghe né doni, Enrico; non riempirti la testa di stupidaggini, ché sei grandicello, ormai. Però in quella notte la rugiada ha poteri particolari, e tutte le erbe sono piú buone. Sia quelle da mangiare, sia quelle che servono per preparare gli unguenti e le tisane.

Il nonno annuisce ancora. – Era una notte in cui nessuno dormiva, – dice. – Chi girava a vedere le streghe, chi a raccogliere erbe, chi ad accendere i fuochi. Era come una festa.

Enrico gioca con una briciola di pane, facendone una pallina tra le dita. Potrebbe uscire, l'indomani sera, di nascosto, quando la mamma e il nonno dormono, perché gli piacerebbe vedere le streghe. Devono essere vecchie e brutte come la Mafalda, quella donna che vive in una casaccia nascosta sotto l'argine del canale. Legge le carte per la gente, e qualcuno dice che è una strega davvero.

Potrei uscire domani sera, pensa nello stesso istante Lisa, quando Enrico e il vecchio si saranno coricati. C'è gente in giro, nella notte di San Giovanni, e nessuno fa domande, nessuno si avvicina a rivolgerti la parola. Potrei andare davanti a casa di Adelmo e aspettarlo quando torna dall'osteria. Magari, pensa ancora, mi porto un cesto e le raccolgo davvero, le erbe.

Erbe. Gli viene un attacco di nausea a quella parola: non fanno altro che mangiare erbe, erbe, erbe.

La mattina ha tirato vento da sudovest, teso e caldo, e col vento sono arrivate nuvole scure e gonfie. Ma non è piovuto. Il vento è cessato, le nuvole sono rimaste, ferme, un coperchio spesso che rende il caldo denso come melassa. C'è un'ombra malata, sulla campagna, che dà un senso di disagio, di attesa immobile e nervosa. Vorrei che piovesse, pensa Enrico. Non mi importa se è tempo di mietere, vorrei che il cielo si aprisse in una cascata d'acqua, che si lavasse via tutta questa polvere.

Cammina verso gli stagni. In realtà sono maceri, lí fino a qualche anno prima si mettevano le piante di canapa ad ammorbidire, a prepararsi per la gramolatura. Adesso sono pieni solo di rane. Le sente, le vede tuffarsi al suo arrivo.

Potrebbe venire qui di sera con un lume a carburo, scovarle e ipnotizzarle con la luce, catturarle. Sono buone, le rane. Deve parlarne al nonno, anche a lui piacciono, fritte o in umido. Ma il vecchio non ha mai voglia di fare qualcosa che non sia lavorare nei campi, pare sempre stanco, pare spento.

Sulla sponda del canale, poco lontano, c'è un airone, sentinella immobile. Sembra imbalsamato. In cielo invece, e sulle terre, ci sono nuvole di gabbiani. Sono arrivati il mattino col vento e adesso si attardano sui campi, come se ne avessero abbastanza del mare. Succede spesso che si spingano fin lí, quando c'è alito di tempesta, quando il cielo è nero. Forse sanno che, contro le nuvole scure, risalta meglio il loro candore.

Enrico lancia un sasso nello stagno, osserva i cerchi concentrici nell'acqua che subito si ricompongono; poi si incammina verso la casa di Mafalda.

Dev'essere proprio una strega, quella vecchia. È tutta storta, sempre vestita di nero, nero il fazzoletto che ha in testa, nera la maglia di lana che porta anche d'estate, nera la sottana, nero persino il grembiule. Lei dalla guerra non ha avuto alcun danno: suo marito, un bracciante basso e avvizzito che pare uno gnomo, nessuno lo ha toccato; suo figlio, un ritardato che muove gli occhi in modo strano guardando sempre in alto, continuamente intento a stropicciarsi una pezzuola di stoffa tra le mani, è ben nutrito, grasso. Non è cambiato niente per loro, il fronte è passato senza scalfirli. Non si sa di cosa vivano, hanno un orto piccolo piccolo, un cortile invaso dalla gramigna e da cose rotte; però dal loro camino sale sempre fumo, e odore. Loro da mangiare ce l'hanno: con qualche incanto, con qualche maleficio, con qualche magia la Mafalda riesce a mettere ogni giorno cibo in tavola.

E poi quella vecchia non parla mai con nessuno, se non con sé stessa. A volte, quando la vede passare nei sentieri dei campi, la sente borbottare e cianciare da sola.

Enrico giunge vicino alla casa, malandata e decrepita come la sua padrona. Si ferma al riparo degli arbusti sull'argine del canale. Non si ode un rumore, pare che neppure gli uccelli, qui, abbiano voglia di cantare; non friniscono i grilli, non si sentono le cicale. C'è solo un verso sgraziato, forse di un tarabuso nascosto tra le canne della bassura impaludata che inizia dietro la catapecchia.

Il bambino ha un brivido. Vuole andare a vedere la streghe, quella notte; ma spera di non incontrare Mafalda, perché lei, di sicuro, lo scorgerebbe per prima, griderebbe il suo nome. E lui perderebbe l'anima.

I tuoni che brontolano verso nord hanno zittito i grilli e agitato i cani. Si sente abbaiare ovunque nel buio della campagna, grida nervose e spaventate di animali che non sopportano piú l'inutile attesa della pioggia, o che oppongono le loro paure a sconosciute minacce. Le rane invece tacciono, forse rassegnate, o forse immerse a fondo negli stagni per difendersi da quella notte inquieta.

Lisa è seduta al tavolo della cucina, a luce spenta. Ascolta. Enrico e il vecchio sono andati a dormire presto, in casa c'è silenzio.

Si mette uno scialle, anche se fa un caldo umido che strema perfino i pensieri; poi si copre la testa col fazzoletto, tirandoselo a nascondere il viso. Va piano piano alla porta, si ferma ancora un attimo a orecchie tese; infine esce nella notte senza luna, senza stelle, piena solo dell'abbaiare dei cani e di tuoni lontani e lunghi.

Cammina veloce ad attraversare l'aia, arriva alla siepe, la segue per un tratto. Non ci sono i falò quest'anno, non ci sono nemmeno le lucciole a rischiarare i campi.

Sa di non essere la sola a girare per le terre, nella notte di San Giovanni, sa che altri e altre camminano spediti sui sentieri, fantasmi scuri affaccendati in qualcosa che solo loro conoscono e sanno.

Attraversa un campo di trifoglio, intimorita dall'essere cosí allo scoperto, piegata in avanti come se dovesse vincere un vento che non c'è; poi si addentra fra i filari delle viti, li segue, guardandosi ogni tanto attorno, barcollando per gli zoccoli che incespicano e scivolano sulle zolle dure e ostili. Il sudore le scende dalla fronte coperta dal fazzoletto, le sgorga dalla schiena e dal petto soffocati dallo scialle. Ha l'odore acido della tensione, dell'attesa.

Alla fine della vigna c'è una carraia. Si ferma, guarda da una parte e dall'altra per assicurarsi che non arrivi nessuno. L'attraversa svelta, si infila a guadare un riquadro di granturco già alto, lo fende con la sensazione di far crocchiare e frusciare in modo esagerato le lunghe foglie taglienti.

Dove il mais finisce c'è l'aia di Adelmo, uno spiazzo polveroso e spoglio; in fondo la casa, con le finestre aperte e buie.

Si blocca, ansima, scruta. Al limitare dell'aia c'è un vecchio pozzo disusato, le sue pietre sono sommerse da cespugli ed erbacce cresciute alte a dispetto del secco, fitte e deformi. Fa un respiro profondo e va svelta verso quel groviglio, vi si nasconde. Da lí potrà vedere l'uomo quando, come ogni sera, tornerà dall'osteria.

Enrico scende le scale scalzo, lento. Dalla stanza di mamma e da quella del nonno non arriva alcun rumore, dormono già.

Va di sotto. Ha la gola secca. Prende un mestolo d'acqua dall'orcio, attento a non provocare il minimo tintinnio. Apre piano la porta che dà sulla stalla vuota. Entra nel locale, dove c'è ancora forte l'odore delle mucche, si ferma per abituare gli occhi all'oscurità. Infine raggiunge l'angolo dove c'è il forcone. Lo imbraccia; è lungo e pesante.

Varca la porta della stalla che immette direttamente nei campi, la richiude, e con l'attrezzo in mano, ingombrante, si incammina per le terre.

L'orizzonte pulsa di baleni, seguiti dal rotolare dei tuoni. Gli viene in mente quando cannoneggiavano o bombardavano la città, e lui, affascinato e impaurito, guardava dalla finestra le notti accendersi per ore e ore in lontani scorci di inferno.

Nella sua stanza, al piano superiore della casa, il vecchio è sveglio, a occhi chiusi. Attraverso le palpebre serrate intuisce i lampi che si insinuano tra le persiane.

Ha sentito muoversi e chiudere porte, ha avvertito passi circospetti sulle scale e sui pavimenti. Ma non vuole sapere, non ne ha piú la forza. Caccia i pensieri come fossero zanzare fastidiose e assetate di sangue, si tira il lenzuolo sulla testa. Che vadano, che ognuno vada dove vuole. Lui il suo viaggio l'ha fatto, un viaggio di fatica, doloroso. Non gli si può chiedere di camminare ancora.

Enrico intanto segue da basso l'argine del canale. La carraia che vi si dipana sopra, a un certo punto, abbandona il bastione di terra e punta dritta in mezzo alla campagna, intersecando, dopo un centinaio di metri, quella che arriva dal paese. Un crocicchio: è lí che si possono vedere le streghe.

Alla sua destra, scura come un animale in agguato, si avvicina la casa di Mafalda. Il bambino si addossa all'argine piú che può, confondendosi con la sua ombra alta. Non riesce a distogliere gli occhi da quella costruzione che ogni tanto, quando il cielo si illumina per un baleno, pare farsi piú grande e piú nera.

Accelera il passo. È arrivato dove la carraia lascia l'argine e cambia direzione. Segue quella via, camminando sul fondo del fosso asciutto. Ogni tanto si gira indietro; di certo Mafalda, se ancora non è uscita per il suo obbligato peregrinare nella notte stregata, presto lo farà, e non vorrebbe trovarsela alle spalle. Ha il forcone, stringe piú forte che può il manico liscio e lustro per il lungo uso che ne hanno fatto il babbo, il nonno e forse altri prima di loro; ma quell'arma pesante non basta a vincere la sua paura. Faticosamente, con i rebbi dell'arnese che ogni tanto s'impigliano in un'erbaccia o s'impuntano nella terra del fosso, raggiunge il crocicchio. È vuoto e silenzioso, ma pare sospeso nell'attesa di un manifestarsi.

Da una parte è tutta vigna, dall'altra c'è il granturco, già alto abbastanza per nasconderlo; Enrico vi si intrufola, si accoscia, cerca di mettere il forcone in modo che non si veda ma che sia facile e veloce da impugnare.

Poi aspetta, senza che i suoi occhi lascino mai lo spazio aperto del crocicchio.

Sono passate ore e nell'aia non s'è vista anima viva. Adelmo forse non è mai uscito di casa, oppure è chissà dove. In fondo è scapolo, non deve rispondere di niente a nessuno. Né, in quel silenzio, s'è sentito un passo, un movimento, un rumore. È una notte di San Giovanni priva di vita, vuota, persino il temporale si è stancato di minacciare e i tuoni non si odono piú. Si è solo alzato un leggero respiro di vento che rende vive le chiome nere degli alberi.

Lisa china la testa e pensa. Pensa che la guerra ha rubato tutto. A suo marito ha rubato la vita, come l'ha in qualche modo rubata a lei e al vecchio; a suo figlio ha rubato il padre, il sorriso, l'infanzia; alla gente ha rubato il ricordo delle vecchie cose: nessuno accende piú i fuochi nella notte magica, nessuno raccoglie piú le erbe bagnate dalla rugiada portentosa. Neppure le streghe, se mai l'hanno fatto, camminano piú tra i campi a sfidare gli occhi curiosi di chi le aspetta nascosto nell'ombra.

Sospira. Vorrebbe andare alla porta di Adelmo e bussare, chiamarlo; ma non può, non vive solo, sta con la sorella Ines. E allora è meglio tornare a casa, sperare in un'altra occasione, trascinare i giorni aspettando che i capelli siano lunghi come prima, che la gente dimentichi, che sia lui a cercarla.

Si alza e s'incammina, sentendosi stanca per la veglia e stupida per quella lunga e inutile attesa dietro le pietre screpolate di un pozzo asciutto. Non ha voglia di attraversare di nuovo il granturco tagliente, di immergersi nelle gallerie dei filari, di scivolare di nascosto. Di nascosto da chi? Non c'è nessuno, nessuno. Solo lei è sveglia e in giro a quell'ora, come un pellegrino senza meta.

Attraversa l'aia, poi un boschetto rado di betulle, arriva alla strada del paese. Inizia a camminarvi al centro, la sporta in mano. Doveva raccogliere qualche erba, se l'era ripromesso. Ma la sporta resterà vuota, e vuoti e spossati, all'improvviso, sembrano il suo corpo e la sua mente.

Comincia a piangere piano e continua a camminare, curva sotto il peso di una delusione maligna.

Quando i tuoni hanno smesso, hanno ricominciato i grilli e le rane. Un concerto continuo, ipnotico. Enrico si è prima seduto, poi accoccolato fra il granturco. Ondate di sonno si sono succedute, calme e regolari come quelle del mare. Ha chiuso gli occhi senza accorgersene, anche se la sua mano è rimasta a sentire il calore sicuro del manico del forcone.

Poi qualcosa lo sveglia. Forse sono stati i richiami rochi di due nitticore che, alte sopra di lui, volano una dietro l'altra per tornare ai loro nidi nella palude.

Si tira su, si stropiccia gli occhi, si gratta la faccia che da una parte gli prude per la puntura di un insetto.

Poi guarda verso il crocicchio. E la vede.

C'è una donna vestita di scuro, scialle addosso, fazzoletto in testa, sporta in mano, che cammina nella sua direzione.

Il cuore gli fa un salto nel petto arrivando in alto a chiudergli la gola. Non ha piú voglia di vedere le streghe, di estorcere loro un dono, la promessa di un desiderio esaudito. L'aveva anche pensato, il desiderio: che babbo arrivi a casa un giorno e dica: «Si erano sbagliati, non sono morto laggiú, eccomi»; e che tutto torni come prima della guerra, anche se lui quel «prima» non se lo ricorda quasi, sa solo che era bello perché tutti lo dicono.

Non ha piú voglia di vedere le streghe, ma ne sta vedendo una, che ha attraversato il crocicchio e pare dirigersi proprio verso di lui.

Lisa ha un attimo di stanca incertezza. Potrebbe seguire la strada fino all'argine e fare il giro lungo; oppure, per far prima, attraversare il campo di mais alla sua sinistra e sbucare sul sentiero di casa. Sa che il vecchio, come succede spesso, potrebbe svegliarsi prestissimo o essere addirittura già in piedi, a muoversi come un'anima in pena per le stanze, o fuori nel cortile. E poi ha voglia di vedere suo figlio che dorme.

Punta verso il fitto del granturco.

Arriva, arriva, pare senza faccia, coperta com'è dall'ombra del fazzoletto, si avvicina sempre piú, gli è ormai addosso.

Enrico impugna il forcone e balza in piedi.

La donna nera è a un passo da lui, si blocca e dice forte il suo nome.

Con un gemito terrorizzato il bambino sferra il colpo dal basso verso l'alto con tutta la forza che ha, mentre, col ritmo beffardo e rallentato di un incubo, risente quella voce sorpresa che dice: – Enrico! – e la riconosce.

Non sa piú se ha davvero colpito, se è ancora in tempo per fermare le braccia, se in quella notte lunga e scura lui sia davvero lí, in un campo polveroso di granturco, e se a terra ci sia sua madre immobile, col forcone piantato in gola, col sangue che bagna le foglie e la polvere.

Non sa per quanto tempo rimane a fissare quella scena con gli occhi sbarrati e con la bocca spalancata in un urlo silenzioso.

Poi la voce gli sale dolorosa da dentro, erompe. Il bambino si gira, forsennato fende il granturco alto e tagliente, arranca non sa in quale direzione, e il suo grido alto continua feroce a lacerare il silenzio dei campi.

Non sa, non sa. Non sa che adesso ha perso davvero l'anima, e per sempre.

A volte sbagliano

Romagna, 23 aprile 1967, sera.

Davide Berti era seduto al tavolo da venti minuti. Si era fatto portare una bottiglia di Albana secca della migliore e un cestello di piadina tagliata a triangolini. La toccò, controllandone il calore e la consistenza, l'annusò, ne studiò il colore. La piada romagnola si cucina su una teglia di terracotta in poco piú di un minuto, punzecchiandola con una forchetta per impedire che si formino rigonfiamenti. La cottura, paradossalmente, deve essere imperfetta, perché è dal contrasto fra il ben cotto e il poco cotto che nasce il suo gusto fragrante e che scaturisce la particolare sensazione tattile, fatta di morbido e croccante insieme, che viene offerta ai denti e al palato.

In quella trattoria ai margini di un paesino di campagna, affogata in un boschetto di querce e benedetta dal silenzio dei campi, la facevano bene, cosí come erano bravi a preparare ogni altra sorta di cibo tipico locale. Davide Berti li portava quasi sempre lí, i suoi ospiti, prima di tutto perché non c'erano mai sorprese, si era certi di mangiare bene e in abbondanza, poi perché poteva arrivarci a piedi. La sua casa era a poco piú di duecento metri di distanza. Si era trasferito a Bagnago da qualche anno ed era certo di aver fatto la scelta migliore della sua vita scappando dalla città, dalla folla, dal groviglio delle automobili, dalla cacofonia dei rumori.

Guardò l'orologio: John era in ritardo. Come la sera precedente. Come sempre.

Lo conosceva da una vita. Da ventinove anni, per la precisione. Avevano studiato insieme alla facoltà di Ingegneria dell'Università del Michigan, ad Ann Arbor. Davide borsista italiano figlio di insegnanti, John McBride rampollo di una ricca famiglia di Appleton, Wisconsin. Cosí diversi, anche nell'aspetto fisico, eppure amici e in sintonia fin dai primi incontri.

Una Mercedes nera si fermò nello spiazzo circondato dagli alberi enormi.

Davide, seduto accanto alla finestra, la vide parcheggiare. Dal lato della guida scese un uomo massiccio in abito scuro, occhiali da sole anche se ormai stava calando il buio, che si guardò intorno prima di parlare rivolto verso l'abitacolo. Dopo cinque o sei secondi, dal lato del passeggero sbucò uno spilungone snello e dai capelli di un biondo ormai sfumante nel grigio, calzoni blu, camicia bianca, giacca tenuta con disinvoltura su una spalla, l'altra mano che reggeva una valigetta. John.

Davide sorrise e versò per l'amico che stava arrivando un bicchiere di Albana. Sapeva che l'avrebbe gradita. Non lo vedeva spesso, anzi, ormai i loro incontri si erano fatti radi e occasionali come i viaggi italiani di John, ma ne conosceva bene i gusti, e proprio la sera precedente avevano parlato a lungo di cucina, in un'osteria di Cervia dove avevano assaggiato quattro diverse qualità di primi e pesce fresco.

E proprio perché sapeva cosa gli piaceva, nell'attesa che arrivasse aveva già ordinato gli antipasti.

In città, in una stanza d'albergo dall'aspetto spartano, squillò il telefono. Pëtr Nekrasov sollevò il ricevitore quasi con cautela e disse in italiano: – Pronto?

Ascoltò per qualche secondo prima di fare un cenno agli altri due uomini seduti accanto a uno scrittoio, poi continuò la conversazione in russo e sottovoce.

– È arrivato, – disse quando riagganciò.

– Andiamo? – gli chiese l'uomo piú basso e tarchiato.

L'altro scosse la testa. – Abbiamo almeno due ore di tempo, – mormorò. – Non bruciamo la frittata.

Aleksandr Mišinskij diede un'ultima occhiata alle carte che aveva davanti, poi sospirò e disse: – Credo che adesso mi dovreste comunicare tutti i dettagli dell'operazione. Mi avete fatto arrivare da Mosca in fretta e furia, e spero che ne valesse la pena.

Michail Žuravlev annuí. – Certo, compagno. I dettagli in realtà sono pochi e semplici. I due uomini di cui ti dicevamo al momento sono nella condizione piú vulnerabile che ci potessimo aspettare: sono seduti al tavolo di un ristorante di campagna, stanno per rimpinzarsi di cibo e di vino e sono accompagnati da un'unica guardia del corpo che aspetta in macchina. Dobbiamo solo trovare il momento giusto. Tutto qui.

– L'americano, McBride: siamo certi che è proprio ciò che sostenete?

Žuravlev si ravviò indietro i capelli. – Lo conosciamo da tempo. Inoltre, i nostri lo seguono fin da quando è atterrato a Linate. Ipotizzavamo il suo percorso e le nostre previsioni non hanno avuto smentite.

– Siti 12 e 14, avete detto?

– Esatto: è stato prima alla base Nato di Portogruaro, dove ci sono la Terza brigata missili italiana e gli specialisti americani di balistica nucleare, poi alla base aerea di Rimini. Da Portogruaro non ha fatto telefonate, o almeno i nostri non sono riusciti a intercettarne; del resto è rimasto lí solo poche ore. Da Rimini invece ha chiamato tre volte casa, due volte l'amico italiano con cui adesso si trova a cena e una volta il comando del Norad, alla base Peterson di Cheyenne Mountain, Colorado.

– Abbiamo i testi delle sue conversazioni?

– No, ne conosciamo solo i destinatari.

– Ma lavora per il Norad o per la Cia, questo tizio?

– Per tutti e due. Ufficialmente è un tecnico della Difesa americana, ma noi sappiamo che il suo incarico vero è di intelligence. Per questo lo controlliamo ogni volta che viene in Europa.

– E l'amico con cui sta cenando chi è?

– Un ingegnere, Davide Berti. Vive nel paesino dove adesso sta cenando con l'americano. Risulta che lavori in un impianto chimico di questa città, Ravenna, ma potrebbe trattarsi solo di una copertura: probabilmente fa parte dei servizi segreti italiani. Non è la prima volta che incontra McBride.

Il colonnello del Kgb Mišinskij fece un paio di smorfie fissando il vuoto, poi chiese: – Avete accennato alla nostra missione spaziale, in merito all'incontro che stanno avendo quei due. Prima di dirmi qual è il legame, aggiornatemi su quanto sta succedendo lassú. Chi ha parlato con la base di Bajkonur?

– Io, meno di un'ora fa, – rispose Pëtr Nekrasov.

– Come vanno le cose?

L'uomo si schiarí la gola. – La situazione purtroppo è sempre piú grave, colonnello. La Sojuz 1 è in evidente difficoltà, e il compagno cosmonauta Vladimir Michajlovič Komarov sta... sta rischiando la vita, mentre per il nostro paese si prospetta un insuccesso di dimensioni molto serie.

– Komarov sa il fatto suo. Ha già volato nello spazio sulla Vostok 1 e se l'è cavata alla grande.

Pëtr annuí. – Sí, – disse, – è uno dei migliori piloti che abbiamo. Però la Sojuz, non appena ha raggiunto l'orbita terrestre, ha subito un guasto: uno dei due pannelli solari non si è aperto, e quindi non c'è sufficiente alimentazione di energia per la capsula. Inoltre i trasmettitori a onde corte non funzionano bene, per cui il contatto con la Terra può avvenire solo in frequenza Vhf.

– Cioè?

– Cioè si riesce a comunicare con Komarov solo quando la Sojuz sorvola l'Unione Sovietica, o i suoi dintorni piú prossimi.

Il colonnello si passò una mano sulla faccia e scosse la testa. – Maledizione, nel tempo di un volo da Mosca all'Italia tutto è cambiato in peggio, tutto è andato in malora! Che pensano di fare, al comando missione di Bajkonur?

– Hanno scartato l'opzione di anticipare la partenza della Sojuz 2 per mandarla in soccorso, quindi resta solo una possibilità: accendere i retrorazzi frenanti e far ritornare la navicella in anticipo. Sempre che ci si riesca.

– Che vuol dire?

– Vuol dire che è un'operazione estremamente difficile. Probabilmente non funzionerà.

– Probabilmente non funzionerà, – ripeté piano Mišinskij fissando la superficie dello scrittoio. – E noi subiremo un danno d'immagine terribile. Come quello che gli americani hanno dovuto incassare due mesi fa con l'incidente di Apollo 1 e la morte dei suoi tre astronauti. È scoppiato sulla rampa di lancio durante un'esercitazione, una figuraccia che di piú non si può... una figuraccia che noi non ci possiamo permettere!

Gli altri due non dissero nulla.

– Eravamo in vantaggio sugli Stati Uniti nella corsa alla Luna, dopo quell'esplosione al Kennedy Space Center e la sospensione del programma Apollo, e adesso, magari, finisce che questo inconveniente alla Sojuz manda tutto a puttane! – Poi il colonnello alzò la testa di scatto ed esclamò: – Ma... ma se le comunicazioni sono attive solo quando la navicella sorvola il nostro paese, non potremmo riuscire a nascondere tutto? Un modo per raccontare qualche balla lo troveremo, non sarebbe mica la prima volta!

– È qui che casca l'asino, colonnello, ed è per questo che la nostra missione riguardante McBride e il suo amico italiano diventa di importanza vitale, – disse Žuravlev. – Non ti avremmo fatto correre fin qui, altrimenti.

– Ditemi tutto.

– Tieniti forte, compagno: è davvero grossa...

– È il contrasto, John, quello che fa la differenza, quello che conta.

L'americano, a bocca piena, guardò Davide con aria interrogativa.

– Hai presente il salame che abbiamo mangiato prima?

L'altro annuí e bevve un sorso di vino.

– In romagnolo viene chiamato *salâm zintil*, che significa salame gentile, o fine. Carne suina della migliore macinata con cura, e il grasso, invece, tagliato a dadini belli grossi, il tutto insaccato in un budello non sgrassato. I denti sentono il contrasto fra il macinato e i dadini grezzi, fra il morbido e il duro, mentre si avverte la differenza tra il dolce del grasso e il saporito della carne rossa. *I denti*, capisci, non solo il palato.

– È vero, – disse John. – E dei cappelletti che mi dici? Vale lo stesso discorso?

Davide si appoggiò meglio allo schienale della sedia, con aria soddisfatta. – Sí, – rispose, – vedo che hai capito. La consistenza della sfoglia, che non cuoce mai completamente, è diversa da quella del ripieno: di nuovo una questione di tatto, oltre che di gusto. La buona cucina deve solleticare tutti i sensi. I tortellini sono troppo piccoli perché la dissonanza si avverta: è questo che li rende inferiori ai cappelletti.

L'americano rise. – Sei sempre il solito campanilista, tu.

– No, sono solo un intenditore.

Si versarono altro vino. Finirono la carne alla griglia, ordinarono come dolce la zuppa inglese e ne fecero il bis. Poi, mentre sorbivano il caffè, John aprí la valigetta, ne trasse alcuni fogli e disse: – E adesso passiamo agli affari, ochèi?

Davide assentí, si sporse in avanti sul tavolo e cominciò a parlare fitto fitto con il suo amico.

Michail Žuravlev prese dalla sua borsa di pelle nera una cartellina e la posò sullo scrittoio. – Stanotte, – disse, – Pëtr e io siamo riusciti, con l'aiuto di un nostro agente italiano, a penetrare nella stanza di John McBride, mentre questi era al bar dell'albergo a bere gin e a fare gli occhi dolci a una bella ventenne che avevamo mandato lí apposta. Non c'era niente di interessante tra le sue cose, tranne queste annotazioni che abbiamo fotocopiato a sua insaputa.

Aprí la cartellina. Conteneva solo un foglio, eloquente fin dal logo che appariva nell'intestazione: uno scudo al cui interno era disegnato un globo terrestre avvolto entro due grandi ali ripiegate, e in mezzo una spada. Sotto lo scudo, la scritta «North American Air Defense Command».

– Carta intestata del Norad! – sibilò il colonnello Mišinskij.

– Già, – disse l'altro.

Sotto lo stemma, in una grafia minuta e disordinata, c'erano parole e cifre. Le prime riguardavano località italiane, tutte comprese nella zona chiamata Romagna: Rimini, Forlí, Cesena, Ravenna, Imola. Compariva anche il nome di San Marino. Le cifre invece, numerose e incolonnate, a volte unite da trattini a freccia, a volte espresse in diagrammi, risultavano del tutto enigmatiche: 0.2, 0.4, 0.5, 35, 30, e cosí via.

Piú sotto, distante dagli altri, un nome scritto in stampatello e sottolineato: MONTETIFFI. Al centro del foglio, un disegno rudimentale ma che appariva inequivocabile: un disco rotondo, pieno di macchie scurite a penna. La Luna.

– Che cos'è? Ci avete capito qualcosa? – chiese il colonnello.

Žuravlev scosse la testa. – Non proprio, – ammise. – C'è disegnata la Luna, ci sono quelle che sembrano misurazioni, forse coordinate, e nomi di luoghi, tutti di questi dintorni. Poi quella parola scritta piú in grande ed evidenziata, Montetiffi.

– Cosa significa?

– È anche quella una località. Piccolissima e isolata.

– Dove si trova?

L'altro prese una cartina dell'Italia del Nord, la dispiegò. Con la penna tracciò un triangolo che univa tre punti, le cittadine di Sarsina, Sogliano al Rubicone e lo Stato di San Marino; poi, al centro della figura geometrica, disegnò una crocetta. – Montetiffi è qui, – annunciò, – nella Valle dell'Uso. È un posto talmente marginale che questa carta non lo riporta neppure.

– E per te, che significa tutto questo? – gli chiese Mišinskij.

L'altro sospirò. – Dovremo fare analizzare questo documento dai nostri esperti, naturalmente. Io però un'idea me la sono fatta, e come dicevo prima, penso che si tratti di una cosa grossa. Grossa, grave e vitale, compagno colonnello.

– Ha a che fare con il Norad?

– Sí. Con il Norad, con la missione della Sojuz 1, con il prestigio stesso della nostra patria.

– In che senso?

– Nel senso che le trasmissioni Vhf della navicella si possono intercettare probabilmente non solo dal nostro paese, ma, disponendo della strumentazione adeguata, anche da altre aree europee. Qui, compagno, non siamo lontani dall'Adriatico, quindi ci troviamo su uno dei confini della zona Nato piú vicini all'Unione Sovietica; e la località di Montetiffi è su un'altura, al centro di una zona isolata, ignota ai nostri.

Il colonnello studiò per qualche minuto la mappa. – L'altitudine raggiunge a malapena i cinquecento metri...

Žuravlev si strinse nelle spalle. – Lo so, – disse. – Però, probabilmente, quella è un'area a «etere terso», sgombra da segnali radio. Da una zona simile, per intercettare una trasmissione Vhf con i mezzi di cui dispone il Norad, può bastare un semovente bene attrezzato, magari dotato di dispositivi che non conosciamo. McBride, prima di venire qui, è passato da Portogruaro... e là c'è un reparto trasmissioni dell'esercito italiano molto avanzato, che può disporre anche della collaborazione di personale americano.

– Concludendo, tu pensi che da quel posto vogliano intercettare i segnali della Sojuz, magari la voce di Komarov, per poi servirsene contro di noi. Insomma, mentre ci aspettiamo che agiscano da Aviano, Portogruaro, eccetera, quei maledetti ci fregano da un posto sconosciuto e ci sputtanano di fronte a tutto il mondo, raccontando per filo e per segno che la nostra missione spaziale piú ambiziosa sta per finire nel peggiore dei modi.

Žuravlev annuí con aria grave. – Sí, – disse, – io la penso proprio cosí, e sono certo di non sbagliare. Del resto questo foglio, a modo suo, è chiaro: parla della corsa alla Luna, che è disegnata in bella evidenza, di coordinate, di luoghi, e di un posto in particolare. Il tutto su carta intestata del Norad, passata di mano tra un uomo della Difesa americana che lavora anche per la Cia e un probabile agente italiano che è di queste parti e che quindi può coordinare al meglio l'operazione.

Il colonnello si grattò il mento. – E mentre preparano una mossa del genere, quei due se ne stanno tranquillamente a cena in un ristorante?

– Be', perché no? Al momento devono solo parlare, e un localino in un villaggio rurale è un buon posto per farlo. Loro non sanno che noi sappiamo.

L'altro batté una mano sulla spalla di Michail Žuravlev. – Bel lavoro, – disse. Poi chiese: – E adesso che si fa?

– Adesso, – rispose l'altro, – si finisce l'opera: McBride e Berti stasera si scambieranno di certo altre informazioni, arriveranno al dunque dell'operazione. Dobbiamo solo andare là a prenderli. Abbiamo poco tempo: entro la notte qualcosa di grosso si muoverà, se non blocchiamo quei due.

– Pensi che neutralizzare due uomini possa fermare un piano cosí importante?

– Fermarlo magari non potremo, ma conoscerlo sí. E una volta che sapremo cosa intendono fare, vedremo quali contromosse mettere in atto. O meglio, questo lo vedranno a Mosca: non sarà piú compito nostro, a quel punto.

Il colonnello assentí. – Chiamo il palazzo della Lubjanka, mi faccio dare l'approvazione e suggerisco che facciano mobilitare subito i nostri mezzi nel Mediterraneo: abbiamo sottomarini che, se si posizionassero davanti a questa costa, potrebbero riuscire a disturbare ogni tipo di trasmissione e di ricezione. Poi andiamo a trovare quei due. Pronti?

– Pronti, – risposero in coro Žuravlev e Nekrasov.

Quando Mišinskij finí di telefonare indossarono le giacche, sistemarono al meglio, sotto di esse, le fondine con le pistole e scesero nella hall dell'albergo. Lí erano attesi da altri quattro uomini. Uscirono nella sera limpida e fresca, salirono su due automobili con targa italiana e raggiunsero in poco piú di venti minuti la trattoria in cui Berti e McBride stavano ancora parlando e bevendo grappa.

Parcheggiarono nello spiazzo sterrato contornato di querce, si soffermarono a sbirciare dentro le finestre illuminate. Nonostante l'ora, nel locale c'erano ancora molti clienti. Avrebbero dovuto agire con velocità, calma e massima efficienza.

Entrarono uno dopo l'altro, studiarono in pochi secondi la stanza, si scambiarono occhiate rapide e discrete e si mossero per circondare il tavolo che gli interessava.

Poi tutto successe con la velocità di un fulmine: si ritrovarono a loro volta circondati e immobilizzati ancor prima di rendersene conto. A quel punto Pëtr Nekrasov mosse alcuni passi indietro e si addossò a una parete. Quando gli altri russi furono condotti via, gli uomini dei servizi italiani gli si avvicinarono e gli sorrisero. – Ben fatto, Pëtr, – gli dissero.

Lui annuí e li seguí fuori. Faceva il doppio gioco da piú di due anni, ma quella era la prima volta che vedeva con i propri occhi arrestare dei connazionali.

Roma, 24 aprile 1967, tardo pomeriggio.

All'ultimo piano del palazzo che ospitava il ministero della Difesa, in un ufficio del Sid, il servizio informazioni, Davide Berti e John McBride venivano ascoltati dai funzionari italiani, alla presenza di due uomini dei servizi segreti statunitensi.

A Berti pareva di vivere in un sogno. Lui, un ingegnere civile che non aveva fatto neppure il servizio di leva perché aveva i piedi piatti, si ritrovava all'improvviso catapultato dentro una *spy story* degna di un film.

L'ufficiale del Sid che conduceva il colloquio disse: – Sappiamo perché vi conoscete e tutto il resto. Una curiosità però me la dovete togliere: parlavate di qualcosa in particolare, durante la vostra cena?

Davide guardò John, poi rispose: – Sí... il mio amico sta cercando una casa in collina dalle nostre parti, è sempre stato innamorato della Romagna. Io gli sto dando una mano a trovarla.

L'ufficiale posò sul tavolo un foglio recante l'intestazione del Norad. Uno dei due agenti americani inforcò gli occhiali per studiarlo meglio.

– E che ci dite di questo? – chiese l'italiano. – Chi l'ha scritto e disegnato?

– Io, – rispose Berti senza esitazione.

– È una fotocopia che abbiamo trovato addosso al colonnello sovietico.

– Sí, Pëtr Nekrasov ha detto che hanno potuto farla penetrando nella mia stanza d'albergo a Ravenna, – disse McBride.

– Questo lo sappiamo. Quello che non riusciamo a capire, invece, è che cosa cavolo significhino questo disegno della Luna e tutti quei nomi e quelle cifre. Penso che interessi anche ai suoi connazionali, signor McBride.

I due agenti americani assentirono con aria grave.

John sorrise. – Davide ve lo potrà spiegare meglio di me. Il foglio era mio ma, come vi ha già detto, è lui che l'ha scritto.

Tutti gli sguardi si posarono su Berti.

– La piadina, – disse lui.

– Cosa?

– Quel disegno non rappresenta la Luna, ma una piadina romagnola. L'ho fatto a Cervia mentre, in osteria, spiegavo a John, che si interessa di cucina, le differenze che passano fra i tipi di piada fatti nelle varie località della nostra regione: piú sottile e di raggio piú ampio a Rimini, San Marino e dintorni, e via via piú grossa mentre si va verso Forlí, Cesena e Ravenna, molto grossa quando si arriva all'estremità della Bassa Romagna e all'Imolese, dove tra l'altro è anche meno diffusa. Ecco cosa significano quei nomi di località, quelle cifre, quelle misure. Tutto qua: una dissertazione su quella che io chiamo scherzando «l'orografia della piadina».

– E quella piccola località di collina, Montetiffi?

– È uno degli ultimi posti dove fanno le teglie per cuocerla. Le *migliori* teglie. In ogni caso le stesse cifre, lo stesso disegno, gli stessi nomi di luoghi, se volete verificare, li potete trovare tali e quali in un articolo che ho scritto per una rivista locale. Sapete, anch'io sono un appassionato di gastronomia.

L'ufficiale italiano si mise una mano sulla fronte, scosse la tesa, parlò velocemente con i due americani, poi rise.

– Sant'iddio, – disse infine. – L'orografia della piadina!

Si sedettero al tavolo di un ristorante in una piazzetta del centro di Roma. Avrebbero cenato insieme per la terza sera consecutiva: una cosa che non capitava dai tempi dell'università, su nel Michigan.

Si stava bene, già la primavera portava sentori d'estate. Davide si accese una sigaretta, fissò John negli occhi e gli chiese: – Cosí lavori per la Cia...

– Già.

– Non sei al Norad, dunque.

– Certo che sono al Norad. Al Norad e alla Cia.

– Non me l'avevi mai detto.

– Non sono cose che si dicono, neppure agli amici.

Davide annuí.

– E tu, – gli chiese l'altro scherzando, – sei un agente dei servizi italiani?

– Io il Sid non sapevo neppure che esistesse, prima di oggi. Ma quelli del Kgb come hanno fatto a pensare che noi...

– Sono bravi, ma anche loro a volte sbagliano.

L'italiano guardò verso il cielo. – Chissà com'è finita la storia di quel cosmonauta russo, – disse.

– È finita male, me l'hanno comunicato i miei colleghi prima. La Sojuz si è schiantata a terra e Komarov è morto.

– Mi dispiace, – mormorò Davide.

Arrivò il vino, un frascati fresco e odoroso. Se ne versarono entrambi un bicchiere.

– I nostri pare siano riusciti a intercettare qualcosa. Dicono che quel povero cristo urlava di terrore, dentro la navicella, – mormorò John. Poi alzò il bicchiere: – A Vladimir Michajlovič Komarov, – brindò. – Era un avversario, per me e per il mio paese, ma in fondo era solo un uomo che è morto per la conquista dello spazio.

– A Komarov, – disse Davide alzando il calice. – E ai vostri astronauti morti due mesi fa sull'Apollo 1: Grissom, White e...

– E Chaffee, – lo aiutò John. Poi guardò la Luna, ormai alta e luminosa nel cielo di Roma. – Prima o poi qualcuno ci arriverà, lassú.

Anche Davide alzò gli occhi. – Sí, e quello sarà un gran giorno.

McBride non distoglieva gli occhi dall'astro.

Poi disse: – Certo che sembra davvero una piadina!

Risero insieme e svuotarono i bicchieri.

I denti del nonno

Ci rendemmo conto del valore e della forza dei denti del nonno il giorno che chiamammo il medico per la faccenda dell'Angelina. La solita faccenda.

L'Angelina aveva un anno ed erano almeno undici mesi che la Betta, che di anni invece ne aveva cinque, cercava di farla fuori. Dopo che le era nata la sorellina, era stata per ore immobile accanto alla culla a guardarla, che pareva quasi le piacesse. Poi aveva cominciato a strologare il modo di non perdere la propria posizione privilegiata, quella di essere la piú piccola di casa.

A noi fratelli e sorelle piú grandi, una decina in tutto, non dava per niente fastidio che l'Angelina fosse piú piccola. La Betta invece ne era gelosa e dunque, come ho già detto, aveva deciso di eliminarla.

La prima volta ci aveva provato col gas: l'aveva stesa sul fornello e aveva aperto i rubinetti, ma la poppante non era morta, aveva solo dormito per una settimana. Quella volta il babbo, la mamma, il nonno e tutti noi fratelli non ce l'eravamo presa per niente, perché l'Angelina di solito strillava un sacco, e il fatto che fosse rimasta addormentata cosí a lungo ci era parsa una gran bella cosa, un vero sollievo.

Poi ci aveva provato buttandola in alto per farla ricadere a terra di peso (aveva una forza mostruosa, la Betta). Anche in quel caso, nulla di fatto: alla piccolina erano cresciuti soltanto un paio di bernoccoli in fronte, che pareva avesse le corna, e aveva urlato come un'ossessa per quarantotto ore filate.

– È stata meglio la volta del gas, – aveva detto il babbo, che per via di quelle urla non riusciva a riposare. Lui, che risultava invalido e quindi non lavorava, dormiva quasi sempre e si era tanto abituato alla cosa che gli servivano almeno quindici ore di sonno al giorno, e se non le poteva fare gli veniva mal di testa.

Infine la Betta, preso atto degli insuccessi precedenti, si era concentrata su un nuovo sistema: quello di buttare l'Angelina nel cesso. A casa nostra non c'erano mica il bagno e la tazza con lo sciacquone: il cesso era un cabinotto di legno in fondo al cortile, una latrina, insomma, e i bisogni si facevano in un buco che stava nel pavimento e cadevano nel pozzo nero, che ogni tanto veniva svuotato oppure tracimava per i fatti suoi.

Dall'età di pochi mesi a quella di un anno, dunque, l'Angelina dovette nuotare nella merda del cesso un sacco di volte. Potevi sorvegliarla quanto volevi, la Betta, ma trovava sempre il momento e il modo di caricarsi la piccola in braccio e di correre a inabissarla. Era furba e svelta. Ma l'Angelina, dal canto suo, dimostrava di avere la pelle dura e una gran voglia di vivere: non annegò mai, anzi galleggiava e sguazzava nel liquame che era una meraviglia.

Solo che ogni volta, imprecando e sbuffando, dovevamo andare a ripescarla, e non era mica uno scherzo. Occorreva sollevare il piancito in legno, quello col buco, sporgersi dentro il pozzo nero che puzzava da morire, acchiappare la bimba prima che sprofondasse o morisse per il tanfo, e tirarla su. Il tutto andava fatto, tra l'altro, alla cieca e a tentoni, perché il babbo diceva che se t'arrischiavi ad accendere una candela o anche solo un fiammifero, in quella vasca piena di gas, rischiavi che facevi esplodere tutto e magari finiva che l'Angelina usciva sí dal cesso, ma poi dovevi andarla a raccattare sul tetto della casa o sul ramo di qualche albero.

Una volta che l'avevi ripescata, infine, bisognava lavarla. Lasciavamo vicino al cesso un mastello proprio a quello scopo. Mentre l'Angelina sputacchiava e gorgogliava soddisfatta, facendo *Duuu... Guuu...* e credendo di averla scampata, ecco dunque che si ritrovava di nuovo a mollo.

– Tenetecela ancora un po', – diceva il babbo grattandosi la barba incolta e i baffoni, – ché altrimenti le rimane addosso la puzza, – e noi a turno la spingevamo sott'acqua. Lei faceva un sacco di bolle dalla bocca e spalancava gli occhi cosí tanto che pareva le uscissero dalla testa.

Avevo l'impressione che la cosa fosse molto divertente, cosí cominciai a piantare una grana: volevo farle anch'io, le immersioni nel mastello. In fondo avevo solo nove anni e non potevano mica privarmi di un gioco. Poi anche la Betta, pur essendo la colpevole di tutto quel trambusto, gelosa com'era della sorella, prese l'abitudine di frignare finché non infilavamo sott'acqua pure lei. Alla fine il mastello pareva un pantano, ma noi almeno ci eravamo trastullati e dati una sciacquata, ché per il resto non è che ci lavassimo molto.

Il problema veniva dopo: ci doveva essere qualcosa, nel cesso, che l'Angelina non digeriva bene. Dopo ogni bagno là dentro, vomitava per un giorno intero. Una volta la mamma disse che per farla smettere e per pulirle lo stomaco bisognava darle del latte. Infatti provò, e gliene fece trangugiare una mezza bottiglia.

Noi però non solo non avevamo il bagno, ma non avevamo neppure il frigorifero, ed era estate. Il latte, per farlo stare piú fresco, lo tenevamo sul davanzale di una finestra a pianterreno, tra le persiane e i vetri, ma si vede che il sistema non funzionava a dovere. All'Angelina, insomma, toccò bere questo latte, che non era piú bianco come avrebbe dovuto essere e aveva uno strano odore di formaggio andato a male. Andò a finire che non solo non smise di vomitare, ma cominciò pure con la diarrea, tanto che ogni mezz'ora bisognava lavarla di nuovo nel mastello.

Fu in quella occasione che Giorgio, il mio fratello piú grande (lo dico per comodità: era piú grande di me, guidava già una moto che aveva rubato alla sagra di un paese vicino e gli piaceva correre dietro le ragazze, ma se fosse proprio il maggiore non lo so, eravamo troppi perché io riesca a tenere il conto); che Giorgio, dicevo, consigliò di intervenire con una cura adeguata. – Questa non si ferma piú, – disse. – Se continua cosí, ci allaga la casa. Ci vuole una pillola.

– Che pillola? – chiese il babbo.

– Boh, una qualsiasi, basta che le faccia chiudere i rubinetti.

La mamma andò a vedere nella credenza. Qualche vecchia scatola di farmaci c'era, ma di pillole neanche l'ombra. – C'è una supposta, – disse.

– Non va bene, – obiettò Giorgio. – Con la cacarella che ha, te la rispedisce indietro prima ancora che hai finito di mettergliela.

– C'è anche una bottiglietta... credo un'iniezione, – annunciò la mamma continuando a trafficare dentro la credenza.

Il babbo annuí soddisfatto e si era già messo a cercare una siringa, ma Giorgio, che aveva davvero preso a cuore la salute dell'Angelina, volle dare un'occhiata al flacone. Lesse tutta l'etichetta e alla fine disse: – È di quelle che facciamo ai maiali quando gli viene la malattia, quegli sfoghi rossi sulla pelle, che poi smettono anche di mangiare.

– Se fa bene ai porci, che sono un paio di quintali, – disse il babbo, – all'Angelina, che è solo qualche chilo, farà benissimo. Sarà guarita ancor prima che le pianti l'ago nella chiappa.

– Ma l'Angelina non ha lo sfogo rosso che poi smette di mangiare, – dissi io.

Rimasero tutti fermi a pensarci su, e fui molto orgoglioso di avere detto una cosa tanto saggia.

Allora Giorgio sospirò e concluse: – Mi sa che dobbiamo avvertire il dottore.

Il babbo borbottò che per una sciocchezza simile non c'era alcun bisogno di scomodare il medico, ma noi figli, tutti, che il dottore a casa nostra non c'era mai venuto, cominciammo a strillare che bisognava chiamarlo assolutamente: sarebbe stata una novità molto interessante e divertente, e avremmo potuto vantarcene con gli amici per almeno un anno.

Cosí una mia sorella, la Daria, che con l'età stava tra me e Giorgio e che era l'unica in quel momento ad avere addosso un vestito quasi decente, fu spedita in missione.

Il medico arrivò sulla sua Millecento dopo una decina di minuti. Visitò l'Angelina arricciando il naso, perché era veramente ridotta da schifo, le fece un'iniezione e ci lasciò pure uno sciroppo da darle ogni due ore.

Quando uscí dalla casa si fermò in cortile, all'ombra di un'acacia, si asciugò il sudore della fronte col fazzoletto e si accese una sigaretta. Fu allora che vide il nonno seduto sul suo trono (ve la spiego dopo, la faccenda del trono). Si fissarono per un po', poi il medico gli fece un cenno con la mano.

Il nonno non rispose al gesto.

– Ci vede poco? – mi chiese il dottore.

– No, – risposi io, – ma ha un grave problema di saluti.

– Ah, sí? Che malattia ha?

– Non ho detto «problema di salute», ho detto proprio «di saluti». Nel senso che non saluta nessuno, tantomeno gli estranei o chi gli sta sulle palle.

A quella battuta, l'unica che fossi mai riuscito a inventare, il nonno si mise a ridere come un matto. Quella cosa l'avevo detta mille volte, e lui ogni volta si divertiva come se non l'avesse mai sentita prima. Siccome rideva a bocca aperta, il sole gli si rifletté sui denti e il dottore, al lampo che ne seguí, dovette socchiudere gli occhi.

– Ma… – disse. – Ma che denti ha, quello?

– *Quello* è il mio nonno, – risposi io, – e a quanto ne so, ha i denti che ha sempre avuto. I suoi, insomma.

Lui raggiunse il vecchio, che continuava a ridere, e prese a guardagli in bocca. – Incredibile, – mormorò.

Andai vicino a quei due e studiai anch'io la bocca del nonno. – Cosa c'è di cosí strano? – domandai.

– C'è che non ho mai visto denti tanto sani in nessuno, neppure in una persona giovane. E quanto sono bianchi! Ma cosa usa per lavarseli?

– Lavarseli? – chiesi stupito. – Non se li lava mica! Nessuno di noi se li lava, – aggiunsi un po' offeso.

– Incredibile! – continuò a dire lui. – Sono certo, però, che non fuma e non mangia dolci.

– Oh, sí che lo fa! – lo informai.

E il nonno: – Fumo un sacco di sigari e mangio un mucchio di dolci, caro il mio sapientone. Anzi, qualche volta mangio i sigari e mi fumo i dolci. Dipende da come mi gira.

Il medico scosse la testa e gli chiese: – Mi fa vedere anche quelli dietro, i molari?

– No.

– Perché no? Non le faccio mica niente, dò solo un'occhiata. Spalanchi la bocca, da bravo!

– È meglio che lo lasci stare, – dissi io.

Il dottore si girò a guardami. – Ma cosa sarà mai? È una semplice curiosità scientifica. Il tuo nonno è un fenomeno, lo sai?

– Sí, lo so che non è normale, ed è per questo che le consiglio di lasciarlo perdere.

Ma lui non mi diede retta. Continuò a dire: – Su, da bravo! – e commise l'errore di infilare un dito nella bocca del nonno per fargliela spalancare. Si sentirono uno schiocco secco, un grido e un attimo dopo il dottore saltava per il cortile stringendosi la mano che sanguinava, mentre il nonno sputava un dito nella polvere.

Tutti gli altri corsero fuori a vedere cosa stava succedendo. Io raccontai il fatto e allora Giorgio, che quel giorno pareva non sapesse dire altro, esclamò: – Bisogna chiamare il dottore!

– Ma è lui, il dottore! – puntualizzai indicando l'uomo che urlava con gli occhi sbarrati.

Nessuno seppe cosa dire, ma il medico ci tolse dall'imbarazzo perché corse alla sua automobile, ci saltò dentro, mise in moto e sgommò via.

Il giorno dopo sapemmo che era andato all'ospedale piú vicino e si era fatto rattoppare, e che aveva pure denunciato il nonno. Vennero i carabinieri, ci interrogarono e noi testimoniammo che il medico aveva infilato una mano nella bocca del vecchio senza averne il permesso. Anzi, dissi io, il nonno aveva proprio detto che non voleva.

– È violazione di domicilio, – disse il babbo con l'aria di saperla lunga.

– La bocca non è un domicilio, – lo corresse il maresciallo.

– Be', allora è violazione di bocca. Comunque è una cosa che non si fa!

Non ci crederete, ma dettero ragione a noi, cosí il dottore non ebbe soddisfazione e si ritrovò con un dito in meno, mentre noi fummo molto contenti e ci ritrovammo con un dito in piú. Lo raccolse la Betta da terra e ci giocò per tutto il giorno.

Io cercai di costringerla a darmelo, perché volevo giocarci un po' anch'io, ma non lo mollò e mi lanciò uno sguardo che mi fece passare la voglia di portarglielo via con la forza. Con la Betta non c'era mica da scherzare, anche se aveva solo cinque anni: chiedetelo all'Angelina.

Verso sera si stufò di trastullarsi con quel dito e io sperai che me lo lasciasse, invece lo tirò a Campo di Concentramento, cioè al nostro cane, che non si chiamava mica cosí per niente: con la fame arretrata che aveva, lo ingoiò senza masticare.

Ora voi direte che Campo di Concentramento è un nome strano, per un cane, e ve lo concedo, ma lo aveva inventato il babbo, che era stato prigioniero nella Seconda guerra mondiale. Ci raccontava che lo avevano mandato a combattere in Africa e che si era arreso agli inglesi subito, il primo giorno, perché non aveva voglia di farsi ammazzare. Lo avevano mandato in un campo di prigionia in India, e là lui – ma lui solo – era cresciuto di peso, piú di tre chili per l'esattezza, perché a casa, prima della guerra, mangiava molto meno che in India. Per tornare al nome del nostro cane, osserverete anche che è troppo lungo e scomodo: be', è vero, infatti lo chiamavamo semplicemente Campo.

Insomma, per tornare a quel giorno, successero tante cose e ce la spassammo, e inoltre ci accorgemmo della qualità dei denti del nonno. È strano come puoi avere sempre sotto gli occhi una cosa e non vederla: noi non ci avevamo mai fatto caso a quanto fossero bianchi, sani e forti, quei denti. Ci voleva il dottore per dircelo e dimostrarcelo.

Forse tutti ci rimuginammo su parecchio, perché un pomeriggio capitò che la famiglia intera fosse schierata intorno al trono a chiedere al vecchio di spalancare la bocca e di farceli vedere per bene.

Il trono era ricavato dal tronco di una quercia tagliato all'altezza di un metro o poco piú, e poi scavato a dovere. Il nonno si sistemava sempre lí, diceva che ci stava da papa. Mi aveva raccontato che l'albero l'aveva segato lui stesso una decina di anni prima, apposta per ricavarne quel sedile solido e ben fermo sul terreno. Io gli avevo risposto che mi pareva una stupidaggine, quella che aveva fatto: non sarebbe stato meglio lasciare l'albero e portarci una sedia sotto, che cosí si stava anche all'ombra? Lui aveva risposto che aveva sempre desiderato sedersi in quel posto. Be'? avevo chiesto ancora io. *Quel posto* era *quel posto preciso*, non semplicemente lí vicino, aveva ribattuto lui, dunque non gli era rimasta altra soluzione che tagliare la quercia. Dopo mezz'ora di quei discorsi mi ero stufato, si sistemasse dove voleva: l'importante era che non gli venisse voglia di farsi un altro trono, che ne so, nel luogo esatto dove c'erano la porta di casa o il cesso, ché ci toccava buttarli giú.

Spiegata la faccenda del trono, torniamo a quel pomeriggio.

– Apri la bocca, – lo pregammo.

Ma lui disse di no. Anzi, ci sfidò: – Perché qualcuno non mi ci infila dentro una mano per spalancarmela? – chiese ridacchiando.

Campo nel frattempo si era avvicinato scuotendo la coda, con la speranza di avere un altro dito per cena, e noi fummo indecisi sul da farsi.

Approfittando del fatto che eravamo tutti concentrati sulla dentatura del vecchio, la Betta sgattaiolò in casa, prese l'Angelina e corse a buttarla nel cesso. A quel punto c'era da occuparsi come al solito del ripescaggio, del lavaggio, eccetera, cosí lasciammo perdere. Sarebbe capitata l'occasione di studiare quei denti, prima o poi.

E infatti, qualche mese dopo, capitò.

Successe che il nonno si era seduto sul trono di prima mattina e non si era piú mosso. Non si alzò neppure quando, a mezzogiorno, la mamma si affacciò sull'uscio e gridò che era pronto in tavola. Pensammo che si fosse addormentato, e siccome un'altra mia sorella, la Carla, aveva raccolto in un fosso degli stridoli e con quelli aveva arricchito il sugo dei maccheroni, ci guardammo bene dallo svegliarlo: se rimaneva là fuori, ci sarebbe stata piú pasta ben condita per noi.

Fu solo verso le tre di pomeriggio che mi venne uno scrupolo e andai a vedere come mai non si schiodasse da lí. Lo chiamai, lo toccai, lo scossi e mi accorsi che aveva un filo di bava alla bocca e che mugolava, con lo sguardo fisso per terra.

Insomma, gli era venuto un colpo. Non era morto, ma pareva gli avessero dato una mazzata in testa o gli avessero infilato un dito nella presa della corrente industriale.

Corsi ad avvertire gli altri, e dopo un po' eravamo tutti intorno al trono.

– Che si fa? – chiese la mamma.

– Il medico è meglio non chiamarlo, – considerò il babbo. – Penso che non sarebbe mica tanto contento di tornare qua.

Convenimmo con lui.

– Mi sa che crepa, – disse Giorgio.

– È un'erba cattiva, e quelle non muoiono mai, – sospirò il babbo.

– Sarà quel che sarà, – tagliò corto Giorgio. – Adesso però abbiamo una bella occasione.

– Che occasione? – chiesi.

– Di guardargli i denti, – sorrise lui.

Per dio, se aveva ragione! Il vecchio era del tutto inoffensivo, in quel momento, e sarebbe stato da sciocchi non approfittarne.

Provammo a turno con le mani, ma la bocca del nonno non si apriva di un millimetro. Allora il babbo corse in casa a prendere un cucchiaio e cercò di infilargli il manico tra le mandibole per fare leva, ma l'unico risultato fu che la posata prima si piegò in due, poi si spezzò di netto.

– Urca, che roba! – disse Giorgio.

Allora intervenne Francesco, che di solito non parlava mai. Francesco era il gemello di Giorgio, quindi, correggendo quello che ho detto prima, se Giorgio era davvero il maggiore anche Francesco doveva esserlo. O almeno credo. Il fatto è che se ne stava zitto e in disparte per lunghi periodi, persino per mesi, a volte, e ce lo dimenticavamo cosí come, prima, me l'ero dimenticato io. A dire il vero era quello che piú di ogni altro manteneva la famiglia, pure se era ufficialmente disoccupato e dormiva tutto il giorno. Ma la notte lavorava, eccome, anche se non era un lavoro da raccontare in giro, ché magari la voce arrivava alle orecchie dei carabinieri.

Insomma, Francesco intervenne e disse: – Vado a prendere i miei attrezzi.

Corse nella rimessa e dopo poco arrivò con una borsa nera, l'appoggiò in terra, l'aprí e ne estrasse un piede di porco bello grosso.

Trattenemmo tutti il respiro mentre con quello cercava di forzare la bocca del vecchio. Spinse, si agitò, imprecò, si serví anche di un martello, e finalmente l'aggeggio entrò fra la fila superiore e quella inferiore dei denti.

Il nonno fece: – *Gggmmm... Fffnuuu...*

– Sta' buono, – gli disse il babbo, – ci mettiamo solo un attimo.

Francesco accelerò le operazioni, lavorò di braccia, fece leva, sudò, e a un bel momento si sentí un rumore secco.

Il piede di porco si era tranciato in due. Un pezzo era rimasto tra le mani di mio fratello, l'altro era scomparso nelle fauci del vecchio.

– Signore Iddio! – esclamò il babbo. – Quei denti tagliano anche il metallo!

Il nonno si scosse, disse: – *Blooob... Pciuf!* – e sputò in terra il pezzo di piede di porco.

Francesco sputò in terra e basta, mentre gli si accendeva una strana luce negli occhi.

Giorgio aveva l'abitudine di andare spesso dal barbiere; mica per farsi tagliare la barba o i capelli, ma solo per leggere le riviste: ce n'erano un sacco a disposizione dei clienti, e su quelle imparava molte cose. Inoltre un anno prima si era fissato di diventare infermiere, perché aveva visto un film in cui un tizio che lavorava su un'ambulanza, quando andava a caricare i feriti, gli rubava il portafoglio, gli anelli, le catenine e persino le scarpe. Gli era parso un buon impiego, insomma, ma dopo tre lezioni aveva lasciato perdere perché era troppo faticoso studiare.

In quei tre giorni, però, aveva avuto conferma di una cosa fondamentale, che del resto aveva già imparato dalle riviste del barbiere: quelli che stanno molto male è meglio non spostarli, ché altrimenti fai solo dei danni. Cosí il nonno, visto che il medico non potevamo chiamarlo, lo lasciammo sul trono.

Per paura che cadesse giú, il babbo gli fece alcuni giri di corda attorno, e mio fratello Roberto, che come età stava tra me e la Daria, andò a prendere un cappello di paglia molto largo che la mamma portava quand'era giovane, e che da anni era appeso a un chiodo ai piedi delle scale. Era un bel cappello, con un nastro rosa tutto intorno su cui stava scritto: «Ricordo di Venezia».

Lo mettemmo al nonno per fargli tenere la testa all'ombra, e lui parve contento della cosa, perché biascicò: – *Bbbnaaaf*... – e non se lo tolse.

Io credo che non se lo sarebbe potuto togliere nemmeno se gli faceva schifo, perché da quando l'avevamo trovato messo a quel modo non aveva piú mosso un dito, neppure quando gli scassinavamo la bocca. Insomma, magari era paralizzato. Comunque tutti convenimmo che il cappello non gli stava male per niente, e poi non glielo avevamo mica messo per bellezza, ma solo per via del sole.

Il secondo giorno che se ne stava sul trono legato e con la paglietta in testa, il nonno morí.

Ci dispiacque molto, dicemmo una preghiera, lo slegammo e lo portammo in casa. Io volevo stenderlo sul suo letto, ma quel letto se l'era già preso la Daria, che fino ad allora aveva dormito su un materasso nel sottoscala, cosí lo mettemmo sul tavolo della cucina.

– Dovremo chiamare il becchino e compagnia bella, – disse la mamma. – Chissà quanto ci costa, una roba del genere!

– Lui non vorrebbe mai lasciare la sua casa e il suo pezzetto di terra, – disse il babbo con gli occhi lucidi. – Direi di seppellirlo nell'orto.

Fummo tutti d'accordo e stavamo già cercando le pale per fare un bel buco, quando Francesco ci fermò: – Non vorrete mica buttare via anche i suoi denti, eh? Quelli sono un tesoro!

Ci ragionammo su, e la mamma convenne che se erano cosí speciali forse ci si poteva ricavare qualche lira, anche se non aveva idea di dove e a chi si potessero vendere, ché del mercato dei denti non sapeva un tubo.

– Intanto glieli togliamo, e al resto penso io, – disse Francesco, cioè il gemello del mio fratello maggiore, che forse era il maggiore pure lui, come dicevo prima, e quindi aveva una certa autorità. Andò di nuovo nella rimessa a prendere la sua borsa nera e per tre ore lavorammo tutti intorno al tavolo, chi a tenere fermo il nonno e chi ad armeggiare con tenaglie, cacciaviti, palanchini e scalpelli.

I muscoli del vecchio si erano allentati, la sua bocca si apriva bene, ma in quanto a estrarre i denti, era tutta un'altra faccenda. Per farla corta, non venivano via con niente: pareva fossero saldati alle ossa. – Neanche una cassaforte mi ha mai fatto penare tanto, – diceva Francesco lavorando col sudore che gli colava negli occhi.

A sera eravamo ancora al punto di partenza: al nonno avevamo praticamente tirato via le labbra, le guance, la lingua, ma i denti non si schiodavano dal loro posto.

– Bisogna portarlo nell'officina di Tano, ché lí ci sono i trapani, le frese e tutto il resto, – disse a quel punto Giorgio che, per i propri gusti, quel giorno aveva faticato anche troppo.

Francesco scosse la testa. – Portarci un cadavere non è una cosa molto normale, – obiettò. – Tano è un ficcanaso e vorrebbe sapere perché dobbiamo lavorare di fresa e di trapano sulla faccia del vecchio.

– E allora che si fa? – chiese il babbo.

– Chiamiamo il Segatura, – disse Francesco.

Il Segatura era un tizio un po' scemo, che però se la passava bene e il lavoro non gli mancava mai. Suo padre gli aveva lasciato una di quelle macchine che sembrano piccole locomotive e che hanno una sega e una mannaia meccaniche montate sul cassone. Con quelle girava casa per casa a tagliare la legna da mettere nei caminetti o nelle stufe, e anche da noi ogni tanto veniva, quando riuscivamo a sgraffignare un po' di pali o di tronchi nei campi.

Erano le dieci di sera passate, ma Giorgio partí di corsa e dopo venti minuti avevamo la macchina in cortile.

– Cos'è che dovete fare di tanto urgente a quest'ora? – chiese il Segatura, un po' scocciato perché mio fratello l'aveva tirato giú dal letto. – Non si poteva aspettare domattina?

– No, – disse il babbo. – Domattina puzzerà già.

– Cosa?

– Lui, – disse il babbo facendolo entrare in casa e indicando il morto sul tavolo.

– Volete sminuzzare quello? – chiese.

– Per la verità ce ne serve una fetta sola, – puntualizzò Francesco. – Poi ti dico qual è.

Il Segatura fece un passo indietro. – Gente, non credo sia una bella cosa da farsi. Non mi è mai capitato prima, ecco. Non vorrei che qualcuno avesse da ridire... insomma, non potete arrangiarvi da soli?

– Se ce la facevamo da soli, col cavolo che chiamavamo te, – gli disse Francesco. – E adesso stammi bene a sentire: tu fai il lavoro e ti becchi cinquemila lire, poi torni a casa, ci dormi su e acqua in bocca. Se ti lasci scappare una sola parola, ti vengo a cercare e ti faccio pentire di essere nato, intesi?

Il Segatura, che non era certo un cuor di leone e che di Francesco aveva molta stima e una certa paura, annuí. – Va bene, – disse, – ma facciamo piú alla svelta che si può.

Allora portammo fuori il nonno, lo stendemmo sul pianale della macchina, che intanto aveva preso a ronfare e a sbuffare, e fu messa in moto la sega.

Non fu facile per niente e ci volle fino a mezzanotte, per avere la fetta giusta del nonno, perché prima si ruppe il nastro della sega e dovettero cambiarlo, poi di soppiatto la Betta mise sul pianale l'Angelina, che per poco non ce la ritrovammo tagliata a metà, poi finí la nafta nel serbatoio della macchina e Giorgio dovette andarne a rubare una tanica dal camioncino dei vicini.

Alla fine, però, il frutto del lavoro stava tutto in un fazzoletto: trentadue denti perfetti e brillanti, ancora saldati alle ossa delle mascelle, qualche centimetro di inutili gengive violacee e un pezzo residuo di lingua che si era infilato tra due molari.

Lo tolsi io con un cacciavite e lo buttai a Campo, che lo mangiò di gusto e si leccò i baffi per almeno un'ora.

Il lavoro insomma fu duro, ma poi fruttò alla grande.

Nei giorni seguenti, dopo che avemmo sepolto nell'orto il nonno a cui mancava una fetta di testa, Francesco e Giorgio si inventarono qualche storia strana e convinsero Tano che quella roba l'avevano semplicemente trovata non si sa dove.

Nell'officina del loro amico, trafficando giorno e notte, con l'arcata inferiore dei denti del nonno e una struttura d'acciaio temperato costruirono un aggeggio che, nei mesi successivi, si rivelò un portento e una miniera d'oro: con quello i miei fratelli riuscivano ad aprire qualsiasi porta, sportello di automobile e persino di cassaforte, perché tranciava il metallo come se fosse un biscotto. L'altra arcata dentaria, una volta constatato che funzionava cosí bene, la vendettero a caro prezzo a certi loro colleghi di Ferrara.

Cominciammo a permetterci qualche lusso: comprammo il televisore, il frigorifero, un frullatore elettrico e un mastello nuovo, ché quello vecchio dove sciacquavamo l'Angelina era tutto arrugginito. Il babbo acquistò anche parecchi scatoloni di stecche di sigarette americane, e fu in quell'occasione che i miei fratelli Sergio e Lorenzo, che come età stavano piú o meno tra la Daria e i gemelli, cominciarono a fumare, perché di quella spesa bisognava approfittare al meglio. Provai a fumare anch'io ma mi faceva schifo, cosí convinsi la famiglia a prendere anche uno scatolone di gomme da masticare.

Forse di lussi ce ne permettemmo troppi, perché a un certo punto i soldi cominciarono di nuovo a scarseggiare. In tutta la zona si era sparsa la voce che c'era qualcuno che disponeva di strumenti da scasso molto efficaci, e chi aveva qualcosa di prezioso cominciò a nasconderlo o a proteggerlo meglio.

Una sera, vicino al trono del nonno, sentii i miei fratelli piú grandi che confabulavano. Giorgio, sempre grazie alle sue letture dal barbiere, disse che esisteva una cosa chiamata ereditarietà, grazie alla quale poteva darsi che anche il babbo avesse denti eccezionali.

Francesco borbottò: – Non glieli ho mai visti, per via di quei baffoni che porta...

– Ma tu sei sicuro che riusciresti a venderne altri? – gli chiese Giorgio.

– Certo! Magari a Ferrara e qua abbiamo bruciato la piazza, ma potrei smerciarli a Bologna, a Rimini… Anche trecento ne piazzerei, se ne avessi.

Non potei seguire il resto della conversazione perché era il mio turno di guardia al frigorifero, anzi, ero già in ritardo col controllo, e fui costretto a tornare in casa. La Betta, con un arricchimento di strategia, aveva cominciato anche a chiudere l'Angelina nella ghiacciaia. Infatti la trovai là dentro, rigida come uno stoccafisso, e dovetti scongelarla sotto l'acqua calda. Sí, perché nel frattempo avevamo messo anche l'acqua corrente calda e fredda e costruito un bagno.

Dunque non riuscii ad ascoltare il piano di Francesco e Giorgio.

So solo che poi non se ne fece niente. Una mattina di qualche settimana dopo mi accorsi che il babbo aveva tutta la bocca rovinata e un bel po' di lividi, e che teneva il muso ai miei fratelli maggiori, ma da come continuò a mangiare senza problemi capii che i denti non glieli avevano tolti.

Non erano come quelli del nonno, seppi poi. Erano normali, e avevano pure parecchie carie. Anzi, erano cosí malati, mi raccontò una sera Giorgio, che guardare nella bocca del babbo era peggio che sporgersi nel pozzo nero per ripescare l'Angelina, in quanto a puzza.

Insomma, non fidatevi delle riviste che si leggono dal barbiere: quella roba dell'ereditarietà saltò fuori che era solo una grande fesseria.

Postfazione
alla prima edizione di Gotico rurale

di Francesco Guccini

Al mio paese, i vecchi, parlando del passato, dicevano sempre che, nelle lunghe notti d'inverno, si radunavano «a veglia» in casa dell'uno o dell'altro e lí, per passare il tempo, un narratore raccontava storie; il piú delle volte si trattava di vicende misteriose, di apparizioni o sparizioni improvvise, di case in cui qualcosa di inquietante era avvenuto e in qualche modo «ci si sentiva» di personaggi malefici e mitici nei quali però sovente credevano; insomma, si raccontavano storie per «farsi paura».

Li immagino, con luci spesso fioche, lampadine da pochi watt o lucerne a petrolio, a volte solo le fiamme del camino, piú ombre che luci, occhi di bimbi e adulti sgranati che luccicavano a un bagliore di fuoco, e ogni tanto un brivido quando l'innaturale o il soprannaturale entravano in scena. E alla luce delle lanterne, pochi metri davanti ai piedi, tornavano a casa, per sentieri fangosi e scivolosi pieni di sassi e colmi di rami insidiosi e graffianti, loro, il nucleo degli umani, stretti attorno al chiarore, e al di là il buio ostile e un mondo che, se di giorno era ben conosciuto e familiare, di notte diventava il vuoto cupo pieno d'ogni malvagia possibilità.

In questo ambiente era facile nutrire il terreno delle credenze e della superstizione, e questo ambiente Eraldo Baldini ben conosce, e ben usa come sfondo ai suoi racconti, non a caso chiamati *Gotico rurale*.

Il «mondo rurale», la «civiltà contadina», è sempre stato come sospeso fra cristianesimo e paganesimo (non a caso da *pagus*, «villaggio lontano dalla città»), in bilico tra fede e superstizione. Cosí, accanto alle figure canoniche religiose sopravvivevano altre figure meno benevole e protettive, con nomi diversi ma con la stessa essenza, e potevano esserci il *segnài*, l'anima del morto che non vuole tornare nella tomba, lo Spirito del Grano, il Gufo con la lanterna tra gli artigli, la Vecchia del Pozzo, la Borda, il Gorgo Nero, figure alle quali forse non credevano realmente se la natura si mostrava benevola e temperata, ma possibili di vera esistenza quando il cielo si incupiva, il freddo regnava, le nebbie apparivano improvvisamente a cancellare e a trasformare tutto in un mondo nemico e misterioso.

Ma la natura può essere benevola? Per il mondo contadino era spesso ostile, bastava un temporale a distruggere un raccolto e la fatica di mesi, bastava un periodo di siccità o di piogge continue per significare fame e miseria; il contadino era in eterno conflitto con la natura, lottava con essa. Si contempla un panorama (ma la parola «panorama» non è invenzione di contadini) idilliaco, sereno, arcadico, poi basta un niente, un alito improvviso di vento (ma è stato davvero il vento?), o un albero che muove le foglie senza che il vento spiri, o una piccola nuvola che offusca per un attimo il sole e viene dentro un freddo improvviso e inspiegabile, ed ecco che tutto cambia, tutto si muta e diventa il contrario malvagio di quello che in apparenza era stato.

Inspiegabile, come la natura dell'uomo che, contrariamente alla maschera del carnevale che muta il normale in grottesco, a volte nasconde dietro l'apparente bonomia o l'indifferenza dell'innocenza del bambino o del buon selvaggio la vera faccia del folle o del lunatico, pronto a nuocere, a sovvertire le regole, a fare del male.

Ma siamo noi, oggi, lontani dalla «civiltà contadina», immuni da questo tipo di pensiero? Anche su questo gioca Baldini: forse, a volte, anche noi siamo presi da quelle stesse inquietudini ataviche e sarebbe come se un giorno vedessimo, in una stanza qualunque, un viso amichevole disteso in un sorriso rassicurante e angelico, poi, distratti un momento, voltandoci, scorgessimo in uno specchio quello stesso sorriso deformarsi improvvisamente alle nostre spalle in un ghigno satanico, in una smorfia disumana, per tornare subito, girati noi di scatto per la sorpresa, a rassicurarci con quel sorriso di prima, ricolmo di pacifica benevolenza.

Nota all'edizione

I racconti *La collina dei bambini*, *Foto ricordo*, *A lume di candela*, *Di pietra e di ghiaccio*, *Il grande secco*, *L'insuccesso scolastico e le sue conseguenze*, *In fila per due*, *Urla nel grano*, *Il Gorgo Nero*, *Re di Carnevale*, *Chi vive nell'olmo grande?*, *Nella nebbia* e la postfazione di Francesco Guccini costituivano la raccolta di Baldini, E., *Gotico rurale*, Frassinelli, Milano 2000.

Il racconto *Arrivano dal buio* è stato pubblicato in Dazieri, S. (a cura di), *I confini della realtà*, Mondadori, Milano 2008.

Il racconto *Country Fight Club* è stato pubblicato con il titolo *Stupido amor* in Campi, F. e Crovi, L. (a cura di), *L'assassino è il chitarrista*, Edizioni Punto Zero, Bologna 2001.

Il racconto *La Befana vien di notte* è stato pubblicato in Grill, N. (a cura di), *Giallo Natale. Venti grandi autori celebrano le feste*, Mondolibri, Milano 2004.

Il racconto *Notte di San Giovanni* è stato pubblicato in Santachiara, R. (a cura di), *The Dark Side*, Einaudi, Torino 2006.

Il racconto *A volte sbagliano* è stato pubblicato in Toni, S. (a cura di), *Il gusto del delitto*, Leonardo Publishing, Milano 2008.

Il racconto *I denti del nonno* è inedito.

Tutti i racconti già editi sono stati per questa occasione riveduti e corretti.

Indice

Questo libro è stampato su carta certificata FSC
e con fibre provenienti da altre fonti controllate.

FSC
www.fsc.org
MISTO
Carta da fonti gestite
in maniera responsabile
FSC® C018290

Stampato per conto della Casa editrice Einaudi
presso Mondadori Printing S.p.a., Stabilimento N. S. M., Cles (Trento)
nel mese di settembre 2012

C.L. 20972

Edizione						Anno			
1	2	3	4	5	6	2012	2013	2014	2015